大唐赤夜歌

卷三・白陵殤

鹿青 著

目次

第拾肆章、冰雪誓

壹

一排雁字娓娓掠過蒼茫的青山。鈴聽見那如泣如訴的聲音，仰起臉來。

所謂「望見翠華岩樹老，思逢瑤牒海雲浮」。塗山乃是千年前夏禹大會諸侯之地，自古便以雲霧縹緲著稱。她雖是第一次登臨，可此處的一草一木、一石一屋在她眼中，卻顯得無比熟悉，彷彿似曾相識。

不管怎麼說，一切都是從這裡開始的……

她懷揣著一股難以名狀的情緒，在塗山弟子的引領下，從山門進入，經過塗君祠和禹德殿，最後抵達南端的天轅台。

她對周圍的人群視若無睹，目光落在那名位居中央，身披紫色錦袍的男子身上。對方身量頎長，遠遠望之，頗有玉山巍峨之姿。只是歲數大了，腰脊不若從前那般筆直，眼尾也生出了淡淡的褶紋，宛若一隻心灰意懶的獅子。

她感覺胃中有怒火竄升，臉上的表情也跟著陰沉起來：「你就是武正驊，對吧？」

事到如今，即使當著六大門群豪的面，她也不打算給對方留半分顏面。但相較於她的冷峻，武正驊卻很震驚。

之前，他一直認為青穹派請來的畫師定是自作多情，硬生生把三頭六臂的大魔頭畫成了一個嬌滴滴的小姑娘。直到如今，親眼目睹，才發現真是冤枉了對方。眼前這少女既沒有青面，也沒有獠牙，最多也就是頂著一張臭臉罷了，能嚇唬誰啊？

他決定先探探對方的虛實。

「在下塗山武正驊。敢問姑娘，今日乃是武林群雄大會，六大門派齊聚塗山，妳拍擊我派聖碑，是何用意？」

「哼，這就要問問令郎了。」鈴冷笑。「若不是他擄走我的朋友，我才懶得來你們這鬼地方呢。」

武正驊笑容塌了下來，心想：「果然如此。」要不是知道妻子會拼命阻攔，他真想把武冬驥那個不孝子吊起來，當著眾人的面拿大皮鞭抽打他。

「武某教子無方，實在慚愧。」

但鈴此刻正在氣頭上，根本不領這個情。

「廢話少說。我知道你們的目的，所以這不是來了嗎？」」

她一眼掃過台上諸人，心想：「若讓她發現阿離和瀧兒少了一根寒毛，這群道貌岸然的混帳，她肯定一個也不會放過！」

可就算武正驊有意退讓，其餘五大門派也不是吃素的。首先沉不住氣的是青穹派掌門薛幽棲。

「姑娘可是赤燕崖麾下？」他高聲斥問。

「到了這步田地，裝傻否認還有意義嗎？」鈴心想，薄唇抿成一道倔強的的弧角，「不錯。赤梟正是我恩師。」

此話出，整座天轅台都震動了。人群像瞬間點燃的炮仗，薛幽棲更是直接拔出寶劍，喝道：「無恥妖人！妳以卑鄙手段殘害我弟子，老夫今日就要當著眾人的面將妳碎屍萬段，以祭我徒兒在天之靈！」

「慢著！」一名身穿銀桂長袍，腰束金鉤帶的中年男子攔在薛幽棲前頭，正是靈淵閣閣主余姚，「薛掌門愛徒之心實在感人。可你好像忘了，這裡可不是青穹派。你要動手，好歹也得先問過武掌門的意思。更何況，在座諸位朋友，哪個不是和赤燕崖有血海深仇？豈能任你一人專斷獨行？」

薛幽棲聽了這席話，氣得差點吐血，劍尖一晃，直指余姚：「諸路英雄遠道而來，本就是為了此妖女屠戮我派弟子一事伸張正義。余閣主明知如此，卻在這挑撥離間，混淆視聽，莫非心中還有別的算計？與其遮遮掩掩，不如一吐為快！」

余姚想接話，卻被柳露禪一聲痰咳給打斷了。她雖為女流，資歷卻是六大掌門之首，一開口，周圍頓時安靜下來。

「咱們就打開天窗說亮話吧！何必在這兒打啞謎，浪費大伙時間？」柳露禪嗤笑，「雖說正邪不兩立，可說到底，玄月門與赤燕崖之間也並無深仇大恨。咱們今日前來，無非就是想知道，失落已久的武林寶典──《白陵辭》，如今究竟握在誰人手上，又將如何處置？」

在場敢這麼明目張膽提起《白陵辭》三個字的，恐怕也只有柳露禪了。

這層窗糊紙一被捅破，場間的氣氛霎時變了。鈴瞥見台下眾人一個個目光貪婪，蠢蠢欲動，下意識地攥緊了袖底的雪魄刀。

「你們愛信也好，不信也罷。我從未見過什麼《白陵辭》，青穹三劍也不是我殺的。」

可她這話才剛說完，人叢中便傳來一把尖銳的笑聲。那聲音滿含怨毒，令聞者心裡發寒。

「看來，姑娘還是老樣子，機智百變，總能逢場作戲啊。」

人群朝左右分開，兩名小道童抬著一頂軟轎從中走出。轎上躺著一名臉色灰白的男子，青色襴袍鬆垮垮地掛在身上，露出一截枯瘦如柴的手臂，對比數月前臨風舞劍，踏水而來的英姿，可謂判若兩人。鈴對上那雙深陷入眶的眸子，幾乎不敢置信。

「你是……駱展名？」

對面的人顯然是將她的錯愕當成做賊心虛了。只見他斜斜支坐而起，嘴角搐了一下，笑得愈發古怪。

「也難怪姑娘不認得在下……數月前，妳對咱們兄弟四人趕盡殺絕，又怎會料到還有今天？當時，妳縱容手下狐妖打瞎了我師弟的眼睛，接著假意贈藥，實則一路尾隨，趁著咱們在荒廟過夜時潛進屋中，出手加害。但妳沒想到，我雖筋脈俱廢，卻終究沒死，僥倖又活了過來……」

當他說到自己「終究沒死」時，臉色扭曲，眼底盡是悲憤。而鈴見他兄弟俱亡，下場如此悲慘，也不由得銜了一絲憐憫。

另外，她也終於明白自己的畫像為何會流傳到六大門手中了。畢竟，當時她和駱展名在江上對峙之時，曾被對方窺見過自己面具下的真容。可對方又是如何得知她是赤梟的弟子？

左思右想，唯一的可能便是有人設局陷害！

此案的真兇想必一早便知曉了她的真實身分。對方才會殺了與她有過節的青穹三劍，還故意留下駱展名一條命，謊稱《白陵辭》在赤燕崖手上，令他相信這一切都是她所為。這樣一來，駱展名就成了真兇手裡的棋子，正好能利用駱展名的證詞來挑起六大門和赤燕崖之間的戰火。

若真如此，此人用心之險，城府之深，實在駭人聽聞！

前有駱展名幽恨的目光，後有虎視眈眈的各大門派，鈴頭一次感到一顆心有些亂了。

可她也沒忘記自己此行的目的——無論如何，至少得把阿離和瀧兒救出來！

「自揚子江一別，我與閣下便再無相見。襲擊你們的人，可有說是受我指使的？」

駱展名怒極反笑：「你們赤燕崖還真是敢做不敢當！青穹派行事一向光明磊落，我兄弟四人也從未與人結怨，你們卻怕《白陵辭》的下落傳出去，非要趕盡殺絕不可，連一個瞎子都不肯放過！」他想到三個師弟死得淒慘，自己終身殘廢，心中漲滿了悲憤，淚水從發紅的眼角溢出，「那夜的一切皆是我親耳所聞，親眼所見！到了這個地步，妳還要狡辯嗎？」

說著，從懷裡拿出一物，正是當日鈴藏藥用的那只玉鐲。他將鐲子朝地下用力一摜，接著兩眼一翻，暈在了椅上。

青穹派眾人義憤填膺，紛紛鼓譟起來。一時間，「誅殺妖女」、「踏平赤燕崖」的呼聲響徹整座天轅台。

鈴望著腳邊被摔得粉碎的玉鐲，臉上血色褪盡，但到最後，也只是咬緊牙根，沒有半句分辯。

所謂「我不殺伯仁，伯仁因我而死」。她心中瞭然，無論事實為何，自己今日是跳進黃河也洗不清了。她也終於能夠體會當初師父蒙受不白之冤時是何種心情了。然而，自從著手調查夢悟大師之死開始，她便料到可能會有這麼一天了。若非早有覺悟，她早就順從薛薔等人的安排，回赤燕崖接受庇護了。

失神之際，又聽公孫夏道：「赤燕崖濫殺無辜，為禍江湖，已非一兩日。正好今日天下英雄皆在，依小妹之見，就該殺雞儆猴，讓他們知道六大門的厲害！」說完，一拍手，立刻有兩名塗山弟子扛著一座鐵箱籠走到台前。

籠子的鐵門被貼了符紙，就算瀧兒的幻術再高明，也無法從裡頭脫困。

當鈴看見蜷縮在鐵籠角落，一動也不動的少年時，心裡隱忍已久的疼痛和殺意瞬間被點燃——這些人，還真懂得如何激怒她！

然而，在場的除妖師們卻沒有發現她的變化。他們見瀧兒既幼且殘，只顧著笑，根本不把他放在眼裡。

「區區一隻小狐妖，何足為懼？」

「等會兒宰了煮湯也不遲！」

至於瀧兒。他這段時間一直昏昏沉沉的，乍然聽見七嘴八舌的人聲，這才漸漸甦醒過來。

過去幾天，他做了好多夢，夢見了阿爺、阿娘、姥姥、從前在青丘的玩伴們，還有廣袤的綠色原野、小溪、大海……這些幼年時期的回憶，在他腦中不斷播送，勾起那些深藏在心底，卻從未斷絕過的思念。但奇妙的是，其中最令他眷戀的一幅畫面，他卻連一點印象也沒有。

夢中，他獨自在家鄉的草原上遊蕩。突然間，一名人類少女從後面叫住了他。她穿著一襲飄袂的黑衣，臉上的表情似笑非笑，卻給人一種異常溫暖的感覺。

只見她蹲下身，解下一段赤色的頭繩，交到他手中。她朝他眨眨眼，眼裡有一整片碧瓦般的藍天。

「長大後，別忘了來找我……」

「別忘了來找我……」

明明就是這麼重要的一句話，這些年，他怎麼都沒想起來？一想到這，瀧兒的心便像烈火焚噬般灼疼。他掙扎起身，手腳並用爬到籠邊，透過鐵欄的縫隙呆呆地望著鈴。

自兩人相識以來，他總覺得，自己越是想走近，就越不了解對方。他甚至懷疑此刻所見不過是幻覺罷了。畢竟，都說出那樣決絕的話了。分開後的時光，彷彿有一生一世那麼長……

一直以來，他都只知道用憤怒來表達自己的感受，到了將死之際才發現，自己原來還有好多好多的話想說……

一滴淚水滴落胸膛。或許是錯覺吧。但瀧兒覺得，這一刻，自己似乎……有那麼一點長大了。他也終於開始領悟，為何眼前這個女孩，在自己心中會是這麼的重要。

雖遲不悔。在山高風冷的塗山絕頂之上，在四面楚歌的包圍之中，很多事情，才正要開始萌芽。

而武正驊身為此次群雄大會的東道主，也有無法言說的難處。整個中原武林，堂堂六大門派，卻來圍攻一個弱質少女——這種事，不僅和他一生奉行的原則背道而馳，而且荒謬至極！

但偏偏眼下，所有的人都在等待他做出最後決斷。一旁的妻子更是一副「若你再不開口，就換我上了」的表情。武正驊覺得彷彿有一整座大山壓在他的胸口，只得避開鈴的視線，低頭清了清嗓。

「六派盟友齊聚一堂，武某今日自當順應眾意，主持公道。」

「武掌門德高望重，六大門派歷來又是以塗山派為尊，自然是您說了算。」趙拓立刻附和。

「武某愧不敢當，但求諸君聽我一言。」武正驊續道，「赤燕崖雖為邪魔歪道，但以眾欺寡，終究勝之不武。不如每個門派輪流派遣高手上來挑戰。誰贏了，人便交由他們處置。」

「那該如何決定上場順序？」孟汐插口道。

「這就看哪位朋友願意率先挑戰了。然而，為公平起見，每個門派只能派出一人比武。

若咱們六派皆無法勝出，就必須放這位姑娘和她的同伴平安下山。這樣可好？」

此話出，頓時引發一陣譁然。本來，眾人皆以為塗山派是想利用這次的群雄大會重振聲威，沒想到武正驊竟說出要放敵人走的話來。

且照這規則，究竟是先下手為強，抑或是等敵人體力耗竭後再行出戰，哪種策略比較有利，還說不準呢。

在場的六大門派首腦，心中各自打著算盤，比較利弊、權衡得失，甚至考慮起了相互結盟。最後，還是柳露禪率先開口：「武掌門如此安排甚好。只是，敝派素來不做倚多欺少、趁人之危的事。諸君儘管全力施為，我玄月門排在末位就是了。」

鈴華竟曾在天月論劍上救了玄月門眾人的性命。因此，柳露禪雖有意競爭《白陵辭》，可以她孤高的性格，也絕不肯在此時隨意出手，以免落人口實。

「柳師太胸懷磊落，在下佩服。」薛幽樓冷冷道，「可我青穹派與赤燕崖不共戴天。我徒兒的三條性命全折在這妖女手裡，此等大仇不能不報！」說著，向武正驊抱拳為禮，「青穹派願率先出戰！」

武正驊點頭：「敢問是哪位英雄要下場比試？」

一名相貌粗鄙的中年男子提劍越眾而出：「向某專殺邪道妖徒！別人都怕赤燕崖，俺偏不！有什麼高招，儘管使出來吧！」

向敬沖是青穹派首徒，少年出道，在江湖上早已是響噹噹的人物。雖然他人如其名，有好事衝動的毛病，還曾因聚眾犯事而被罰禁足兩年，可論武功，絕對是六大門中的佼佼者。只見他一襲石青雲袍，雙手袖口各掛了一串朱色的符紙，明晃晃的劍身翻動出赭紅色的光采，大風將袖袍高高鼓起，讓他好似站在一片火燒雲中。

貳

而正當天轅台這頭風雨欲來之際，江離和霍清杭卻被困在了東院的耳廂。雖說這裡有床有榻還有茶點，可實際上就是軟禁。出口由兩名塗山弟子看守，他們哪兒也去不了。

聽見外頭傳來陣陣騷動，江離擔心得不行，不斷起身又坐下。霍清杭從沒見過她這麼焦躁的樣子。他檢查了一遍室內，卻很快發現，對他們這種沒練過武的人來說，這間屋子根本就和天牢一樣密不透風。

「妳別急啊。」他試圖安撫江離，「說不定這一切和鈴姑娘並無干係……」

「肯定是她來了！」

「即便如此，我相信以她的能耐，也不會有事的。」

「你懂什麼？」江離舉起小拳頭砸對方，「她那個人平常腦子是挺機靈，可一碰到這種事情，就會變得特別的蠢！」

「有話好說，妳別這樣……」

就在兩人如無頭蒼蠅般打轉的當口，門外突然傳來「砰、砰」兩聲重響。江離探頭出去，只見外頭站崗的塗山弟子竟倒在地下一動不動，顯然是暈了過去。

「這是……」江離念頭一轉，隨即明白了。果不其然，剛抬頭便感覺一陣涼颼颼的風從身畔颳過，還伴隨著一道毫無情緒的聲音：「少主令某來。」

以江離和霍清杭的眼力，幾乎看不見雲琅的身影。然而，江離一「看」到對方，就彷彿抓住了救命稻草一樣，恨不得撲上去給對方一個擁抱：「小琅，你幹得太好了！簡直就是咱們的小福星！」

雲琅沒有回答。

「鈴呢？」江離又接著問，「怎麼沒見到她？」

「少主令，汝走。」

霍清杭在一旁看著妻子和一團空氣對話，心中有股難以形容的奇妙滋味。

「咱們先離開這再說吧。」他搔了搔頭，隨即小心翼翼地跨出房間。

「等等。」江離拉住他。她望著倒在地上不省人事的兩名塗山弟子，腦中突然靈光一閃。

半刻鐘後，她和霍清杭都換上了繡有星斗紋樣的絳紫色長袍，揹起長劍，並將那兩名慘遭扒光的倒霉鬼藏到了床榻底下，最後再悄悄將門帶上。

有了這層偽裝，接下來的行動就方便多了。畢竟，今日和平時不同，塗山上全是受邀而來的各色江湖人物，出入複雜，紫衫弟子來來往往，誰也沒閒功夫多看他們一眼。兩人低頭，順著人潮穿過禹德殿，若無其事地朝天轅台的方向走去。

鈴交代雲琅趁亂將江離和霍清杭護送下山。然而，江離卻堅持不肯離開。

「就讓我看一眼……一眼就行了。」

她話剛說完，便聽見不遠處傳來叮叮噹噹，金刃劈風的聲響。

江離和霍清杭鑽入人群中一看，卻見高台上，鈴正和一名相貌奇醜的中年男子鬥在一塊。

向敬沖和駱展名等人系出同門，功力卻又更上層樓，由青穹派祖師辜青月所鍛造的隋龍寶劍，同樣也是名不虛傳。光是輕輕一抖，劍光便如流霞蔽日，將周圍的色彩全都吸了進去。

最初的三劍，既如席捲的狂風，又如撲天的烈焰，教人防不勝防。儘管鈴全力閃避，脖頸處仍然被劃破了一道細傷，心底不禁生出幾分由衷的欽佩。但同時，念頭一轉，暗想：「你再怎麼厲害，我讓你追不到不就得了？」

以己之長攻敵之短，本就是兵家常識。對方既想以長劍剋她短刀，那她就讓他嚐嚐什麼叫「劍長莫及」。隨著向敬沖攻勢漸急，鈴索性收刀棄攻，改以輕功滿場繞奔。

向敬沖心道：「小丫頭膽子果然不濟」，想也不想便挺劍直追。

他腳下速度飛快，寶劍冷光開屏，眨眼掠出。只可惜，一山總還有一山高，赤燕崖的輕功妙絕天下，又豈是一個「快」字所能概括的？

只見向敬沖的青袍被飆風激得狂飛起來，劍尖總是差半寸就能刺中對手後心，但卻總是差了那麼一丁點。

這場對決不過是群雄大會的首戰，就已讓台下觀眾瞧得屏氣凝神。尤其是六大門中資歷較淺的弟子，看到這裡，更是心臟狂跳，連眼睛也不敢眨。他們臉上神情各異，心裡卻都紛紛期待著劍鋒遇肉，血花橫飛的那一剎那。只是沒想到，眼前這少女奔速之靈敏，身段之詭譎，居然連向敬沖這種高手都追趕不上。

奔到第三圈時，向敬沖的臉色早已由白轉紅，又由紅入青。可這表現，與其說是體力不支，不如說是惱羞成怒。

「臭丫頭！有本事就別跑！」

「我能跑，你卻追不上，到底是誰沒本事？」鈴反笑，「在場這麼多雙眼睛都盯著呢！你瞧瞧你師父，表情多難看！」

向敬沖一向最怕師父，聽到最後一句，不禁心中一怵，分出一線目光朝薛幽棲的方向瞟去。

「——蠢貨！別著了妖女的道！」薛幽棲才剛開口提醒，雪魄的青鋒便猝然而至。

若非向敬沖的劍術已練至爐火純青的地步，這招「蠍尾」已經廢了他的右腕。但他畢竟有三十年的劍藝傍身，臨敵發招，雖說慢了半拍，但腳步斜趨間，長劍倒轉而提，已將對手的刀彈開。鈴腳一著地，就見寶劍劈來，連忙側身躍開，暗呼一聲：「可惜！」

經薜幽棲一提點，向敬沖立刻穩住了心神。只見他咬下袖邊的一張符紙，吞下裡頭的粉末，口中喃喃誦咒，下一刻，手臂皮膚頓時像被毒蟲咬噬般，爬滿了黑紅色的印跡。他剝下外袍，大吼著提劍砍出。

鈴見他外表突變，心中「喀噔」一下。

早在與青穹四劍的約戰中，她就曾目睹顏荊羽靠著「赤霄丸」的力量克制瀧兒。而如今，青穹派煉丹術的力量更是直接展現在她面前。向敬沖的速度比剛才增快了一倍不止！如此一來，她就算拼盡一身輕功，也逃不出他的攻擊範圍！

隨著對手舞劍的速度越來越快，劍光如火舌般扭曲，鈴掌中的雪魄刀發出幽若的低吟，彷彿隨時都要折斷。

她心頭一凜，暗想：「對付這種莽夫，還是得從他的弱點下手——速戰速決！」

「你既已知我是邪道妖徒，卻仍會被我的技倆給忽悠，可見心思愚鈍。」她對向敬沖說，「你師父稱你為蠢貨，可我倒覺得，你更像一條狗！」

她本已經被逼到了高台邊緣，可話到一半，薄薄的刀刃打了個旋，轉眼又在縫隙間生龍活虎起來，而本該將敵人腰斬的隋龍劍，卻被刀風一裹，與她錯身而過。

鈴眼也不眨，續道：「你也不想想，這場比試，就算你贏了，也會被人說是以長欺幼，以男霸女。但若輸了，卻會被整個江湖恥笑！這種吃力不討好的事，交給誰不好，怎麼就落在了你頭上！」

周圍本來是極安靜的，可就在此時，人叢中突然傳來一陣笑響：「說得好！」

向敬沖努力想將腦袋放空，但那笑就好像蚊子的嗡嗡聲一樣，直往他耳蝸裡鑽，氣得他五官都扭曲了。

「難道你沒想過，你師父為何死活不肯讓你接任掌門？這些年，你為他幹了多少骯髒事？想必連你自己也數不清了吧？可惜他心裡卻從來沒有你。狗兒雖然忠心護主，但試想，誰會把自己的衣缽傳給一條畜生？」

一般的侮辱叫罵，向敬沖絕不會理會。但鈴說的這些話，卻正好挑中了他最敏感的神經。他曾被師父重罰面壁禁足兩年，那陰影至今仍未完全消散。如今，這份屈辱和恐懼再次被挑起，還是在天下英雄面前，他如何能忍？

「我讀書不多，卻曉得一句話，叫兔死狗烹。」鈴冷笑，「向大俠是否聽過？」

一片銀光從向敬沖灰敗的臉上掃過。他瞳孔一縮，居然被對方用刀背震退了數步，連他自己也吃了一驚。下一刻，眉宇間煞氣大盛，從懷裡掏出一粒白色丹丸，正欲仰頭吞下，卻被一道中氣十足的嗓音給制止了：「——夠了！」

發話的正是青穹掌門薛幽棲。只見他青袍微濕，兩道蠶眉擠成一團，顯然也被氣得不輕。可畢竟是一代宗師，不像向敬沖那般把持不住，只是橫了徒弟一眼：「不嫌寒磣的東西！還不快回來！」

「可是……」

向敬沖僵立原地，一時未能反應過來：「自己明明未曾輸，師父為何非要自己退下？」

這其中的原委他想不透，周圍人卻有不少已瞧出了端倪，只是心照不宣罷了。一旁的柳露禪更是忍不住冷笑起來：「好啊，這麼快就五去其一了。」

「師父可是看出什麼了？」她隔壁的俊俏少年忍不住湊過腦袋詢問。

這名身穿銀朱色夾花長袍，腰束青絲條的「少年」不是別人，正是女扮男裝的李宛在。這回，柳露禪受邀前往塗山參加群雄大會，她也一塊跟來了。只是，別人都是來爭名頭、逞威風的，她卻是一心想湊熱鬧。

方才鈴出言嘲弄對手，她聽得甚是痛快，忍不住叫了聲好，結果被師父掌嘴。這會兒學乖了，只敢壓低聲音說話。

「帶妳來，就是要妳多看，多學。一個人若想在這江湖上站穩腳跟，可不能只是仰仗刀劍拳頭。」柳露禪說著，朝向敬沖揚了揚下巴，「說說看，青穹派是如何輸的？」

李宛在擰眉思了半晌，旋即恍然大悟：「兩者實力看上去雖相差不遠，可青穹派功夫乃是以炁為基礎。一旦精神出現破綻，就算吃再多靈丹也無法剋化。阿離這招可謂釜底抽薪，攻心為上！」

柳露禪點頭，顯然是對徒兒的回答還算滿意：「薛幽棲這老道，能夠洞悉局勢，及時收手，也算聰明。」

青穹派那廂，只見薛幽棲雙眼一閉，隔了許久方吁出一口長氣。

「罷了。死生有命，我青穹派這回且算是一栽到底了……」說完，轉身拂袖而去，就連武正驊都攔不得。一干青衣弟子緊緊跟在掌門身後，皆是一臉苦大仇深的表情。

「師父果然料事如神。」李宛在低呼，「可徒兒不懂，他們為何要走？留下來看戲豈不妙哉？」

「妳以為人人的臉皮都和妳一樣厚糙啊？」柳露禪瞪她一眼，「這次的群雄大會本就是青穹派的主意，搞了這麼大的陣仗，最後卻連個小丫頭都收拾不下，留下來豈不讓人看笑話？何況薛幽棲那小子，又是出了名的沉不住氣。」她冷笑兩聲：「不過話說回來，這張臉皮也算是妳的一點長處。過剛易折，若連這麼點屈辱都承受不了，武功再高也是繡花枕頭，如何能成大事？」

「就是說啊。」李宛在沒心沒肺地附和，一邊在心裡嘀咕：「謝天謝地，當年爺娘慧眼，沒將我送到青穹派門下，否則可要憋屈死啦！若凡事都這麼較真，做人還有何趣？」

在她眼中，這次的群雄大會，就好比一場花樣百出的盛筵，看各大門派互相鬥法，簡直比逛青樓、賭雙陸更刺激。唯一的遺憾，就是好姐妹夏雨雪沒能一同前來。

原來，上次的天月劍會結束後，夏雨雪便和師父表明心跡，說自己想暫時返回夏家莊修習陰陽符籙以及六壬之術，而柳露禪也應允了。夏雨雪宿願得償，自是喜不自勝。可少了好友作伴，李宛在的日子卻難免寂寞起來。

她將目光轉回鈴身上，心情有些五味雜陳。

想當初，她們三人在武夷山上，一同玩耍練武，多麼瀟灑快活！儘管後來得知了對方的身分實是六大門的敵人，然而，在她心目中，赤燕崖也好，黑燕崖也罷，對方還是從前的那個阿離，並無任何改變。

「千萬要撐下去！」她望著高台中央那道煢煢獨立的身影，雙手緊握成拳，心中默默祈禱。

鈴拿起雪魄在掌中轉了幾圈，活動活動腕骨，接著才將目光抬起，冷冷掃視人群，問道：「下個換誰？」

「就讓彭某來領教吧。」人群中飄出一道陰陽怪氣的聲音。明明是男子，嗓子卻異常尖細，倒像是梨園裡唱戲的伶人。

「等等，憑什麼是你？」另一個蒼老的聲音問。

「二位師兄，還是讓小生去吧！」接著又有人插嘴。這次，是個聽上去十分得意的年輕男子。台下突然鬧起了這麼一齣，眾人面面相覷，皆摸不著頭緒。但見趙拓笑著朝余姚拱手：「貧道早聽聞靈淵閣藏龍臥虎，只可惜今日無法一次目睹余兄三位高足的風采。」

「趙兄抬舉了。」余姚伸手捋鬚，呵呵而笑：「老夫這些徒弟，擅長的都是些雞鳴狗盜的本領，如何能和天道門相比？」

原來，方才爭著要上場的，正是靈淵閣著名的三位怪人——靈蛇道人彭光、長鬚童童百翁以及樑上才子廖飛颺。三人的外貌體態本就與眾不同，站在人群中央更顯突出。另外，他們的肩上還分別盤踞著各自的靈獸，分別是一條白蛇，一頭蒼猿，以及一隻老鴉。

「不如，咱們拋錢幣決定。」彭光捏著他那半男不女的嗓子提議。說完，從袖裡摸出一枚開元通寶，「你們各選一面，猜贏的上場。」

「那你自己呢？」廖飛颺疑道。他瘦如麻桿，藏在黑色面紗後方的雙眼卻亮得很。

「若你們猜得都不對，那自然就是彭某勝了。」

「放屁！」披散著白髮的小老頭子童百翁嚷起來，「彭胖子，你休要唬人！一枚銅子兒也不過兩面。難不成還會有別的結果嗎？」

「老醉鬼，你到底敢不敢賭？」彭光目光斜起，反問對方。

童百翁一聽，氣得跳腳：「誰說俺不敢！賭就賭！」

「好。但這錢，不能由咱們仨來拋，否則就不公平了。」廖飛颺說著，轉頭叫道：「芊兒，妳過來！」

少頃，一名高挑亮麗的少女應聲走了過來，正是與鈴在錦絲鎮有過幾面之緣的俞芊芊。身為余姚的關門弟子，她雖和其餘三人年紀相差甚遠，論起來卻是同個輩分的。

「好孩子，替咱們辦件事。」

「三位師兄，又想到什麼好玩的主意了？」

俞芊芊聽完廖飛颺的解釋，拍掌笑道：「這個有趣！交給我吧！」

三個男子飛快地相覷一眼。他們都曉得，這位小師妹心思單純，不會耍什麼花招，由她來擔任評審，的確再合適不過。

「那麼，童師兄是正面，廖師兄是反面。看仔細了，我要拋啦。」

俞芊芊將那枚開元通寶高高拋起。當它開始下墜時，底下的三雙眼睛都緊盯不放。唯有彭光遠遠站在一旁，彷彿毫不在意。

然而，看到結果時，俞芊芊卻忍不住驚呼起來。原來，那枚銅板居然正好卡在了地上一道淺淺的溝坎裡，垂直而立，不偏不倚。

「彭師兄贏了！」

連俞芊芊都這麼講，童百翁和廖飛颺自是無話可說。可廖飛颺仍然忍不住狠狠瞪了彭光一眼，低哼道：「算你厲害！」

難道對方以為，他剛才偷偷搞鬼，將靈蛇從袖裡放出，自己會沒發覺嗎？

「承讓、承讓。」彭光瞇起一雙貓眼笑道。

參

鈴在台上站到腰都酸了，才終於有人走了出來。這回，對手是個頂著油亮光頭的大胖子，銀色鶴氅看上去非僧非道，不倫不類，走起路來也是慢吞吞的。

「靈淵閣弟子彭光，這廂有禮了。」他雙袖向前合攏，躬身一笑。

鈴聽著那虛假的聲音便覺得頭皮發麻。她不想和對方囉唆，轉眼間已揮刀直上，誰知光頭卻忽然怪叫起來：「等、等等！」

鈴的刀鋒都把對方的眉毛給剃短一截了。她沒想到六大門中竟還有這種臨陣求饒的鼠輩，差點沒岔氣，腳步急煞，喝道：「有話快說！」

「姑娘武功蓋世，彭某已經見識到了。但咱們何必鬥個你死我活，兩敗俱傷？不如點到為止。」彭光說著，突然壓低音量：「別忘了，就算妳勝了我，後面還有別人在等著呢，不如省點力氣……」

鈴幾乎要發笑了。對方當她是俞芊芊嗎，這麼好糊弄？

「想省事？那就趕緊滾回去！」

然而，就在她正打算一刀下去了結這胖子時，眼前卻突然一花，敵人的身影竟從一個變成了兩個！她大吃一驚，果斷返攻為守，向後掠出。落地的剎那，額角已有冷汗聚積。

——剛才那是什麼聲音？

定睛望去，只見彭光肥油油的手中不知何時多出了一道精緻的水晶匣，匣子的中央有道開口，裡頭竟然端放著一個鵝蛋大小、乳白色澤的嬰兒顱骨。

敞開的囟門顯得詭異又淒涼，看得鈴心裡發怵：「是被那個東西刺中了嗎？但不可能啊……」她下意識地伸手去摸自己的側臉。果然沒有血。

「姑娘一定很好奇吧？」彭光笑嘻嘻地開口，「這叫『幻音骨』，乃是小鬼身上的怨氣煉製而成的法寶。彭某無才，可手中只要有這玩意，以及妳的一綹頭髮，連妳的人都不用碰到，就能讓妳求生不能，求死不得……」

再仔細看，水晶匣上果然纏著一縷烏黑的秀髮。鈴一怔，心想：「是對方趁她不備時竊去的嗎？可她從未聽說過江湖上有『幻音骨』這種法器啊！」

彭光眼角眉梢盡是得色：「這可是妳逼我的啊，誰叫妳敬酒不吃吃罰酒？」說完，長袖微抖，抖出三根銀針，向敵人面門射來。

那速度雖快，卻還沒到讓鈴反應不及的地步。可就在她低身避開之際，水晶匣中的頭顱卻突然桀桀怪笑起來。

接下來的情形和方才一樣。鈴的太陽穴閃過劇痛，足下不穩，向後跌了個趔趄。下一刻，她舉手護頭，迎面而來的三針，全扎在了她的手臂上，疼得她倒抽涼氣。

「沒用的，一個人的功夫再高明，也不過是血肉之軀，如何能與詛咒抗衡？我勸妳還是認輸吧，免得白受零碎折磨。」

「聽你在這胡說八道，才是最大的折磨！」鈴反手拔出三根銀針，冷哼一聲。

彭光聽得臉色一緊，但旋即又滿面春風起來，笑道：「那就別怪彭某手下無情了。」眨眼間，銀針射至，鈴連自己怎麼倒下的都不知道。她只覺得四肢一陣痙攣，接著，腳下的石板就突然衝著自己飛來。她將身子繃成了一張痛苦的弓，再次抬頭時，彭光已經挺著那顆大肚腩站在面前了。

他俯瞰著她，一臉垂涎：「現在的妳六脈虛浮、目生幻象，根本不是我的對手。我最後再給妳一次機會。若再不降，我就讓妳和青穹派的駱展名一樣，從此淪為廢人！」

確如他所說，鈴感覺自己內力紊亂，視線模糊，可她想不通，這幻音骨怎地如此了得，就連號稱「一曲殺千」的琴魔殷常笑也有所不及——難不成這大光頭真的會操縱鬼神？

「妳不必感到羞愧。只要我手裡有幻音骨，就不可能會輸。」彭光撫摸著水晶匣透明無瑕的表面，兩眼放光，表情說不出的滋潤享受，「等拿到《白陵辭》後，我會請求閣主將妳賜給我……到時，把妳的骨頭一根根拆開，製成獨一無二的藏品，那才妙呢！」

看見對方擺弄著手裡的銀針，鈴就全身惡寒。她想反擊，但敵人的身影在眼前重重疊疊地浮動著，有時在前，有時在後，彷彿有一整排的彭光正衝著自己笑，卻不知哪個才是真身。

「可惡……！」她艱難地爬起，揮出刀刃，對方卻像全沒放在眼裡似的，連躲都懶得躲。「妳在刺哪裡啊？」他呵呵笑道。

鈴往前踉蹌了幾步，再度跪倒。恍惚間，她的眼前漫起一片迷霧，幌動的人影從霧堆中升起，朝自己走來。

她彷彿見到了師父，見到了長孫大俠，見到了江離，見到了凌斐青……她用力眨著眼睛，企圖擺脫那些幻影。顫抖的目光像在尋找救命稻草似的，不斷掃過左右，最後落在了武台邊的鐵籠上——瀧兒就被關在那裡面！

這個想法搖醒了她。做為師父，豈能讓徒弟瞧見自己這種沒出息的樣子？無論如何，一定得振作起來才行！

而就在此時，底下的人群中突然飄來一句：「看花非花，霧非霧。」那人刻意壓低了嗓，鈴認不出他的聲音，他的話卻令她混沌的頭腦瞬間激靈了一下：「花非花……難道是指這個意思？」

事到如今，已容不得她細想了。鈴索性豁出去，閉上了眼睛。

在伸手不見五指的黑暗中，她的心跳終於回歸平靜。同時，其餘的感官也跟著銳利起來，就連彭光那毒蛇般滑膩的聲音從背後游來，也不足以打斷她的專注。

「很好……乖，忍耐一下就過了！」

當水晶匣中的骷髏再度傳出怪笑，第三波銀針射來時，鈴聽音辨位，突發一招「臥冰求鯉」，千鈞一髮地避過，卻聽彭光冷哼道：「僥倖。」

逃過此劫後，鈴開始催動體內的真氣。不出多久，渾身衣裳便被汗水浸透了，背上的四根銀針悉數被內力逼出，玎玎落地。

「原來如此！」思緒連結的剎那，她睜開了眼。

正如她所料，眼前的幻覺消失了，手腳也不再難以使喚。她先是長長舒了口氣，緊接著，恐懼逐漸退潮，被憤怒給取代。

「死胖子，你完了！」她反手抹去臉上的血痕，抬起頭，一字一頓地告訴彭光。

彭光被那氣勢嚇退了半步，白麵團似的臉上閃過一抹不可置信：「妳居然能動？」

「什麼幻音骨，什麼隔空傷人，都不過是一種障眼法。」鈴指著對方手中的水晶匣，鄙夷道，「這就是塊普通骨頭，只是被你用腹語術操控罷了！」

「胡說！妳休想汙蔑彭某！」

「像你這種騙徒，還會在乎自己的聲名？」鈴一想到自己居然差點栽在這個低頭望不見腳趾，張口吐不出象牙的江湖敗類手上，就覺得不可原諒。

「你剛才的那些說辭，不過是為了唬弄大眾，混淆視聽罷了。不清楚的人，還以為你真有什麼鬼怪之力呢！」

彭光臉色倏變，心道：「不好，這丫頭是想拆我的台啊！」他混跡江湖多年，四處坑蒙拐騙，早已結下了不少仇家。若法器的祕密被當眾揭發，日後豈還有活路？

想到這，長袖幌處，直接揚起暗器朝對手要害射去。

但下一刻，只聽「咣噹」數聲。鈴一口氣擊落了所有銀針，冷笑道：「你引我到身邊，不是為了取髮，而是為了下毒，也就是你身上的香露！」

話音初落，外圍便響起幸災樂禍的笑聲：「哈哈哈，真有你的，老彭！整日帶著這種娘兒們的玩意，難怪皮膚越養越水靈了！」

出聲的正是彭光的同門師弟童百翁。此人雖年逾耳順，但天生一股孩子氣，說起話來更是口無遮攔，也不在乎這是個什麼場合。台下眾人聽了，也紛紛大笑起來。

「此毒效果雖猛，卻不難破解。正因如此，你才要這般大費周章去遮掩。」

彭光聽著鈴的話，表面上強裝鎮定，心裡卻早就慌了。對手每逼近一步，他的臉色就慘淡一分。少頃，突然爆出一聲淒厲的尖叫，原來是膝蓋被珍瓏指彈出的石子擊中，當場筋斷骨折。同時，他豢養的那隻白蛇靈獸也從袖裡鑽了出來，倉皇逃命去了。

鈴看著那條遊動的小蛇，心想：「恐怕牠才是這詭香的源頭吧。」若非適才閉上眼時，留意到了空氣中的那縷異香，恐怕自己早已死無葬身之地！雖然滲入體內的毒液已經被她運功發汗給蒸出來了，可在此之前，不知有多少人受到這毒物的殘害，進而發瘋喪命——這種人，留著就是個禍根！

另外，她一想到瀧兒渾身是傷，宛如被遺棄的小狗般蜷縮在籠子裡的模樣，就覺得眼前這胖子格外地惹人厭憎！

——敢動她的徒弟，就等著下地獄去！

彭光見她面無表情，身上卻殺氣騰騰，連面子都顧不得了，直接以手當腳朝台邊爬去，邊爬還邊叫道：「師父，救我！」

可惜還是晚了一步。手起刀落間，鈴又卸掉了他的左臂。殺豬似的哀號響徹整座天轅台。

余姚終於耐不住性子了。他按了按眉心，袖袍一揮，對左右弟子道：「都別愣著了！還不快把你們師兄給拖回來！」

彭光被廢了一條胳膊和兩條腿，和人彘也相去不遠了，靈淵閣派出了四名壯漢才將他給抬回去。鈴見對方小山一般的身軀躺在擔架上瑟瑟發抖，胸間的那口氣才覺得順暢多了。

台下的俞芊芊卻不樂意了。她見師兄慘遭凌辱，姣好的臉蛋漲得通紅，右手緊握雁翎劍，恨不得立時撲上去和敵人拼鬥。她身邊那頭巨大的白狼也跟著發出低沉的咆哮，以示威嚇。

「都是那該死的小妖女！之前也是……只要有她在，就準沒好事發生！」

雖說錦絲鎮的連環殺人案早已事過境遷，俞芊芊既不曉得凌斐青的真實身分，也對他的生死一無所知，但心中對鈴仍充滿了敵意。

靈淵閣的前身乃是漕幫，雖然三十年前便已開山建派，但總是不能和塗山、天道、國清這些歷史悠久的玄門相提並論。甚至江湖上還有一種說法，靈淵閣之所以能夠躋身六大門派，全是靠錢收買司天台的結果。如今輸得難堪，這樣的閒話又再度被人拿出來調侃。

身為閣主的余姚並不在意這些流言。可俞芊芊在意。她巴著身旁的公孫彩不放，憤憤道：「師娘，妳聽！這些人竟敢笑話咱們！」

「技不如人，有什麼可抱怨的？」

「弟子不服！」俞芊芊跺腳。

「那妳打得過人家嗎？」

「打不過……」

「知道就好。妳已經不是小孩子了，也該長點心眼了，別老是被人激怒。」

然而，公孫彩話才剛說完，右首便傳來一道笑嘻嘻的聲音：「瞧那胖子逃竄的模樣，像極了喪家之犬！大夥兒說是不是啊！」

俞芊芊聞言，轉頭去瞪對方，卻見發言的是個濃眉俊臉、英姿颯爽的紅衣少年。他右手懶懶地搭在劍上，說話時未語先笑，扎在人群中央，就好像一塊美玉丟進灰溜溜的石堆間，把俞芊芊的眼睛都看直了。

下一刻，只見那少年足尖一點，越過鑽動的人頭，俐落地翻上了一旁的樹杈，還順手從枝上摘了顆果子送到嘴邊。

俞芊芊心間微動，暗想：「此人的輕功居然不在我之下！」

這個令她一見傾心的少年，自然就是小李羅剎李宛在了。她此刻佔了地利之便，正如鷹隼般居高臨下俯瞰著天轅台。

她發現，經過上一場比鬥後，鈴額角掛汗，疲態漸顯，而國清寺卻緊接著要求出戰，忍不住將吃了一半的果子往台上扔，罵道：「堂堂出家人，難道想趁人之危嗎？」

國清寺的常素法師是個身材魁偉，面色枯槁的老者。聽見李宛在的話，抬起眼來，溝壑縱橫的臉上浮出微笑。

「小施主多慮了。」他緩聲道，「武掌門，諸位英雄，無論對手是誰，老衲都會堂堂正正的與之比武，絕不會心存僥倖。這位姑娘既損傷了元氣，就等她休息恢復後再戰吧。」

說完，也不等武正驊回應，直接在台邊盤膝閉目，坐起了枯禪。

「法師果然道行高深。」武正驊心想，「比起青穹派的執迷不悟，靈淵閣的投機取巧，還是國清寺堪為武林表率。」

肆

隨著比賽進入暫停，江離懸著的一顆心終於落地。方才在人群中，她不敢隨便出聲，卻緊張得不得了。光看霍清杭那隻被她掐得瘀青的右手就知道了。

就在此時，忽有一名「正牌」的塗山弟子從後方走來。

「都愣在那兒幹什麼？」他對兩人說，「還不快到後堂多拿些吃食來？」

江離和霍清杭沒辦法，只得匆匆應聲，低頭離去。但才沒走出多遠，江離卻險些撞上一名迎面走來的高大男子。

那人身材結實，黑色斗篷下的容顏猶如刀裁玉刻，俊美異常。但更令人訝異的是他身上帶著的那股狂狷邪氣。擦身而過的剎那，江離瞥見男人的嘴角勾起輕薄的笑意，心頭頓時爬滿了一股極恐怖的感覺，猛地停下腳步。

緊跟在後的霍清杭也跟著停了下來。「怎麼了？」他望見江離蒼白的臉色，關切地問道。江離沒有立刻回答，卻下意識朝霍清杭身後縮了縮。

她心裡總有股不安的感覺，彷彿，剛才那個男人是故意衝著自己來的。

「沒事，我們快離開這吧。」

等到第三炷香燒到盡頭時，天轅台上的鈴也正好打坐完畢了。她睜開眼，發現國清寺的常素法師已經擺好架勢等著她了。

他看上去約莫五十多歲，雖其貌不揚，但無論是臉色或身上散發出的氣勢，卻都相當凝重。

「賜教！」當他提氣說話時，胸前的一串紫色念珠便微微撥響。

鈴曉得紫色乃是國清寺中最高品級的顏色，除了方丈以及四堂首座之外，唯有實力超群者方有資格配戴，可見這老僧必定是名高手。她微微點頭道：「法師請吧。」

常素鄭重地唸了聲佛，接著袈裟一裹，人便消失了。

鈴心頭一凜，立時躍起閃避。

剎那間，紫光閃動，暴風撲來。強大的力量直接粉碎了腳下的石板，將天轅台的地面犁出一條深溝。鈴雖躲過了敵人的肉掌，卻差點被飛濺的石塊砸中面門，在空中翻了兩遭才驚險落地。

常素的身影在揚起的煙塵中若隱若現，聲音卻如洪鐘大呂般渡空而來：「凡犯殺戒者，死後必墮惡道。老衲今日便讓妳看清自己的罪孽——妳就安心受罰吧！」

鈴沒有回答，卻將雪魄刀握得更緊了。

她並非看不出來，先前的兩場比賽，對手要嘛有致命弱點，要嘛專抄旁門左道，唯有這位常素法師心志堅定，毫無破綻。想要贏，就得拼上性命。換句話說，真正的考驗從現在才開始。

好在如今的她，亦非當初那個剛下山的少女了。她從長孫岳毅身上學到了高深的玄功，從玄月劍法中悟出了以柔化剛的道理，又從花月爻那見識到了天下至陰至毒之物。所謂一物降一物，她今日便要讓這老僧知道，自己就是赤梟的傳人，六大門的惡夢，注定要搗毀他們的神壇，讓那些披著人皮的鬼怪現出原形！

天轅台位於塗山之巔，淮山之南，冷冷的冬陽斜射下來，正好落在中央，將兩人的身影縫上一道薄薄的金邊，乍看之下，竟有幾分莊嚴。或許是受到這氣氛的感染，騷動的人群突然安靜下來，就連遠處的蟲鳴鳥叫都被風給蓋過了。

忽然間，常素提氣大喝，一道紫電從懷裡射出，長串的念珠甩至半空，化作一張纏綿柔韌的大網，朝敵人兜頭罩落。

鈴也動了。雪魄的刀光在空中劃出一道絕美的弧，既如長夜流星，又如飛雪飄零。白光與紫電交纏在一起，快得叫人看不真切。鈴的招式變幻莫測，詭譎的刀風無孔不入，常素則是沉穩如松，內力在周身形成一道堅不可摧的結界。雙方都施展出生平絕學，一時間卻都無法奈何對方。

十多回合下來，常素沉靜的表情有了一絲破裂。

少女的動作觸動了他內心深處的記憶，而隨著回憶浮現心頭，他彷彿又看見了那道神采飛揚的背影……

二十五年前的戚山大會，同樣也是繁花落盡的冬日，那人一襲紫紅長袍，踏雪而來，猶如大火中展翅的朱雀，亮烈的顏色彷彿能將人的雙眼燒穿。

但更可怕的是他的劍。

常素這輩子從沒見過那樣的劍。出鞘時宛如漫天寒星落入凡塵，又挾著暴雪般的力量，劍影飄搖不定，甚至帶了一股妖異之感，讓人懷疑究竟是真是幻。

那一日，韓君夜單槍匹馬敗盡群雄，被封為武林中的不敗神話。

如今站在台上的少女，身上缺少了那種令人心折的風采，使的也並非塗山劍法，可不知為何，常素卻不自覺地將兩人的身影重疊到了一起！

另外，今年春天，磐音谷結界遭到破壞，國清寺險些慘遭滅頂之災。根據小沙彌妙因的說法，當時封印姑獲鳥，阻止了那場浩劫的，正是一名攜著妖怪的人類少女。對方的身分始終成謎，但常素越來越覺得，除了眼前這名女孩，只怕天下間無人有此能力。

他的臉色更晦暗了，念珠抖出一片紫色霞光，雙掌轟天雷一般落下，欲將對方震得經脈斷絕。

國清寺的佛珠乃是符籙煉化而成，其中蘊藏著歷代高僧強大的法力，不僅能夠除妖驅邪，還能當作軟兵器使。鈴身子一低，避開纏來的索圈，卻仍被尖風逼退了半步。

轉眼間，常素雙掌齊出，鈴全身已籠罩在那沉猛的掌勢之下，無路可退，只得揮刀迎刃而上。雪魄斜鋒疾掃，刀尖直接架上了常素寬大的手掌！

先是「鏘」的一響，火星蓬飛，接著便是雪色拂過眼前，杏袍緩緩落下。高手過招，勝負本在剎那間，待觀眾反應過來，台上兩人早已再次分開。

只見鈴搖搖欲墜，整個人彷彿被扯碎的白綾，一陣風來就能吹破，握刀的右手鮮血淋漓。

另一頭的常素面色微青，紋絲不動。可誰知，剛欲開口，胸前的佛珠卻突然分崩離析。一陣珠落玉盤的亂響中，他合掌於胸，低眉道：「阿彌陀佛……這局，是老衲敗了。」

眼看就連國清寺也敗下陣來，趙拓終於有了動作。他向身邊的青年遞去眼色，對方會意，直接拔步走出，朝武正驊執禮，說道：「天道門顧劭峰請纓出戰！」

武正驊忍不住皺起眉。

如今，誰都能看出，台上的少女已瀕臨極限，再打下去，恐怕就要油盡燈枯了。他正打算叫顧劭峰退下，沒想到，鈴卻直接開口應允了。

武正驊愣住了，回頭看她，心想：「此人瘋了不成？」但不等他發話，顧劭峰已經輕身一縱，落在了天轅台上。

鈴與顧劭峰相對而立，視線卻越過對方的肩，落在台下那名玄色錦袍的道士身上。只見趙拓微微欠身，臉上的笑容淡如遠岫，彷彿在說：「咱們又見面了。」

顧劭峰是趙拓門下第一得意弟子，兩者間有著千絲萬縷的聯繫。可四目相接時，鈴發現對面的青年眼神清澈明亮，半點也不像是受人蠱惑的樣子。

既然如此……

她面色一緊，將刀遞交左手，一身殺氣陡然凌厲起來：「請顧少俠賜教。」

而另一邊，顧劭峰面對身受重傷的對手，也沒有手下留情的打算。因為他此番本就是奉師命，要來了結對方性命的。

他和師弟葉超不一樣，從未質疑過上頭的命令。因此，儘管想不透師父為何一點都不在意《白陵辭》的下落，反而一心想置眼前的少女於死地，他出招時也沒有半分猶豫。

墨色的劍穗隨風輕動，他道了聲「得罪」，二指併攏，運劍捏訣，呼嘯而出——那速度好快！

台下看眾不禁發出喝采，就連李宛在也被搞糊塗了。

「我記得天月論劍時，這姓顧的武功還不及被妖怪奪舍的譚方彥啊！什麼時候變得這麼厲害了？」

柳露禪盯著顧劭峰手中的快劍，冷哼一聲：「趙拓這回果真是有備而來，居然把『那個』劍法教給了他這傻徒弟！」

「什麼劍法？」

「看清楚了，小李……這便是天道掌門代代相傳的鎮山之寶——慎獨劍法！」

李宛在一聽是這麼厲害的武功，登時眸光亮起，但一轉念，又不禁替鈴捏一把冷汗。

顧劭峰的寶劍虎嘯龍吟，氣貫長虹，確有宗師風範。鈴自知左手舞刀，力量大減，不敢輕掖其鋒，劍光錯落間，只得不斷旋身閃避。

然而，如今的顧劭峰可不是一般人。鈴才剛眨眼，他的下一劍已從意想不到的角度襲至。而這一刻，她才深刻地感受到，顧劭峰和先前的幾名對手完全不同——他的劍浸滿了殺意！

手腕一壓，雪魄的刀尖化作星星點點的寒光，硬是在劍影中撕開了一道容身的縫隙。然而，顧劭峰的劍鋒如煙縷般無形無跡，竟又折了回來！鈴不過退讓了半步，肩上便已皮開肉綻。

同時，和常素那場惡戰的後遺癥也逐漸顯露出來。鈴發現自己反應變得遲緩，喉嚨火燒火燎，幾乎連刀都握不穩了。

幾道快招後，她一口氣沒轉順，咳出了血來。更要命的是，此時的她呼吸已亂，全身上下破綻百出。

顧劭峰清俊的眉宇深深蹙起，目光中沒有半點慈悲。要是鈴再晚個半拍滾開，腦袋肯定已被他的寶劍斬為兩半。

但逃得了這次，逃不了下次。爬起時，鈴感覺自己全身的骨頭都要散架了，只得咬緊牙關，從懷裡摸出一把黑羽鏢，朝武台對面奮力擲去。

這種盲目的攻擊，顧劭峰自然不會放在眼裡，身形微晃，飛來的暗器便全落了空。

然而，鈴這垂死掙扎的舉動卻深深刺痛了他。

沒有人想死，但比起殺人與被殺，他更害怕承擔軟弱的惡名。

為了天道門的榮光，為了保護自己最愛的人，他知道自己無時無刻都得保持清醒，不負所託。同樣的，師父也對他有著極高的期許，才會將這套象徵正統與尊嚴的「慎獨劍法」傳授予他。

一顆心千迴百轉，終是無路可退。下一刻，他低聲道了句：「對不住」，整個人化為一把高速旋轉的劍，朝著敵人的要害殺了過去。

隨著慎獨劍破空而出，武正驊心臟也跟著沉至谷底。他總覺得自己該做些什麼，但才剛動念，兩團巨大的火光突然從天而降，直接劈中了天轅台。剎那間，陰風大作，整座高台都被青焰所包裹。

武正驊大駭。但他好歹也是個經驗豐富的除妖師，很快便回過神來，長劍出鞘，在掌心劃出一道殷紅，後又帶著那抹驚心的顏色，如火如荼地燒向半空。與此同時，一旁的國清方丈常祚和靈淵閣主余姚也分別祭出了法器和靈獸。

三位當世高手合在一起的法力，頃刻間便將幻術給收服了，只留下一陣淡淡纏繞的青煙。可當煙幕散去時，在場眾人都驚呆了。

只見偌大的天轅台上空蕩蕩的——鈴和顧劭峰竟然同時消失了！

「這到底是怎麼回事？」李宛在嚷嚷起來，想衝到台前看個清楚，卻被柳露禪的禪杖給勾了回來。

柳露禪也感到驚詫，卻依然保持著一貫的沉著，視線掃過人群。

「這麼多雙眼睛都盯著呢。兩個大活人不可能就這樣不見的。」

「可是剛剛那道光，分明是妖法作祟！」

「鼻屎大小的幻術，能頂個屁用？」柳露禪說著，拿眼偷覷武正驊，「妳可別忘了，此處是誰的地盤……」

隨著眾人的視線逐漸聚集到一處，武正驊的臉發燙起來。他突然轉向妻子，一把拽住她的手腕，低喝道：「——是妳！」

公孫夏被他這麼一掐，痛得臉色煞白：「不……我沒有！」

一旁的武冬驥撞見這幕，胸口宛如被巨石砸中，當場怒火上衝。但還沒等他撲上去，武正驊就撒了手。公孫夏強忍羞憤，張臂將兒子攔在身後。

然而，武正驊卻沒再理會他母子二人。他的目光被武台邊的鐵箱籠給吸引了。他和對面的師弟陳子霄交換一道眼色，率領幾名親信弟子，一同奔近查看。只見牢籠敞開，本該封住鐵門的黃符斷成了兩截，無聲無息地躺在草叢間。

陳子霄蹲下，從地上撿起一枚狀如鳥羽的黑鏢：「師兄，你看這個……」

武正驊見到此物，整個人僵在原地，就連陳子霄喚他，他都跟沒聽見似的，隔了許久才回神。

「快去！派人守住山門，搜索禹德殿，一個人也別放出去！」

直到陳子霄率著眾人離開，武正驊才扶著鐵籠站了起來。

他臉上神情呆滯，內心卻如遭雷殛。

鈴和顧劭峰直接當眾消失——這件事勢必將引發軒然大波，將塗山派置於炭火之上。可他知道，就算把整座塗山翻個底朝天，也不會有任何收獲。他下令搜山，不過是做戲給外人看罷了。

就在剛剛，他終於明白了一切是怎麼回事。但同時，他也比誰都還來得震驚，因為那關係到天底下除他之外無人知曉的祕密！

伍

顧劭峰在黑暗中踽踽獨行。他的手腳皆布滿了細微的擦傷，呼吸也逐漸濁重。然而，望著前方陰慘崎嶇的道路，卻絲毫沒有要回頭的意思。

甬道四周的石壁凹凹凸凸，掛滿了蛛網。另外，每走出一陣，腳下便會有斜路岔出，每條皆是一模一樣。若不是地上蜿蜒的血跡，他早追丟了。

方才在天轅台上，他的那一劍確實傷到了對手，但卻沒能命中要害。隨後，火光乍現，將二人緊緊包圍，位於武台中央的石板忽然向下傾斜，露出半尺高的密道口。

鈴動如脫兔，轉眼沒入石後，顧劭峰想也沒想便提劍追了上去。卻不料，下一刻機括啟動，石板悄無聲息地闔上，封住了唯一的退路。

幾次三番推不開，顧劭峰有些急了。可他也並非有勇無謀之人，靜下心想：「這座密道建於天轅台下，必然有特殊用途，何況前方還能看見微光，又怎會沒有別的出路？」想通了這點便不再猶疑，順著腳邊點點發亮的殷紅，朝敵人逃逸的方向繼續追擊。

鈴聽見後方傳來動靜，心頭一沉。

師父曾告訴她，唯有歷代塗山掌門知道這條密道的存在。她本以為能借道逃出生天，沒想到顧劭峰竟窮追不捨。且此時的她早已累得近乎癱瘓，又繞過一處拐角，索性扶住牆壁不動了。

腳步聲越來越近。就在這時，黑暗中驀地伸出一隻手，將她強行從地上拉起。

「等等……」跑沒幾步，鈴就覺得自己快要斷氣了。她強忍住胸口翻騰的噁心，抬起另一隻手，朝上一指。

原來，眼前這個的轉角對面有扇石門，門板上方還有機括，若非仔細觀察，絕不會發現。對方立刻會意，兩者一起躲到轉角後方藏好。

鈴本想說：「你別這麼用力攥我的手，很痛的！」但隨即又想：「都這種時候了，誰還管這種婆婆媽媽的小事啊……」

「你知道待會兒該怎麼做吧？跟咱們先前講好的一樣，藏起來，先別作聲。」對方遲遲沒有回應，鈴又推了他一把：「放心……和你在一起，我死不了的。」

闇影再次融入黑暗，鈴背抵著牆，又深吸了幾口氣，這才覺得心跳穩住了。

而不出多久，顧劭峰果真現身了。他見地上的鮮血滴到門口就停了，猶豫了半晌，伸手去推門。

冷箭立刻發動，「颼」地劃破寂空。

寒光撲來的瞬間，顧劭峰將長劍往背後一搭。迅雷不及掩耳的床弩彷彿被他裹著內力的劍光纏住了，劍身在空中劃出華麗的弧，接著便是一陣雨點般密集的乒乓聲。就連躲在牆後的鈴也不禁暗嘆：「好劍法！」

「別躲了！」顧劭峰低沉的聲線在狹窄的甬道內形成回音，久久不散。

「妳已經無處可逃了，何必還要頑強抵抗呢？」

「少俠這麼一問，可就失禮了。」鈴笑道，「雖說不過是爛命一條，但我也是人啊……終歸還是怕死的。」

顧劭峰沒想到到了這個地步，對方竟還笑得出來，不禁眉頭一蹙。

「放心。妳我本無怨仇，我動手時俐落些，不會讓妳受苦的。」

「是嗎？」鈴挑眉，依然縮在牆後不動，「可少俠是否問過自己？你從塗山頂峰一路追趕至此，甚至不惜自毀俠名也要取我性命，到底是為了什麼？」

「我既已領命，自然會不負所託，哪裡還需要別的理由？」顧劭峰冷冷道。

「可難道你心中就不曾有過懷疑？」鈴繼續逼問，「只因為下令的人是你師父，你便可以背棄自己的良心？」

「我知道妳想做什麼。可事已至此，多拖一刻又能改變什麼呢？或許這就是妳我的命數吧。」

「那個被你稱之為命數的東西，不過是立場而已。」鈴嗤之以鼻，卻被顧劭峰給打斷了。

「每個人生下來本就有各自不同的位置，此乃天地之序。若目無綱紀，恣意妄為，便是大逆不道，傳出去必定遭人唾棄。顧某不敢以俠者自居，卻時時刻刻銘記著自己是天道子弟。滴水之恩，湧泉相報——做人只需曉得這些就夠了！」

見對方的格局如此狹隘不知變通，鈴嘆了口氣。果真應驗了那句：話不投機半句多。

「……那就沒辦法了。」

伴隨著這聲嘆息，密道裡的氛圍變了。地下空氣陰冷。鈴背靠石牆，呼出的熱氣碰到雪魄的刀身，好似冰面上結了一層晶瑩的細霜。

少女的臉龐亦因失血而泛白，但底下的一雙墨眸卻格外火熱。她撕下衣襟綁住手臂的傷口，將刀重新交還右手，心想：「一決勝負的時刻終於到了！」

生死分際，隔著一道牆的兩人竟多出了幾分無需言表的默契。就在顧劭峰長劍抖開的剎那，鈴的身影也自壁後閃出。

刀劍相擊，整個地道都為之震動，頭頂上的土塊承受不住衝波，紛紛抖落。

慎獨劍法乃是歷代天道掌門的集體創作，經過數百年的打磨，無數次的去蕪存菁，自是妙入毫巔。就拿這招「不捨晝夜」來說吧。動作雖簡，卻同時包含著五六道內勁，宛如明月照地，落下的蔭影縱橫倚斜，無奇不出。才一交手，鈴便被那凜冽的劍壓激得嘔出一口血。

然而，但凡天下武功，皆有破綻可尋，慎獨劍法也不例外。果然，在苦撐了兩炷香的時間後，鈴終於證實了自己先前的懷疑——這套劍法雖極盡精妙，但來來回回一共只有九招！

此念方生，便見敵人揮劍刺來。這招大圓中還包藏著無數個小圓，她已見識過三遍，於是大膽出刀格擋。

火花蓬飛間，本該透胸而過的劍鋒被帶偏半寸，直接沒入石牆，發出擊筑般的哀吟，就連尾端的劍穗亦震顫不休。而雪魄的鳴聲更加清亮，玲瓏的刀尖不過是在空中轉了道弧角，去勢卻如暴雪般銳不可當。

寒光過處，顧劭峰感到肩頭劇痛。他倒退數步，伸手往背上一捂，卻摸到一片濕涼，當真是錯愕無已。

但戰鬥中無暇細思，只能迅速拔出劍，再度斬向對手。在他幾無死角的霸道劍式下，少女又一次步步退向牆邊。但又一次，顧劭峰發現自己殺不死對方。

正當他想制敵咽喉時，斜刺裡驀地竄出一道詭異的黑煙，不僅絞開了他的劍，更反守為攻，化作觸手朝他攫來！

顧劭峰腳步微挫，腦袋急仰。黑煙順著他鬢邊擦過，間不容髮！而他也終於看清了。那團黑漆漆的東西不是煙霧，而是刀影——刀影居然自己動了！

不過剎那的遲疑，戰況便陷入膠著。森寒的劍光與深邃的沉影相互夾纏，難分彼此。僵持片刻，黑闇中驀地傳來一聲冷笑：「逮到你了！」緊接著，地上、牆上，無數條蜿蜒的影子從四面八方游至，宛如傾盆大雨，朝顧劭峰鋪天蓋地落了下來。

顧劭峰何曾見過這等景象，不由毛股悚然。欲探手進袖去取符籙，卻被一條雪亮的刀刃給攔下了。

此時的雪魄早已脫離了鈴的手，卻依然在黑暗中不斷飛轉，甚至在詭影的操縱下，由上而下，挾雷霆之勢砍向敵人！

顧劭峰的長劍扛不住這暴虐的一擊，先是崩了一角，接著破面越裂越大，終於「霹呀」斷為兩截。

就算慎獨劍法再厲害，也沒法將靈魂注入一堆廢鐵。

在龐大而不知名的力量面前，顧劭峰鋼鐵般的意志終於發生了鬆動。他驚駭無比，忍不住脫口呼道：「——怎麼可能？」

但還沒結束呢！

只見暗影在腳下匯成一片黑色的湖泊，其深處逐漸勾勒出一道清晰的身影。當黑髮少年從影中跨出時，顧劭峰的呼吸早已紊亂，再也分不清眼前的到底是人還是妖，是真實抑或幻象。他仰望著四周陰森森的地穴，心想：「莫非，這就是我的黃泉路？」

面對戰意淪喪的對手，瀧兒卻沒有絲毫的留情。這個男人已經徹徹底底惹怒了他。下一刻，他二話不說，掄起拳頭。

一拳、兩拳、三拳……在瀧兒不顧一切的猛攻下，六大門中最年輕有為的俠少，成了名副其實的沙包，半邊臉都塌陷下去，拳風夾雜著含糊不清的哼聲迴盪在石壁之間，聽著異常慘烈。

最後，再奉上一記頭鎚。巨大的砰響擊破空氣，顧劭峰覺得腦殼像被撬開來似的，兩眼上翻，整個人飛出去，撞在後方的牆壁上。鮮血如小溪般順著前額淌下，殷然刺目。

瀧兒喘著粗氣，居高臨下睥睨對方，一雙深眸亮得教人無法逼視，全身的血液兀自沸騰。

後方的鈴望著這幕，一顆心同樣攥得很緊。她見對方還想繼續，急忙勸道：「好了，瀧兒！算了……他已經動不了了！」

方才的那串攻擊，既有赤燕刀法的凌厲，亦有妖狐幻術的詭譎，正是師徒二人共創的練妖術絕招——「影蓮盾」。瀧兒首次成功施展，不免內力大虧。此刻，他背對著鈴，雙拳瘀青，嗓音沙啞陰沉，語調卻出奇平穩。

「我說過的吧……就算得苦練至天下第一，我總有一天也要打敗妳。誰也別想來礙事！」

這套說辭簡直沒有半點合乎邏輯的地方，卻被他講得好像天經地義一樣。鈴怔了半晌，忍不住笑了。笑完了，頓感體力不支，坐倒在地。

瀧兒轉過來，一張臭臉頓時有些走樣了，眼底閃過的，不知是緊張、欣慰，還是無奈？與鈴相望片刻，他蹲了下來。眉心緊擰，喉頭顫動了一下：「走不動了吧？」

雖然有些不情願，但鈴仍然誠實地點了點頭。

瀧兒嘴角一緊，俯身將她揹起：「這便走？」

「嗯。」鈴回頭淡淡掃了一眼倒在血泊中的顧劭峰，「我們走吧。」

瀧兒這回很小心，在崎嶇的暗道內走得很慢，甚至慢到讓鈴懷疑自己是不是胖了。但這條地道卻比他們想像得來得更長。瀧兒揹著鈴走了小半個時辰，只覺得背上越來越濕，整件衣裳幾乎都被血給浸透了。

「妳別睡啊！」他警告。

聽見後方傳來鈴微弱的應聲，他的心跳越發失衡，提起嗓門喊道：「鈴，妳聽我說話，妳別睡啊！」

「說啊……」

瀧兒切住牙齒：「那天在山下是我不對，是我亂發瘋……」

「你隨時都在發瘋。」鈴糾正。

瀧兒好不容易才鼓起勇氣，被這麼一說，差點又慫了。但為了讓對方保持清醒，他這回可算是豁出去了！他告訴自己：「尊嚴什麼的，說到底，根本無關緊要！對方連刀子都替自己挨了，自己一個鐵骨錚錚的男兒，難道就沒有一點表示？難道就不能低一回頭？」

一番激烈的天人交戰，他覺得自己的肺都快憋炸了，終於大吼起來：「我錯了……我錯了，行嗎？跟妳道歉，行嗎？只要妳別撇下我，以後我保證什麼都聽妳的，妳說什麼我都照做，再也不惹妳生氣了，這樣還不夠嗎？……妳倒是給句話啊！」

隨之而來的沉默讓瀧兒覺得自己渾身上下的血液都凍住了，每次呼吸都像受刑一樣。在這個不見天日的地下洞窟裡，他的靈魂正一寸寸地剝離，直到什麼都感覺不到……

可就在絕望要將他吞噬之際，有人伸手抓住他的後腦勺使勁揉了一下。

「傻瓜……我說過，和你在一起，我死不了的。」

隨著鈴的這句回答，瀧兒眼眶裡打轉許久的那滴淚終於被逼了出來。

仔細想想，這大概是他這輩子截至目前為止，唯一一次服軟。

此刻，地道中的時間恍若靜止。淚流滿面的少年與渾身浴血的少女默默聆聽著彼此的心跳，彷彿能感受到靈魂深處傳來沉穩熟悉的脈動——那是不問來路與明天，風雪同行的約定，是走過深淵絕谷，仍能相互溫暖的生命火光。

如此，足矣。

陸

這條崎嶇的密道乃是塗山派掌門禁地，北臨羲和台，南接天轅台，橫跨東西數座山峰。瀧兒徒步向前走，漸漸覺得腳下的道路越來越窄，越來越暗，最後幾乎只容一人。

突然間，他停下腳步，彷彿嗅到了危險的氣息，眉峰緊蹙，雙眼警醒地瞇起——有人來了。

少頃，甬道的對面果真傳來輕微的腳步聲。此人呼吸沉穩，定是內家高手。若非瀧兒耳朵敏銳遠超常人，根本察覺不到。

「放我下來。」鈴悄聲說。

她雙腳才剛著地，對方便從暗處現身了。一襲氣派紫袍雖有些折舊了，卻仍流露出上位者特有的氣度與從容。

「武掌門還真是鍥而不捨啊。」鈴神色不動，低低道。

「妳不該在這。」

瀧兒聞言，臉色驟沉。但經過前幾次的經驗，他終於學乖了，沒有立即發作，只是斜身擋到了鈴面前。

武正驊正想逼問兩人如何會知曉這條密道的存在，目光卻被鈴手中那道明晃晃的刀鋒給勾了去。純淨無瑕的刀身宛如陽光下一摞將化未化的白雪。更奇特的是，刀背和刀刃一樣薄，即使剛剛經歷過一番死戰，也不沾染半絲血腥。

這是武正驊首次在這麼近的距離窺見雪魄的真容。他胸口如遭重擊，剎那間渾身冰涼。

「這把刀……妳從哪得來的？」

鈴擰起眉，心想：「難道此人和李宛在一樣，都有愛刀癖不成？」

「你問這個做什麼？」

「這把兵刃和我一位故友的佩刀十分相似。」

「一位故友……」鈴心裡喀噔一下。

雪魄刀是多年前，師父韓君夜所贈。可在此之前，她攜著它滿江湖亂跑，從未有人多問半句，為何偏偏武正驊注意到了？

她滿腹疑團，決定先探探對方的口風：「此刀乃家傳之物。我從小到大一直貼身攜藏，定是你認錯了。」

「斷無可能！」武正驊心想。「此刀來歷不凡，就算翻遍整個天下也找不出第二把，又豈會認錯？」

此刻的他內心悲喜伏蕩，百感交集，既渴望知曉答案，又害怕再次絕望。怔忡間，腦中浮現僧人棲白的詩句，喃喃道：

「為愛詩名吟至死，風魂雪魄去難招*。」

鈴想起小時候，也曾聽師父吟誦過這兩句詩，不由怔住。若此事發生在一年前，她肯定會認為是巧合。然而，過去幾個月的遭遇卻使她發現到，自己其實一點也不了解師父。

武正驊流露的神情更令她吃驚。僅僅一道眼神便蓋過了千言萬語，蓋過了她的所有猜疑，其中有如許情深，令她的心跳猛地顫了一下。

她望向手裡的雪魄刀，失神地想：「師父確實說過，這世上知曉她女子身分的人，只有已故的師祖崔玄微，以及塗山上一同長大的寥寥幾名同門，其中便包括了武正驊。難不成……師父和這個男人之間，真的有私情？」

但她隨即想起武正驊這些年的所做作為，以及他在群雄大會上說的話。若對方是真心愛著韓君夜，為何會早早娶妻生子，又為何會在她落難後，繼續執掌塗山，甚至對師妹的冤屈，從頭到尾都沒有過半句回護和辯白？

短短數息之間，鈴的心思峰迴路轉，由詫異轉為困惑，又從困惑轉為憤怒。

然而，這時的武正驊早已墜入回憶，並未察覺到她的敵意。

---

*「為愛詩名吟至死，風魂雪魄去難招」：出自棲白的詩《哭劉德仁》。

在他眼裡，這名手執雪魄的少女和當年的韓君夜確有幾分相似。這一切都令他產生錯覺，彷彿時光倒流，又回到了那個大雪紛飛的凜冬。

那年的大寒之日，兩個孩子用狩獵來的獸皮織成大氅，裹在身上，操著自製的木劍和彈弓，沿著被雪覆蓋的小徑朝塗山西峰的老林深處走去，一路蹦蹦跳跳，似乎半點也不畏於世間的寒冷。

武正驊猶記得，小時候的夜師妹宛如天地間一團耀眼的烈焰。任何人只要與她站在一起，都不免相形失色。她明知道師父禁止他們到西山玩耍，可聽到村民說那裡有妖獸出沒，吞食行人，還是忍不住要去一探究竟。

此時的韓君夜十歲剛滿，還沒開始扮成男兒，仍梳著少女式的雙鬟，未語先笑，梨渦淺現，一身紫紅衣衫颯然飛揚，像開了滿山滿谷的芍藥，撞進武正驊眼底，令他深深難忘。

「師妹，妳不怕嗎？」他問對方。

韓君夜被逗得一樂：「天底下哪有除妖師怕妖的道理？再說，不把牠抓起來，牠又會繼續闖禍吃人，那可怎生是好。」

武正驊無話可說了，再加上他心中也有一絲好奇，遂答應一同前往。

誰知此去，途中遇上暴風雪，二人差點命喪荒山。好不容易找到能夠暫時棲身的洞穴，又面臨了飢寒交迫的窘境。

武正驊悔得腸子都青了，韓君夜卻興致不減。她一邊聽著外頭風的呼嘯，一邊用撿來的枯柴生起火堆，嘴唇凍成了紫青色，卻還笑得出來：「師兄莫急。就算再厲害的風雪，也有停下來的時候。」

滴水成冰的夜晚，兩個孩子目不交睫，在山洞中一直苦等到半夜，沒等到雪停，卻等來了淒厲的鬼哭，一聲急似一聲，整座山林似乎都為之震動。

隨後，陰風從洞窟門口灌了進來，轉眼間就吹滅了奄奄一息的篝火。

黑暗中，二人心臟猛跳，緊緊抓住了彼此的手。直到強風平息，韓君夜才鬆開武正驊，小心翼翼地傾身往洞外查看。

只見茫茫天地間，有一團青光在隔壁的山頭閃跳。

兩人展開輕功，如雛鳥般在雪中艱難地飛行。朔風強勁，大把大把的雪花像柳絮般撲著他們的臉。越靠近山頂，那團鬼火的輪廓就越發清晰，最後終於張牙舞爪地現出原形——竟是一顆高達半丈，青面獠牙的飛天頭顱！

「是山魈！」武正驊呼道。

山魈乃是山中亡魂和魑魅魍魎聚集而成的強大妖怪，性狡詐，喜食人，時常會設下陷阱引誘夜路行人上鉤。

但韓君夜彷彿沒聽見師兄的警告，拎著自己那把小小的桃木劍直接就衝了上去，看得武正驊一顆心差點從嗓子眼蹦出來。

山魈見到她，咧嘴狂笑，露出一口森森白牙：「妳這丫頭膽子可真大，就不怕我把妳吃了？」

韓君夜沒有回答，低頭咬破手指。單薄的桃木劍一碰到她殷紅的血液，瞬間劍芒大漲，抖開一弧朱光，朝妖怪兜頭籠下。

山魈怒號一聲，周圍的風勢忽然加劇，將兩個孩子吹得顛三倒四。

韓君夜習劍不久，卻能憑著與生俱來的直覺，看穿氣流的方向，織出劍意護住周身。即使是一把普通的木劍，到了她手上，也彷彿生出了魂魄來，劍影扭曲，美得流光洩幻。

山魈震驚於這孩子的武功，撕開血盆大口，打算將她連人帶元神一併拆吃入腹，卻被韓君夜敏捷地避了開來。只見她臂劃半圓，半空轉直後倏地劈落，正是塗山劍法中的一招「降天狼」。

大片大片的冰雪自山頂滑落。韓君夜和武正驊躲到一座突出的巖石後方，避免被雪崩給掩埋。雪幕的中央傳來山魈的聲音。

「我看見妳了，丫頭。」

接著，碩大的銅鈴綠眼浮現，閃爍著異光，彷彿能洞悉一切。韓君夜先是一怵，隨即收斂心神，深吸口氣，轉身從巖石後撲出。

她體內的真氣以木劍為托，傾瀉而出，直接劈開了山魈的下顎。可同時，木劍駕馭不住這股力量，也跟著四分五裂。

韓君夜落地後翻滾三圈爬起，已是手無寸鐵的狀態，只能四處閃避，可自從那山魈被她一劍斫傷後，風雪就明顯見小了。

「區區野妖，能達到這般修為，實屬不易。倘若你答應我，以後再不害人，我便許你一條活路。」

山魈聽她那不可一世的語氣，喉中發出陰鷙的笑聲：「小鬼，妳以為自己很了不起嗎？別癡人說夢了。我看見了，全都看見了……妳那可憎的命運！」

韓君夜本來施展輕功縱高躍低，聽到這，忽然身形一滯：「你看見了什麼？」

然而，就在她回頭之際，妖怪的舌頭如閃電般射出，緊緊勒住她的脖頸。她雙腳離地，頓時呼吸困難，幸好右側即時射來一道紅光，斬斷了妖怪的長舌。韓君夜摔回雪堆裡，一睜眼便看見武正驊一臉焦急地望著自己。

「師妹，沒事吧？」

「我沒事。」她扶著對方的肩膀站起來，從懷裡抽出兩張黃符。

那隻山魈如今已是奄奄一息，綠油油的眸子卻仍沒有離開女孩的臉，慘遭斷舌後，面目越發猙獰醜惡。

「丫頭，妳的天賦確實非常人所能比……可在未來，妳將吞下的苦果也將百倍於人！記住了！」

山魈殘酷的笑聲迴盪在山間。韓君夜深邃的墨眸彷彿籠了一層寒煙，武正驊怎麼也看不透。

他心中有不祥的感覺在醞釀，正想問個清楚，卻見韓君夜手起符落，直接將那隻山魈的妖靈打散，化作青灰湮滅在紛揚的雪花中。

隨著煙霧散盡，她彎腰拾起腳邊一塊盈盈發亮的東西。近看才知，原來是山魈的牙齒。兩人順利回到門派後，韓君夜便將那枚鬼牙珍藏起來，偶爾還會拿出來向其他孩子炫耀，大夥兒都覺得相當稀奇。小的時候，煩惱總是忘得特別快，從此也就沒人再想起山魈臨終前的斷言。

隔年開春，韓君夜遲遲找不到一件稱手的兵刃，武正驊突發奇想，找來了門裡最好的鑄劍師傅，將鬼牙加入鑌鐵熔煉，打造成一把月牙形的短刀，送給師妹當生辰禮。

他望著琉璃般光潔的刀身，又想起兩人在雪夜裡相互依傍的情景，感覺胸中徜徉著一股暖流。

「這把刀，就叫它『雪魄』吧。」

多年來，韓君夜一直都將雪魄刀視若珍寶，悉心保管。可因為它樣式小巧，不適合高大的男人，倒像是女孩子防身的武器，因此，自從她開始女扮男裝出入江湖後，便很少拿出來用了，武林中也就無人識得。

鈴則正好相反。她看見雪魄的第一眼便愛上了它，覺得這把刀無論是外型、尺寸或者重量，都像是為她量身打造的。師父將刀贈予她，她高興都來不及了，從此刀不離身，更從未追究過它的來歷。

因此，聽完了武正驊的故事，鈴只覺得難以置信。

但武正驊也並非傻子，他之所以和對方說這麼多，自然有他的深意。身為少數知曉韓君夜真實身分的人，他一直都不相信師妹當年真的死了。否則，落入司天台手裡，她身為女子的事早就藏不住了。況且，此事背後還藏著另一個不可告人的祕密——當年的韓君夜實際上已懷有身孕。

他壓抑著內心的激動，再次打量對面的少女：「敢問姑娘今年貴庚？是否剛滿十八？」

「是又如何？」

「那……妳母親呢？」

「我娘生下我就過世了，我連她生得什麼模樣都不知道。」

鈴越來越搞不懂眼前的男人到底想幹嘛了。她一心只想打發對方，殊不知，自己隨口捏造的答案就像刀子，狠狠刺在對方心上。

武正驊頹然抬起目光，望向頭頂的夯土牆，喃喃道：「是啊，是啊……那人，怎麼可能還在呢？」

話說完，他忽地放聲長笑。毫無歡愉的笑聲藉著豐沛的內力遠遠傳遞出去，簡直比哭聲還催人心肝，就連一向置身事外的瀧兒聽得都有些不自在了。至於鈴，她本還在為武正驊的負心薄倖而憤怒不已，這時卻有些迷惘了。

武正驊追問她如何得知密道的存在，她也不能據實以告，只能胡謅道：「天轅台的格局是依照奇門遁甲所建，內含休、生、傷、杜、景、死、驚、開八門。這條暗道就藏在生門之下，即使無意中發現，也沒什麼好奇怪的吧？」

武正驊沉默了。他自然不信對方小小年紀就有如此天才，能夠參透機關中的奧妙。然而，卻又猜不出其中的原委。思來想去，唯一的解釋便是冥冥之中自有安排。

巨大的愧悔壓垮了他的內心。而對方冰冷的眼神更像是在提醒他——此生破碎，一切早已無可挽回。

自從十五歲那年，他親眼看著師妹聽從師父的話，拋棄女子身分，成為塗山派的繼承人之後，兩人腳下的路便越走越遠，終於成了無法跨越的天塹。

過去十幾年來，他背負著塗山的牌匾，除了明爭就是暗鬥，沒有一日不感到痛苦。為了保住門派的尊榮，他甚至做出了許多不可饒恕之事，以至午夜夢迴時分，他都不敢面對那些向他走來的故人。直到今天，看見這名帶著雪魄的少女，死灰般的心田才又燃起了希望的火花。

下一刻，他無聲無息地掠到鈴和瀧兒身旁，三兩下便將他們身上的穴道給封住了。待二人回過神，身子已經被倒提起來。

武正驊將他們夾在脅下，飛快地奔過密道，拐了幾道彎後，推開一扇暗門，來到一間陰暗的斗室。

鈴重傷後又經這般折騰，難受得幾欲昏厥。意識昏沉之際，卻突然感覺一股溫熱的液體自嘴角汩汩流入。

塗山派的獨門內功能夠改變人的體質，修行者的血除了能驅邪除妖，還有治療的效果。可鈴萬萬沒想到，對方居然會為自己做出這種事，眼皮直接就彈開了。

「別亂動，妳流太多血了。」

這話雖是責備，語氣卻透露出濃濃的關切。恍惚間，鈴腦中浮現師父的身影，眼圈一下子就紅了。

餵血的過程中，她像是睡著了，又像是醒著，迷迷糊糊間，只覺得腹腔暖暖的，彷彿聽到有人對她說：「睡吧，別怕。」

柒

封閉的地穴中沒有晝夜之分。等到鈴徹底清醒過來時，已不知經過了多久。

她睜眼，發現自己躺在軟榻上，一旁的火盆中有木炭在嗶剝作響，溢出絲絲暖氣。但四下卻不見瀧兒的蹤影，將手往懷中一探，也沒摸到雪魄。她急坐起來，卻聽身後傳來一道沉沉的聲音：「不用找了，在我這。」

武正驊攜著雪魄從隔壁房間走了過來，臉上還是先前那副齊整的神色，手臂上多了一圈繃帶，看上去卻精神不少，簡直像是換了個人。

瀧兒跟在他身後，邊走邊道：「大叔，你說的那些口訣，我通通都背起來了。」

這下，鈴還以為自己耳朵出了毛病，染上幻聽了。

想當初，她為了收服瀧兒這個「混世魔王」，不知吃了多少苦頭。沒想到武正驊竟有神鬼手段，趁著自己昏睡的這段時間，一下就將他制住了。臭小子甚至還當著她的面，管對方叫「叔」了！

「你很有天分。」武正驊讚許地看著瀧兒，「你師父教你的這套刀法和塗山劍法有著極深的淵源，只要照著心訣按部就班，不急功躁進，定能達到更深的造詣。」

原來如此……鈴橫了瀧兒一眼，心想：「這株牆頭草倒得可真快，先前還在那裡指天發誓，一轉眼就敢背著自己偷學武功了！」

但武正驊很快便將注意轉到了鈴身上。他在她對面披衣坐下，問道：「身上可好受些了？」接著又從懷裡掏出一張胡餅，「妳睡了這麼久，肯定餓壞了吧。」

經此提醒，鈴才發現自己的確是飢腸轆轆。可面對對方這樣毫無掩飾的關心，她卻有些不知所措。想到先前對方割血給自己喝的情景，更是難為情——天底下怎麼會有這種傻子？

自從師父過世後，她還是頭一次感受到這種受人庇護的溫暖。

四大護法固然待她極好，但同時也很嚴格，從不會說這麼溫柔的話。先前遇到的長孫岳毅則是飛揚跳脫，一點長者的架子都沒有，倒更像是個平輩朋友。唯有武正驊將她當成需要照顧的孩子。他的態度甚至令她產生了一種錯覺，彷彿什麼都不必擔心，所有的噩夢，只要睡一覺便都會過去。

她接過胡餅，狼吞虎嚥起來，隔了一會才抬頭問：「你為何要幫我？」

武正驊看著她狼吞虎嚥的模樣，嘴角漾出一點苦澀的笑。在炭火的紅光下，他的神情蕭索，卻又透出一股威嚴。

「我這一生有諸多的虧欠。我選擇了顧全大局，顧全塗山的顏面，卻也造成了無法挽回的遺憾。或許這就是時代的風向吧，但我自知對不住妳娘，也對不住妳……」

鈴聽到這，差點噎著。也是直到此時，她才恍然大悟——原來對方竟是把她錯認成師父的女兒了！

這麼說，這個男人和師父……

想到這，鈴的臉騰的紅了。然而，對面的武正驊依舊沉浸在自己的思緒裡，對她的異狀毫無察覺。這些年，他的眉宇間始終掛著一縷憂愁，日久天長下來，似乎已經化為他五官的一部分了。

「我不奢求妳的原諒，恐怕也來不及教妳什麼。可有件事，我不得不問——妳真的要選擇這條路，與整個武林為敵嗎？」

鈴放下食物，正色道：「在世人眼中，這或許是條死路，但於我而言，路從來就只有一條。無論結果如何，我都不後悔！」

武正驊表情複雜地看著鈴，彷彿有許多話想說，可最終只說了一句：「既然妳心中已有定見，我也不好勸妳回頭。無論妳將來身處何種境地，只要開口，我必鼎力相助！」

鈴眼色一震：「可你身在塗山派，他們不會放過你的！」

「區區聲名何足掛齒？」武正驊苦笑。「我當年已然鑄下大錯，難不成還要一錯再錯？」

此言坦蕩，鈴聽了卻深感不安。她雖恨武正驊對師父不忠，卻也不願這樣無止盡地利用他的感情。

「前輩看事透徹，實在不必為我蹚這灘渾水。」她話音微微一頓，「如今，既有人想利用《白陵辭》為餌，煽動六大門圍攻赤燕崖……我只希望前輩能信我的話，別讓誤會造成更多殺戮。」

她沒想到，自己竟會對塗山掌門提出這般請求。然而，這次的危機終於讓她明白，四大護法為何再三警告，不可招惹六大門派。江離和瀧兒的遭遇正是前車之鑑。今後，若因為她的關係，使得更多同伴受到牽連，她不敢想下去……

所幸，武正驊也沒再多問。他低頭撫摩了雪魄半晌，便將之遞回，說道：「好，我答應妳。」

鈴接過刀，感受著那沁涼的溫度，一顆心終於落地，直到聽見對方接下來的話：「妳可曾聽過：『刀為百兵之膽』？」

「百兵之膽？」

「不錯。劍靠的是技巧，而刀憑的卻是氣慨。」武正驊道，「尤其像雪魄這樣的兇器，一旦刀刃朝前，就沒有退路了。當年，我師父玄濟真人在挑選繼承人時，沒有選我，反而選了妳娘，因為他說，妳娘身上有殺性，而我卻只有悟性。」

「殺性？」

「有悟性才能養氣，有殺性才能無心。歷史上的墨翟、項羽、李靖等豪傑，都是兼具悟性與殺性的武道家，方能視生死若無物，成就功業，名垂青史。」

「那麼，我呢？」

「師父他老人家精通異術，光憑劍氣便能看出一個人的潛質和天命……我卻是看不透的。」

鈴聞言，有些失望，然而，很快便又精神一振。

管它命運如何，只要去做真正想做的事，無論成敗得失，都值得奮力一搏。她心已決——雪魄本就是孤高之魂，既然師父和武正驊都用不上此刀，那麼接下來的一切，就由她來承擔。

火盆裡的炭眼看就要燒完了。

鈴對武正驊道：「你離開這麼久，也該回去了，否則趙拓他們定會起疑。」

武正驊卻自嘲地笑了：「放心，我那夫人也不是省油的燈。我不在，她正好可以大展身手，各大門派就算沒被她治得服帖，也夠他們苦惱一陣子了。」說罷，走到斗室底端的雕龍屏風面前，握住其中一具龍首，徐徐轉動。

「軲轆」幾聲沉響，屏風從中分開，露出一道青銅鑄成的牆。牆上刻著錯綜複雜的曲線，還有許多分岔和意義不明的標誌，乍看之下令人費解，但鈴目光一閃，隨即反應過來——想必這就是密道的地圖了，而錯落各處的符號，便代表著不同的機關。

果然，武正驊朝著地圖右側一指，說：「這是咱們眼下的位置，只要順著暗道往北走，再拐向西，不出半個時辰就能走出去。那裡是莽山，從地面上走，得走三天才到得了，絕不用擔心有人追上你們。」

鈴點頭，卻不知該說什麼。

武正驊將手放在瀧兒肩頭，感嘆：「若家中犬子有你一半的出息，武某下半輩子便可高枕無憂了。」

雖說瀧兒平時特愛耍渾，卻對這種直截了當的讚美毫無抵抗能力。武正驊不過傳了他一套心訣，再隨口誇他幾句，他就搖身一變，成了乖巧可靠的少年。

「放心吧，大叔。」他拍拍胸脯，「塗山派算個屁，您哪天不開心了，這個掌門的位置也沒什麼好留戀的，送人算了！來找咱們！」

武正驊鬱悶了大半輩子，卻被這句直白的話逗得笑開懷。

「好孩子。」他說，眸底浮現一片溫柔。「替我好好照看你師父。」

武正驊一直送兩人到路的底端。眼看著就要離開地道，重見天光了，鈴卻突然停下腳步。

「你先上去吧。」她告訴瀧兒，接著又轉向武正驊。

對方貌似有許多話想說，卻又不知該如何啟齒，喉頭上下滾動了半天，最後只說了一句：「外頭天冷，注意些，別受了風寒。」

「嗯。」鈴使勁眨眼，將淚光眨回去。

她本來打算跟對方說實話的，說自己不過是一介棄嬰，根本不是他和韓君夜的女兒。可轉念一想，自己這輩子都不曾感受過家庭的溫暖。雖然有些狡猾，但這一次，就讓她當一回別人的孩子，滿足一下自己的小小私心，又有何妨？

「你說的話，我都記住了……你自己保重。」

說完這句，兩人正式告別，鈴轉身離去。

武正驊望著她漸小的背影，又想起當初，韓君夜拖著自己上山打獵去的模樣。這麼多年了，那畫面像是烙印在他的眼皮底下一樣清晰，唯有自己變了——塵滿面，鬢如霜。

果真是思君令人老，歲月忽已晚。四季不斷更迭，一轉眼，又是冬天了。

鈴走到隧道的盡頭，發現出處竟是一口井。井口傳來瀧兒的聲音：「喂！趕緊上來看！」井很深，也沒有繩子可供攀援，但鈴一提氣，三兩下就上到了頂。她雙手抓住石緣，使勁一撐，將自己拉出來，沒想到下一刻，眼前一白，居然吃了滿嘴的冰雪。

只見瀧兒站在幾尺外，手裡握著雪球，嘴角有得逞的賊笑。

鈴挨了這記偷襲，頰上的肌肉猛地搐了一下，眼中透出一股子寒氣。

「你啊……長這麼大，是沒看過雪嗎？」

「沒。」對方老實答道。

鈴拍掉臉上的冰渣子，抬起頭，卻發現目所能及之處，皆是茫茫一片。山川雪原銀妝素裹，宛如闖入了壯闊的琉璃世界。

但她沒興趣欣賞美景，而是直接挖起腳邊一大坨雪，朝瀧兒的方向追去。

她重傷初癒，自知趕不上對方，決定發動嘴攻。

「——回來！是誰說從今以後再也不惹我生氣了？」

幸虧瀧兒還算有擔當，聽見這句話，頓時像孫悟空聽見緊箍咒一樣定住了。天人交戰了一番，最後還是耷拉著耳朵走了回來，乖乖讓對方拿著一團比剛才整整大出兩倍的雪球，往自己臉上猛揉。

荼毒完了瀧兒，鈴這才心滿意足地笑道：「走，咱們下山。」

北風掃過，狡黠的雪花自天際落下，悄悄又紛紛，將兩人的足跡從大地上抹去。

第拾伍章、天狐洞

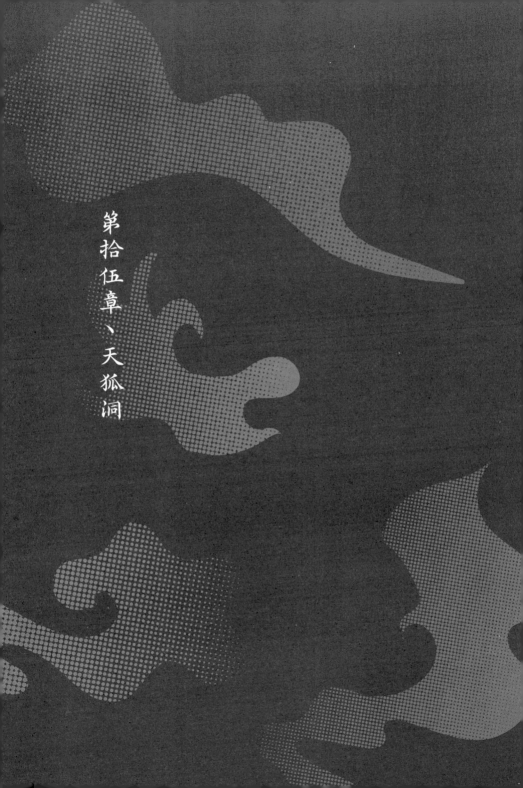

壹

話說群雄大會那日，江離和霍清杭在雲琅的引導下，好不容易離開了人潮擁擠的天轅台，卻發現塗山三面峭壁，除了通往山門的狹路之外，根本沒有其他下山的途徑。

江離望著眼前的斷崖，一咬牙，握住霍清杭的手。

「沒辦法了，就從這邊下去吧。」

「這裡？」霍清杭還以為自己聽錯了。他本想說，此去極有可能摔成肉泥，到時候便只能到閻羅殿前去當夫妻了，幸好及時咬住了舌。

「嗯，妳不再考慮考慮嗎……啊！」他話還沒說完，江離就向下跳了。

霍清杭覺得自己心臟差點驟停，卻仍牢牢握住江離的手。兩人相擁著從崖邊墜了下去，越落越快，連叫聲都被吞噬，直到雲琅的風像張大網一樣及時撈了過來，將他們輕輕地放在地上。

落地的剎那，兩人同時腿軟，霍清杭伸手去接江離，兩人跌成一團。江離眼淚都被逼出來了，卻捂著肚子直發笑：「對不起，對不起……我再也不敢了。」

霍清杭命都被嚇去半條了，愣愣地杵在原地，直到江離用力擰了他的臉一把，才回過神道：「好啊，阿離！妳居然也不事先提醒我一聲……我還以為妳是來真的呢！」

「搞不好哪天我就跟你來真的了。」江離咯咯笑道。

兩人剛剛經歷一場死裡逃生，又獨處在深山之中，四目相對，都有些臉紅心跳。炙熱的呼吸混在一起，還摻雜著風過青草的幽香。

霍清杭突然捧起江離的臉，深情地吻了下去，而江離也同樣熱烈地回應。在欲望的席捲下，兩人都覺得體內漲滿了一種前所未有的情緒。這一刻，他們忘我地沉溺在彼此的懷抱中，不斷地汲取和索求，彷彿整個世界都被隔絕了。直到身後傳來一陣草動，兩人才從美夢中驚醒過來。

「快走！」江離以為是武正驊派出的追兵，拉起霍清杭的手就跑，兩人慌忙穿過雜樹林，來到溪澗邊。還未來得及看清眼前景色，一道金光驀地從後方飛出，在兩人腳邊炸開。

江離和霍清杭被揚起的塵埃給遮了眼，連忙煞住腳步。

煙幕未散，身後響起一道懶洋洋的聲音：「妳這女人竄得倒快……跟頭白兔似的。」

「你娘才是白兔呢！」江離心想。

雖然使的是法術，但來者明顯不是塗山派的人——即使是武冬驥那種不入流的塗山弟子，也不會散發出如此危險的氣息。

江離定睛一看，發現此人正是先前在塗山頂峰故意衝撞自己的那名可疑男子。只見他身材精實，劍眉深目，年紀不大，卻顯得不可一世。摘下兜帽，古銅色的面龐宛如陽光熾熱的莫賀延磧沙漠。雙耳皆戴金珥飾，一雙灰眸蓄滿野性。

江離眯起眼睛：「你是何人？」

「問得好！我就喜歡脾氣暴的。」男子淫邪一笑。隨即上前一步，微微含身，右手撫胸行禮，說道：「在下蘇必勒，來自碎葉城。」他的視線從頭到尾沒有離開過江離的臉，彷彿霍清杭根本不存在一樣。

「姑娘不是塗山弟子吧，怎會在此遊蕩？」

經對方這一提醒，江離才想起自己和霍清杭此時都還穿著偷來的衣服。

「我們就是塗山弟子。」她揚起下巴答道，「我還想問你呢。偷偷摸摸躲在這，究竟意欲何為？」然而，話剛出口，她突然意識到一個問題：「對方是如何跟蹤他們到這的？若不是從懸崖上跳下來，難道此人會飛天不成？」

「只要妳和我走，想問多少問題都行。」蘇必勒笑道。說完，還真的來拉江離的手。

就算霍清杭脾氣再好，見此情形，也不禁一把火燒上來。他立刻擋到江離身前，皺眉道：「閣下既然來到我大唐，就該入境隨俗，何以如此不懂禮數，出言無狀？」

蘇必勒抬頭掃他一眼：「叫妳師兄滾邊去。」

「他不是我師兄，是我夫君。」江離淡淡道，「該滾的人是你。」

蘇必勒的眉毛微微豎起，標緻的五官頓時多了一絲猙獰的意味。

「在我的家鄉，女人這樣說話，可是會被主人綁在馬後拖行，直到她們漂亮的頭顱被石頭碾碎。」

「你能阻止別人這樣說，卻不能阻止別人這樣想。」江離冷笑，「那些女子雖然不敢在言語上拂逆你，卻在心裡唾罵你。」

蘇必勒聽了非但不生氣，反而笑起來：「妳錯了。她們各個都想做我的人。可這樣的女人碰久了總是會膩，我就喜歡妳這樣的。」說著，再次伸手朝她抓來。

江離見慣了這種登徒子，只是皺眉向後一閃。然而，隔壁的霍清杭卻按捺不住了。他拔出腰間長劍，對蘇必勒大聲道：「尊駕再不住手，莫怪我不客氣了！」

蘇必勒看著他握劍的彆扭姿勢，笑道：「像這樣的草包妳也看得上？」

「我說過，他是我夫君。就算他全身上下都是缺點，在我眼中也是無可挑剔的。」江離道，「就算你樣樣都是天下第一，也比不上他頭頂的一根毫毛。」

蘇必勒哈哈大笑，蒼狼般的眼睛炯炯發光：「罷了，等妳做了寡婦，自會求我帶妳走。」

江離瞳孔驟縮，狠狠推霍清杭一把，厲聲道：「快走！」可霍清杭卻像塊木樁般釘在原地：「妳走，我拖住他。」

「傻啊你！」江離跺腳急道。想也知道，霍清杭怎麼可能是那登徒子的對手？但她也知道，兩人再這樣耗下去，一個也跑不了。見蘇必勒步步逼近，只好使出殺手鐧，大喊一聲：

「小琅！」

她不確定對方是否還在附近，但總要試試看才知道。

話音剛落，蘇必勒果真停下了腳步，神色微微一凝，彷彿嗅到了什麼異樣。隨後，一陣強風掃來，他被那氣流震得倒退兩步，灰眸閃過一絲詫異：「風魅？」

尖銳的哨音掠過耳邊，周圍的空氣頓時充滿殺意。

然而，蘇必勒並沒有退怯。當烈風再次來襲時，他已有所防備，左臂一揮，上頭纏繞的蛇紋金環碰到雲琅，發出令人齒酸的摩擦聲，居然將風魅的身體給彈了回去！

下一刻，他從懷裡取出一個狀似燈籠，散發出幽幽寒光的器皿，擲向天空：「這麼弱的妖怪，養在身邊有何用？不過……正好讓我來試試這個寶貝！」

藍瑩瑩的燈籠漂在空中，緩緩舒展成一朵六瓣冰蓮的形狀，耀眼的金光將雲琅給緊緊罩住。雲琅的風勢在光暈的包圍下逐漸弱化，身形詭異地扭了幾扭，最後化作青煙，徹底消失在籠中。

目睹這一幕的江離驚恐地捂住了嘴。蘇必勒卻似乎一點也不意外。他收起冰籠，身形微幌，已欺到兩人面前，一腳踢開霍清杭手中的長劍，一手扣住江離的下頷，將她往懷裡拐，笑道：「美人真香。」

江離血液都涼了，還是霍清杭率先反應過來。

沒有時間去撿掉落的劍了，他直接徒手朝蘇必勒撲去。

蘇必勒抱著江離不放，另一手五指翻起，纏繞著陰霾紫氣的掌心朝霍清杭的前胸結結實實地擊落。霍清杭的胸口當場就凹陷進去了，江離則大聲尖叫起來。看著霍清杭整個人直直向後仰倒，她感覺連靈魂都出竅了，腦際呈現缺氧後的暈眩。

——這不是真的……不！不會的！

她像著了魔似的，雙手拼命地向前扒扯著。但對方離自己太遠了，根本搆不著……

「好了，別哭了。」蘇必勒告訴她，「那種丈夫，有什麼值得留戀的，死了正好。」

「——胡說！你放開我！」江離拔出斬秋，朝對方的肚子猛刺。

蘇必勒不耐煩地抓起她的胳膊：「中了我的『紫冥掌』，就只有死路一條。不信妳自己看！」說著，將江離向前一推。她失去重心，哭著撲倒在地。

霍清杭就躺在幾尺之外的草地間，很安靜，身上沒有一滴血。江離磕磕絆絆地朝他爬過去。

她想催眠自己，這不過是場噩夢，一切都還來得及。可她自己就是郎中，一個人的傷有多重，她一眼就能看出，連騙自己都做不到，只能抱住霍清杭的身子放聲慟哭。

一旁的蘇必勒似乎早就習慣了這種場面，不斷催促她快走。但江離對他的話毫不理會，只是一個勁地哭泣。

她顫抖著手指，輕輕撫過霍清杭的側臉，無法想像兩人不久前還在熱烈地擁吻。此時，霍清杭的唇已經翻出了紫痂，或許因為中毒的關係，臉上還籠罩著一層死氣。

中毒？

突然間，江離腦中閃過一個瘋狂的想法。

她背對蘇必勒，擋住對方的視線，從懷裡拔出一根銀針，對準霍清杭臍上半寸的「中脘穴」使勁扎了下去，並同時按壓他左手拇指的「少商穴」。

地上的人毫無反應。她不死心，又反覆試了幾次。試到第六次時，只聽見「噗」地一聲，一縷紫黑色的膿液從傷口冒了上來。

江離大喜，蘇必勒卻失去耐性了。他開始咒罵江離，威脅著要她好看。

「好，我跟你走……」江離告訴對方，「但你得先讓我埋了他。」

她趴在霍清杭身上，假裝繼續嚶嚶哭泣，但實際上卻是在按摩對方的胸口。

「噗通。」

當那聲微弱卻清晰的心跳流入江離的耳蝸時，她激動得差點叫出來。緊接著，淚水又漫過了眼眶——他還活著！他還有救！

她掃了眼四周，發現蘇必勒就站在一步開外，惡狠狠地盯著自己。

「扔草叢裡得了，要埋還得先挖洞，我可等不了那麼久啊。」

「只要你給我一點時間，我什麼都答應你。」

有了她這句話，蘇必勒這才閉上嘴，默默看著江離吃力得將霍清杭扶起，一路扛到水邊。

由於地形落差，溪流距離兩人站立的地方還隔著將近三尺的距離。飛珠濺玉，水聲湍急。

江離望著腳下的滔滔白水，先是將霍清杭放置在地，接著低頭默禱起來。

從前，她是一個只信自己的人，就算遭遇再大的痛苦和難關，也不曾開口向神佛祈求。可這回，她動搖了。

「老天爺啊。」她閉上眼睛，咬牙暗想，「我還有好多事未完成。假如我們這次可以不用死，往後的日子裡，我一定會善用我的醫術，救治更多的人，再也不任性妄為了。」

或許這就是奇蹟吧。一席話說完，江離覺得四肢彷彿又生出了新的力氣。

隨後，她在蘇必勒貪婪的注視之下，深吸口氣，抱起丈夫，今日第二次跳崖。

這次，迎接他們的不是柔緩的風，而是暴虐的水。

入冬後的河水只能用冰寒徹骨來形容。江離覺得自己的每寸皮膚都好像有千根細刺在扎著，墜入河底後，好一陣子都沒浮上來。

蘇必勒奔到岸邊往下一看，只見濁浪起伏，不見二人蹤影。

他又妒又恨，簡直不敢相信，這世上竟有女人寧願「跳河殉夫」也不願從了他。但他自幼生長於西北旱漠，不識水性，就算再有不甘，也不敢跳進河裡尋人。

江離卻不一樣。在她出生的那種魚米之鄉，小孩子剛會走路就能潛到水底捕蝦撈蟹了。且幸運的是，二人落水不久，上游便漂來了一塊浮木。她將霍清杭弄了上去，自己則緊緊抱住樹根，直到漂到山麓地帶的淺灘，水流趨緩，才一鼓作氣朝岸邊游去。

好不容易將霍清杭拖上岸，江離已是精疲力竭。她癱倒在蘆葦叢間，望著霍清杭熟睡般的面容，卻不敢去探他的脈搏，深怕對方已經棄己而去了。而就在這絕望的時刻，她忽然想起了杜若交給自己的那個錦囊。

對方曾告訴她：「妳若遭遇無法解決的困厄，只要將此囊打開，必能有所助益。」一直以來，江離對這番話都是半信半疑，但如今霍清杭命在旦夕，她也只能死馬當活馬醫了。於是直接將懷中錦囊解開，抽出裡頭的黃紙。

紙的中間夾著一粒紅色藥丸，江離湊近一聞，覺得一股清涼的味道直衝腦門。雖不曉得究竟包含了哪些成分，但光憑氣味，她就能斷定此藥絕不是什麼壞東西。至少不是毒藥。

這就夠了！江離不再多想，撬開霍清杭發紫的唇，將藥丸塞了進去。接著，她又用冰涼的手指持續按摩對方的膻中和內關穴，直到對方的體溫逐漸回升才停下。

然而，現在高興還為時太早了。此處位於塗山一個偏僻的山腳，放眼望去，除了一條供馬車行駛的土路外，連個鬼影也沒有。太陽已經開始西斜了。江離費了好一番勁才找到一棵能遮風蔽雨的大樹，並在樹蔭下生起篝火。

平時扎營在外，都有鈴或者瀧兒守夜，就算她睡得再沉也沒關係。可今夜，偌大的蒼穹下，彷彿只剩下她一人以及她深淺不勻的呼吸。

到了三更，她感覺骨子裡襲來一陣深深的疲倦。為了抵抗睡意，她將錦囊裡的黃紙取出來攤平，就著火光研究起來。

只見泛黃的紙上爬滿了縱橫交織的線條，有些節點還標註了文字，彷彿是張地圖。可惜墨跡被水浸染後變得難以辨識，只能勉強看出山脈和城鎮的方位。

江離的視線掃過紙張，最後停在一個熟悉的符號上，正是由北斗七星中的天樞、天璇、天機三星組成的塗山派門徽。緊接著，她又在不遠處找到了花月爻的標誌。她恍然大悟——原來，除了位於揚州的花月樓外，花月爻在各地都有佈置暗樁，杜若這是在給她引路！

隔天天一亮，江離便來到官道旁，但直到巳時才攔到一輛過路的馬車。趕車的男子見她穿著塗山派的服飾，不敢輕侮，答應載兩人到前面不遠的浮梁縣城。進城後，江離買了匹驢子，讓牲口馱著霍清杭，自己牽著韁繩，朝城南走去。

根據杜若給的地圖，花月爻離此最近的據點正巧就在附近。

江離早在揚州時便見識過花月爻弟子出色的醫術了，再加上昨天給霍清杭服下的那粒紅色藥丸效果顯著，她更加相信，若找到花月爻的人，霍清杭或許就有救了。

她按圖索驥，來到一片熱鬧的街區，終於在酉時的梆聲敲響時，在一間土坯房的牆上找到了花月爻的記號。

這座院子低矮破舊，角落裡堆著酒甕和幾個竹籠，門口的旗上寫著大大的「屠」字。江離上前叩門，來應門的是個矮漢。

她本以為對方會和長亭客棧的胖掌櫃一樣，一聽見花月爻的名頭就態度不變。卻不想，對方只是睜著一大一小兩隻醉醺醺的眼睛打量自己，什麼也沒說。

江離以為男子不相信她，還拿出杜若交給她的地圖給他看，可對方仍沒有反應，直到她講第三遍時，才轉過身，朝屋內喊了幾聲。那聲音混著濃痰和津液，含糊不清。江離聽得一震，心想：「原來此人竟是個啞巴。」

少頃，一名婦人走了出來。她說自己姓喬，啞巴郭二是她的丈夫，夫妻倆經營這間肉舖已有十多年，卻從未聽過花月爻的名頭。江離見她態度不似作偽，大失所望，不禁頹然落下淚來。喬氏看她模樣可憐，遂留二人在此過夜。此時，夜幕已經完全落下了，江離別無他法，只好答應。

屋內沒有多餘的空房，喬氏安排兩人睡在後面的穀倉。雖說味道不太好，但至少溫暖乾燥，江離也沒什麼可抱怨的。她在角落鋪了兩床茅草，將霍清杭扶下後，自己也和衣睡了。她身心都倦極了，一合眼便沉沉睡去，但睡到半夜，卻被一陣刺耳的怪聲給吵醒。

迷迷糊糊間，她摸到了霍清杭的手，緊緊握住。可就在此時，那聲音又來了，更尖銳、更兇悍，整個穀倉都隨之震動起來。

江離心裡「咯噔」一下，驚坐而起。此處沒有火折，她匆匆爬下草堆，想去尋郭二夫妻，卻發現主屋的方向一片寂靜，唯有夜風嗚咽。

一股難以言喻的恐怖爬上她的心頭。

仔細聽，怪響是從灶房傳來的。她將角門推開一條縫隙，躡步進去，發現屋裡空蕩蕩的，除了整排的牛刀廚刀之外，只有一個黑漆漆的爐膛。

隨後，一陣笛聲響起，打碎了寧靜，還伴隨著人不人、鬼不鬼的嚎叫。江離側耳聆聽片刻，發現源頭正是腳邊的一扇鐵窗——原來這灶房底下還藏著一座地窖！

就在江離向下望去的同時，月光從鐵窗瀝入，正好打亮了她的視野。她嚇得屏住了呼吸……

月光灑在一頭怪物身上。牠的個頭有熊羆那麼大，手長腳長，形似猿猴，全身覆滿金色的毛，一雙眼睛卻是赤色的。

只見牠張開血盆大口，撲向地上一團紅色的事物。一瞬間，江離還以為牠吞食的是人，定睛一看，才發現那團「屍體」原來是肉。

地窖裡掛滿了被分解的肥羊和豬隻，疊成一摞摞的小山。至少有五、六隻金毛妖猿正開心地在肉堆中大快朵頤。牠們一邊撕開獵物，一邊狂躁地彼此爭搶，鮮血沿著牠們尖利的白牙淌下，染紅了牠們光潤的毛皮。

每當牠們搶食得太過激烈時，幽幽的笛音便會響起。妖怪一聽見那聲音便會停止相互撕咬，將注意力放回眼前的盛宴上。

這個畫面實在太衝擊了，江離腦中一片空白，身體彷彿被定住了，根本無法將視線拔開。

吹奏短笛的是名白衣女子。她的臉龐籠罩在陰影之中，朱唇銜管，柔荑翻飛，在這血氣沖天的地窖中，猶如一枝出淤泥而不染的白蓮。

隨著笛音逐漸高亢，當中一隻妖猿忽地抓住一隻倒掛的肥羊，狠狠撲了上去。羊羔的腹部被撕開，花花腸子流得滿地都是。其餘的妖怪聞到腥味，興奮地又吼又跳。

看到這幕，江離胃裡醞釀已久的風暴終於爆發。她腦際一陣暈眩，衝出屋外，對著地上狂吐起來。

由於過去幾天未曾好好吃飯，她吐出的幾乎全是酸水，背脊一抽一抽的，難受極了。好不容易止住了反胃，虛脫地靠在牆角喘氣，脖子後方又傳來一股涼意，還伴隨著幽幽若若的花香。

「妳是何人？」

女人的聲音和她的刀一樣，冷若冰霜，出其不意。江離起身想跑，雙手卻被扭住了。同時，一名灰衣男子從廚房的另一頭閃出，堵住了前門。

「仙兒，仔細著，別傷了她。」

「傷了又如何？」女子不屑道，「這賤人剛剛就在樓上偷窺咱們，別說你沒發現。」

「妳敢亂叫，我就讓我的猴兒把妳撕成肉渣。」她附在江離耳邊威脅，說完才鬆手。

江離跌坐在地，感覺喉嚨火燒火燎。「等等……你們是花月爻的人吧？」她忙掏出杜若給她的地圖。

被稱作仙兒的女子見狀，臉色變了變，質問：「妳怎麼會有這東西？」但此時的江離已經有些神智不清了，她撲上去抓住對方的肩膀，哀求道：「別走……救救他吧！」

仙兒嚇一大跳，喝道：「妳做什麼？」

隨著青光突閃，灰衣男子即時趕到，打落了仙兒的刀，順勢撈住江離下墜的身子。他嗓音粗沉，卻比他的同伴來得溫和許多：「姑娘，妳說清楚，到底發生了何事？」

「救他！求求你們……」

江離想不起自己上次又哭又纏地求人是什麼時候了。她指向身後的穀倉，卻發現自己無法移動腳步，天地都在緩緩傾斜。

「我們先帶她回去吧。她這是病糊塗了。」男子提議。一旁的仙兒明顯表情不悅，卻也嘀咕著答應了。

然而，除了霍清杭身邊，江離哪兒都不想去。

她奮力掙開男子的懷抱，搖搖晃晃地跨出兩步，直到又一波暈眩襲來，才向前栽倒，徹底失去意識。

貳

夢中，江離又看見蘇必勒那張英俊邪魅的臉龐朝自己逼近，無論她跑向何方，對方都有辦法將她逮回來。她還見到了眸色如同火焰的金毛妖猿，以及霍清杭那雙空洞沒有生機的眼神……

這一夜，她睡得極不安穩，不時打寒顫，冒冷汗。然而，當她終於醒來時，卻是在一間溫暖的草廬裡頭。床頭的金烏三腳熏爐飄出裊裊香煙。江離能聞出裡頭摻雜了辛夷、沉香、桂皮、白附子等多種藥草的味道。

可下一刻，她坐起身，卻忍不住發出尖叫。

原來，窗外站著一隻先前見過的金毛妖猿，正用好奇的目光打量著她。不同的是，牠的瞳眸不是赤紅色，而是和牛乳一樣柔和的白色，乍看之下，像一隻溫馴的大型金毛犬。

儘管如此，江離還是嚇得縮到了床角。

她的叫聲很快引來了人。先前在肉鋪打過照面的那對男女推開草廬的門走了進來。

「哎呀，妳醒啦？」仙兒笑盈盈道，「看來阿泰很喜歡妳，那天，正是他把妳扛回來的呢。」

江離見她朝那隻金毛招手，愈發花容失色，一旁的男子忙道：「她說笑的，妳別緊張，還是躺下來吧。」

「在下木劍南，這是我表妹柳仙兒。咱們是在郭屠戶家遇到的，妳還記得嗎？」

「瞧，妳把我的手抓成了什麼模樣！」柳仙兒說著捲起袖，露出一雙皓玉似的手腕，兩側有好幾條被指甲掐出的瘀青。

江離見狀，不覺一怔，心想：「這是我做的？我怎麼……什麼都不記得了？」

「算了，表妹。人家也不是故意的，妳幹嘛非要提起？」木劍南微微皺眉，結果惹來柳仙兒瞋目一瞪。

但江離對他們的爭吵一點興趣也沒有，忙插口問：「穀倉裡的那人呢？」

「哦，妳說他呀？」柳仙兒懶懶道，「算他命硬。若非師父兩天前剛巧回來，以他的傷，就算華佗再世也難救……」

可她話還沒說完，江離便跳了起來：「他現在在哪？快帶我去見他！」

「我們又不是下人，憑什麼要聽妳差遣？」柳仙兒悻悻道。木劍南則伸手將江離按回榻上：「妳別急，先說說，妳是怎麼找到我們的？」

江離剛剛醒來，思緒仍有些紊亂，但儘管如此，聽了這話，還是強迫自己冷靜下來。她定了定神，擁緊被衾，這才將自己在揚州結識杜若，繼而去到花月樓的來龍去脈簡單說了一遍。

「妳是說，妳還去過總壇？」柳仙兒一臉狐疑。

「妳稱花月樓為總壇，那麼……這又是哪？」

「這裡是金烏壇。」

就在這時，門外的金毛妖猿阿泰似乎察覺到了什麼。牠喉中發出低皋，猿臂一伸，遠遠盪開，在陽光與翡葉交織的縫隙中消失了身影。

少頃，一名提著竹籃的老婦人推門進來。她身形矮小，一頭花髮如枯藤般散在臉周，胸前用皮繩掛著形狀詭異的骨頭墜子，手腕上還綁著各種顏色的環佩，隨著她風風火火的腳步叮噹作響。

柳仙兒喊了聲「師父」，木劍南也跟著讓到一旁，恭敬道：「婆婆，您來了。」

老嫗二話不說，將竹籃往柳仙兒懷裡一塞，接著伸出一隻爬滿刺青紋路的手來捏江離的肩臂。江離不敢妄動，站在原地任她拿捏。

近看，這顯然是張時常勞動的老人的面龐，眉宇間神采奕奕，被太陽曬得紅黑的皮膚布滿了深淺不一的暗斑。然而，她的雙眼卻又大又圓，幾乎到了令人不安的地步。

老人端詳江離半晌，突然皺眉，朝地上吐出一口混著薄荷葉的濃痰，罵道：「狐顏禍水！」

這突如其來的詛咒令江離錯愕不已。尤其抬頭，正好看見柳仙兒朝自己拋來一道得意的眼神：「師父她老人家不僅會給人治病調藥，還很會看相呢。」

那婆婆又瞪了江離一眼，這才轉身，從籃裡撈出幾株幼苗，交給柳仙兒：「妳再多添兩錢下去煎。記得磨細一點，別讓那小子噎死在屋內，壞了我妙手回春的名聲。」

江離心裡「咯噔」一下，忍不住脫口道：「走馬芹性極寒，怎能整株入藥？」

「妳的同伴體內陰毒過盛，若不是以毒攻毒地吊著，早就上西天了。」那婆婆說著，又低頭啐了一口，「你們都是不祥之身，會為我花月爻帶來災禍。我不管總壇那裡怎麼說，身體養好了就快些滾吧！」

話罷，轉身就走。柳仙兒也一同去了，留下木劍南和江離兩人面對尷尬的沉默。

木劍南顯然對江離很有好感，到了這種時候，仍不放棄安慰她：「婆婆說話一向如此，妳不必放在心上。她可是咱們這裡最厲害的大夫，有她在，妳盡可放心。若覺得屋裡悶，我也可以帶妳四處走走……」

可惜，江離半個字也沒聽進去。經過這番折騰，她所餘不多的體力已然耗盡。剛抬起手放在太陽穴上，又聽見木劍南問：「對了，還未請教姑娘芳名呢。」索性閉上眼，轉過頭去。

「我乏了，請你出去。」

木劍南碰了個軟釘子，臉上神情變幻，頗有些不甘。可躊躇片刻，還是掉頭走了。

這下，草廬終於又恢復了清靜。

江離靠在枕上，望著碧紗窗外淺淺搖曳的竹林，試圖讓呼吸回穩。可偏偏此時，那些噩夢般的回憶又湧了上來，怎麼趕也趕不走。她忍不住將頭埋進被裡，嚶嚶低泣起來。

「鈴……妳到底在哪兒啊？」

而此時，荒涼險峻的莽山上，北風哭號，大雪怒飛，鈴正坐在洞中烤火。

她剛從外頭獵了兩隻兔子回來，這會兒正忙著用刀刮下雪兔的皮毛。

對面的瀧兒一邊將枯枝扔進火堆，一邊嘟囔：「這些畜生怎麼一個個都瘦巴巴的？」

「有的吃已經很好了。」

「都是這該死的白毛風害的，否則我一個人能抓十幾頭鹿回來。」瀧兒低頭打了個噴嚏，搓了搓泛紅的鼻尖，一臉鬱悶。

這是他從小到大第一次遇到下雪，看見四野茫茫，雪峰崛起，目所能及盡是一片浩瀚的琉璃世界，一開始確實挺興奮的。可隨著風雪漸大，才發現不僅下山的路全被堵死了，就連他最引以為傲的鼻子也失靈了。對於長期依賴嗅覺的妖怪而言，這種感覺就跟瞎了沒兩樣。

且這場暴雪已經持續三天了，卻沒有絲毫減緩的跡象，師徒倆雖有內功護體，還是凍得夠嗆。

尖風從崖頂呼嘯而下，捲起比人還高的雪浪，剎那間，整座山谷都在鬼哭狼嚎。鈴盯著面前顫動的火苗，腦中想起一件事來。

「據說，很久很久以前，有位名叫初娘的少女，住在青要山下的一座村莊裡，靠採集草藥維生，和山中的猿猴虎豹十分親密，如同朋友一般。有一天，巡遊天下的商王路經此地，打算進山狩獵。附近的野獸得知後都很惶恐，紛紛向初娘求救。初娘向山神祈禱，山神告訴她，雪神能阻止商王，但要請祂幫忙，必得獻上美人美酒。當天半夜，初娘攜著烈酒去造訪住在山巔的雪神，說自己願意嫁給他當妻子。雪神很高興，於是便降下暴雪，颳起大風。隔天，商王的隊伍無法入山打獵，群獸們也因此得救了——這便是天地間第一場大雪的由來。」

「哪有神祇隨便娶凡間女子為妻的？這種鄉野傳說妳也信？」

「這故事是師父和我說的。」

「從前的塗山掌門？」瀧兒正盯著滋滋冒油的火堆發呆，聽到這，忽然抬起頭來。

其實，他早在很久之前便聽過韓君夜的名頭了，只是沒有特別放在心上。直到親眼目睹了塗山的積威，又從武正驊那裡聽說了對方的種種事蹟，這才對這位號稱武功天下第一的師祖生出一股好奇來。

「她是個什麼樣的人？」

「這個嘛……」鈴側頭想了半晌，「我十一歲那年，她把我扔到牛邙山的山頂，叫我自己想辦法回家。那裡可比這冷多了，雪也更大，我足足花了十天才下山。還有一次，她說要測試我的輕功，讓我去爬都廣峰，結果我摔了下來，雙腿都跌斷了，在荒谷中躺了半個月才好。」

鈴的語氣出奇平靜，還帶著一絲懷念，瀧兒卻聽得頭皮發麻。他無法理解，武正驊一個好端端的男人，外貌武功都不差，為何偏偏對鈴口中這名恐怖的女子念念不忘——難道情之為物，真能令人執迷至此？

「現在曉得我對你有多仁慈了吧？」鈴見瀧兒點頭如搗蒜，笑著撕下一條兔腿遞給他，「慢點吃，別用塞的。」

兔肉被烤得金燦燦的，外酥裡嫩，然而，瀧兒才吃幾口，忍不住又停下來問：「她這樣對妳，妳為何不逃走？」

「你懂什麼呀？」鈴戳了一下瀧兒的額頭，「有些人，表面對你兇，卻是真心為你好……就像師父。她不僅教會我一身武功，還給了我一個真正的家。雖然有時確實嚴格了些，但那背後是有情義的，我一輩子都不會忘記。」

「可她身為六大門的人，又是從哪學會的練妖術？」瀧兒皺眉，「她既和武正驊有私情，為何後來再也沒有回塗山？」

不料，面對感情總是遲鈍的瀧兒竟會提出這種問題，鈴頓時語塞。

正琢磨著如何回答，師父熟悉的笑容又再次浮現腦海……宛如結冰的湖面，怎麼也看不透。

還記得小的時候，她曾問過對方，為何不傳授她劍法，只教她練妖術。對方卻只是揉揉她的腦袋，說：「凡事有捨才有得，等妳長大，自然就懂了。」

「遇事克制，懂得割捨。」鈴喃喃道，「能有如此決斷，師父她……是個很了不起的人。」

「可到頭來，那麼做值得嗎？」

瀧兒聲音低啞，幾乎要被外頭咆哮的北風蓋過去。

鈴想起武正驊那雙悲涼的眼睛，緩緩搖頭，眼神有些恍惚：「我也不知道，或許吧……她從未跟我說過。」

翌日醒來，雪還在下，但已比昨夜小了許多。鈴晨起後用篝火煮水，自己喝了半碗解渴，把剩下半碗留給瀧兒，就出洞打獵去了。

走著走著，來到一座湖邊。湖的表面結了厚厚的一層冰，人很輕易就能在上面行走。她正打算鑿冰捕魚，身後卻突然傳來異響。回頭看，只見湖上的白霧不知何時散開了，露出對岸三個奇裝異服的人影。分別是一名高大的紅袍和尚、一名高冠束髮，身纏鐵索的瘦漢，以及一名頭戴冪離的女子。

那女子身穿西域樣式的長裙，輕盈得彷彿一陣風來就會被吹倒。她撩起遮目的薄紗，露出一張勻著厚厚白粉的臉，額上貼著翠鈿，開口笑時，眼角眉梢不斷有細粉簌簌而落，笑得人毛骨悚然：「天寒地凍的，小友可願陪咱們喝上一杯？」

一旁的和尚解下腰中的舞馬弓形銀壺，砸吧著厚唇，仰頭灌了一口，道：「雪，好香啊！」

「不是吃雪，是吃酒！」

「是，酒好吃。」和尚被同伴糾正，一拍腦袋，露出憨厚的笑容。他說起話來黏糊糊的，帶著濃重的鄉音，得仔細聽才能分辨。

右首那名身纏鐵索的黑衣漢子卻沒有笑，而是上前半步，冷冷道：「妳就是赤梟的徒弟吧？」

鈴目光緩緩掃過眼前三人，心一凜：「你們又是誰？」

「我們是奉命來取《白陵辭》的，只要妳乖乖將書交出來，我們即刻就走，絕不多擾。」

「江湖上早就沒有《白陵辭》了，又怎麼會在我身上？」

「妳聽過『白陵歧術，天下相爭』這句話吧？」黑衣男道，「傳說中的武林至寶哪有這麼容易消失？我指的並非十八年前從司天台被盜走的那本書，而是另一本……是記載著『練妖術』的《白陵辭》！」

鈴一聽愣住，隔了半晌才回神。

「你胡說！練妖術和《白陵辭》一點關係也沒有！」

「妳休想裝傻。」男子的聲音枯澀尖銳，像刀鋒般在鈴身上遊走，「《白陵辭》裡記載的外功雖厲害，若不搭配練妖術心法一塊修練，卻也只能達到一流高手的境界，又怎會令天下英雄趨之若鶩？」

這番話宛如轟天雷，將鈴的腦袋炸得嗡嗡作響。同時，她又想起韓君夜曾說過：「古籍有云：『白陵歧術，天下相爭，邪魔具現，江河四溢，千仞之山，轉眼成塹，廟堂之巍，安能不懼？』」

她不願相信這些來路不名的怪人的話，可同時，卻又忍不住想：「對方何必要撒謊？何況，如此一來，很多事都說得通了……」

人總是會被先入為主的思維給困住。就像此前，她堅信韓君夜的清白，因此從未懷疑《白陵辭》失蹤真的和對方有關一樣。

然而，不等她釐清這一切，對岸的三名怪人已亮出傢伙，直奔湖心而來。

鈴連忙抽出雪魄，叫道：「別過來！」刀鋒一閃，斜斜指向冰面。「誰要再敢向前一步，咱們就水底見真章！」

對面三人見狀，紛紛煞住腳步。須知，這個季節的湖水寒冷刺骨，縱然是武功高強之人也不敢輕易下去。

「臭丫頭！」粉臉女氣得大罵，下一刻，卻被鈴打斷：「少廢話，你們到底是何人？」

「事到如今，告訴妳也無妨。」黑衣漢子陰陽怪氣地說道，「我是鐵無常，這是屍粉婆和火頭僧，江湖人稱我們仨為『鬼見愁』。」

「青穹三劍可是你們殺的？」

「好吃，真香。」火頭僧吃吃傻笑。

「妳只要乖乖交出秘笈就行，其餘的什麼都不必知道。」鐵無常冷冷道。話音未落，只聽得「嘩拉」一聲，他手上的拘魂鐵鍊另一端忽從冰下鑽出，纏上鈴的雙腿。鈴大吃一驚，一個平地筋斗向後急翻，再直起腰時，火頭僧已經掄起撥火棍衝了上來。

這和尚一看便知內力深厚，雖然招式混亂，毫無章法，破壞力卻十分驚人。轉眼間，兩人四周的冰層幾乎都被他砸碎了。鈴一邊留神閃躲，還得一邊尋覓落腳處，不覺暗驚：「此人實在瘋得厲害！」

隨後，一絲詭異的香氣伴隨著白影從眼前幌過，正是屍粉婆出招了。

「鬼見愁」的成員各有所長。火頭僧內力深湛，鐵無常的鐵鍊陰險毒辣，而屍粉婆卻是以神出鬼沒的輕功橫行江湖。她那一襲白裙幾乎和四周的雪景融為一體，神不知鬼不覺便黏了上來，教人防不勝防。

鈴在群雄會上受的傷還未好全，在三大高手的圍攻下，頓時左支右絀。她右腳橫出，狠狠踹在火頭僧的小腹。不料，對方竟像全沒感覺似的，提棍便朝她天靈蓋砸落。鈴抽身急退，刀鋒卻被飛來的鐵鍊給捲住，同時，一個滑膩膩的東西從背後摸了上來。隨著劇痛閃過，她吃了屍粉婆一記陰涼的屍掌，足下一滑，直接栽入水中。

顧不得寒氣透骨蝕心，鈴轉身直接往水底游，想來個金蟬脫殼。只可惜，還未游出多遠便感到足踝一痛，正是被鐵無常的鐵鍊鎖住了。那鍊子的尾端有個鐵圈，獵物越是掙扎，裡頭的利齒便越縮越緊，她試了三次都沒能掙脫，眼前陣陣發黑。

幸好敵人並不是想要她的命，見她快沒氣了，就像撈魚一樣將她撈了上來。

鈴被火頭僧拎到空中，從胃裡狠狠吐出幾口水，睜眼便看見一張白得詭異的臉在面前晃蕩。屍粉婆的手指異常冰涼，殷紅的嘴角上揚，眸中卻無一絲溫暖。

「小娘子生得嬌滴滴的，骨頭倒硬。若妳肯老老實實把東西交出來，也不必挨這些苦頭。一切都是妳自找的，下去後可別怨咱們啊。」說著還煞有介事地在她臉上摸了一把。

鈴咳得昏天暗地，無法回嘴，卻在暗中運起丹田裡的真氣。

屍粉婆話音剛落便覺不對，後頸涼涼的，彷彿哪裡漏著氣似的。下一刻，她心一凜，倏地回首，卻沒能避開那條迅如閃電的黑影。淬礪的尖爪削斷了她的一截蟬鬢，在她精心妝扮的臉上留下一道長長的血痕。她望著手上的血珠，厲聲尖叫：「——臭小子！」

瀧兒的動作絲毫不緩，從她頭頂一掠而過，朝火頭僧扔去一團暗藍色的狐火。

隨著火頭僧發出暴吼，周遭陷入混亂。鈴趁機扳開腳上的鐵鍊，拉起瀧兒轉身就跑。

參

接下來很長一段時間，鈴和瀧兒都在飢餓中度過。為了擺脫「鬼見愁」三人的追擊，他們一路西行，深入荒山絕嶺，專走崎嶇小路，希望藉大雪來掩蓋自己的行蹤。可偏偏敵人武功奇高，又擅長潛行追蹤，任憑師徒倆使出渾身解數，都無法甩掉對方太久，雙方日復一日上演你追我逃的戲碼，就這樣迎來了深冬。

廣袤的雪谷中，人的存在如同芥子一般渺小，光憑武功是絕對無法存活的。於是隨著日子一長，雙方的對抗也從正面衝突變成了意志的較量。

鐵無常冷面無情，屍粉婆喜怒無常，可是兩人都不笨。他們開始布置各種陷阱，還在鈴和瀧兒躲藏的洞穴附近生火烤肉，試圖引誘他們自投羅網。

此計可謂攻心為上。在飢寒交迫下，聞到外頭飄來香噴噴的肉味，那種折磨簡直比天底下所有酷刑加在一起還來得可怕。到後來，實在忍受不住，師徒倆只好蒙頭大睡。

是日恰逢大雪，瀧兒餓得發昏，拿著樹枝在雪洞內四處掏挖，希望能挖到點吃的東西，不管是冬蟄的蟲子還是老樹的鬚根，只要能果腹就行。鈴曉得對方的體力已經瀕臨極限了，再這樣熬下去，二人遲早會被逮住。

她這陣子時常到洞外徘徊，表面是探路，實則是在觀察敵人的動靜。直到某天下午，看見鐵無常和屍粉婆外出狩獵，只留下火頭僧一人監守營地，她立刻意識到，機會來了。

火頭僧心智不全，空有一身蠻力，頭腦卻極單純，跟個孩子一樣。看見鈴朝自己走來，立刻跳起，揮舞著撥火棍大吼：「不准跑！」可當鈴放下刀，從懷裡取出一卷書，舉在他面前晃時，他又瞬間沒了主意。

「經書就在這，只要你分我們一點食物，我就把它給你，如何？」

「俺……這……」火頭僧看了眼鈴，又看了眼她手裡的東西，伸手撓了撓自己光滑的腦袋，一副不知如何是好的模樣。可此人顯然本性不壞，禁不住鈴再三央求，終於還是答應了。

眼看計謀得逞，鈴心下大喜，連忙撿起地上的兩隻獐子，一袋乾糧，一壺綠蟻酒，轉身奔回山洞。此時的瀧兒早就餓得神智不清了，看見她帶著食物回來，差點喜極而泣。

「妳是怎麼得手的？」

鈴有些得意，將自己糊弄火頭僧的過程說給對方聽，瀧兒聽完不禁一臉困惑：「那妳拿給他的是什麼？」

「梅梅從挹芳樓順來的花名冊。」

此話一出，師徒倆同時放聲大笑。上回笑得這麼開心，已經不知是什麼時候了，兩人大口吃著饢餅，嚼著獐子，雖然那肉又酸又柴，在他們心中卻勝過無數人間美味，配著濁酒囫圇下肚，終於有種靈魂歸位的感覺。

然而，才高興沒多久，卻忽然聽見洞外傳來一陣異響。兩人以為是鐵無常和屍粉婆回來了，連忙趕到洞口一看，卻發現不遠處的篝火已經熄了，只剩幾縷白煙悠悠嫋嫋地飄向天際。火頭僧提著撥火棍矗立在莽莽雪原上，紋著刺青的背影被夕陽縫上赤色鑲邊，宛如一尊金剛護法。

風也停了，曠野寂寂，唯有南面的樹林裡不時飄來幽幽的嗚咽，此起彼伏，猶如鬼哭。

瀧兒朝天空嗅了幾嗅，說道：「這股臊味……不會錯，是狼！」

雪狼是這片雪域的統治者，成群結隊，殘暴嗜殺，專挑過路的商旅下手，宛如神出鬼沒的綠眼魔鬼。

鈴奔上前，正好看見火頭僧揮棍將一隻碩大的灰狼擊斃。望著腳邊那隻頭顱爆裂，面目獰惡的野狼，她心中升起一股很不祥的感覺，就好像敵方派出斥候在試探他們一樣。

果不其然，不出片刻，前方驀地響起尖銳的狼嗥，淒厲的叫聲遠遠近近，迴盪四野，也不知有多少匹狼正追蹤血味，朝著雪谷的方向追來。

瀧兒也跟著趕到鈴身邊。就在兩人愕然相視之際，狼群已經迫近了。起伏的背脊匯聚成深灰色浪潮，順著雪坡朝幾人所在的山谷湧來。瀧兒忍不住罵了聲：「操！」

轉眼間，狼群已將他們團團包圍，尖牙與利爪齊閃，專挑人身上最脆弱的地方攻擊。

大難臨頭，三人只得放下矛盾，合力拒敵。

鈴避開撲擊，右腿起處，將最近的兩匹狼踢出圈外，而一旁的火頭僧也殺紅了眼，撥火棍甩將開來，如長槍般狠狠插入惡狼嘴中。巨大的狼軀幾乎被鐵棍撕成兩半，噴出的鮮血洇紅了柔軟的雪地。

然而，狼的數量實在太多了，就算三人武功再高，也不可能一口氣殺光。隨著一輪藍月升起，將整片雪谷籠罩在皎潔的清輝下，鈴和瀧兒逐漸遠離狼群密集的谷地，退向東面的山坡。火頭僧緊跟在後，撥火棍猛挑重砸，舞成一片罡風，迫得狼群不敢近前。

三人踩著狼屍殺出重圍，狂奔數里，直到翻越山脊才停下來。原以為脫離了險境，卻不想，才剛喘勻氣，前方的亂石堆間竟又傳來顫慄的狼嚎。

瀧兒抹了抹臉上的血跡，「嘁」了一聲：「這群該死的畜牲簡直比那三個瘋子還要難纏！」

一旁的火頭僧似乎聽不出對方在罵他，只是一瞬也不瞬地盯著對面的山崗。鈴順著他的目光望去，只見山頂巖石上盤踞著一隻巨大的老狼，身形比身邊的同伴足足大了兩倍有餘，臉上橫著一道猙獰的疤，獨眼裡閃爍著紅色邪光，銀牙上垂掛著涎液，模樣凶惡至極。

對望片刻，巨狼忽然仰起頭顱，朝天空發出嗥嗚。霎時間，周圍所有的狼都停下動作，跟著牠們的首領號叫起來。鈴全身寒毛炸起，推了瀧兒一把：「快跑！」

獨眼狼王一聲長嘯，附近山崗的狼群全都聚集過來，望過去黑壓壓的一片。鈴一行人無路可退，只得沿著山梁一路狂奔，直到月光轉山而來才赫然發現，緩坡的盡頭竟是一座斷崖！

「不行，不能再過去了！」

鈴煞住腳步，一回頭便看見狼王率領的幾百頭惡狼正朝這撲來。一旁的火頭僧忽然提氣暴喝，返身扎入狼群。他的棍法源自於切菜、打水等雜活，手法看似粗疏，力道卻剛猛至極，所到之處，殘雪與斷肢齊飛。

瀧兒也是個不怕死的，身法卻比火頭僧靈動多了。他穿梭在狼群間，屈起的尖爪在月色下閃爍凜光，每次出手，總是能精準地切開雪狼的咽喉。

鈴的視線緊盯著地平線處那道幾不可察的白點，宛如一朵純白的浪花在奔騰的灰潮裡時隱時現。白影動，她也跟著動，同時，從懷裡抽出黑羽鏢，一股腦地遍灑出去。暗器射穿狼眼，直貫腦門，很快便在灰潮中清出一條血路來。

然而，就在鈴奔到距離目標不到十步之地時，其中一隻倒地的惡狼居然從雪堆裡爬起，狠狠咬住她的衣袖。

雖說鈴一個回身便將那畜牲打得腦袋開花，可這麼一耽擱，又有七、八隻惡狼從四面撲來，當真是死無全屍之禍。

鈴心臟一沉，轉頭高喊：「傻和尚，拉我一把！」下一刻，火頭僧的粗棍橫空遞來，她抓住棍頭，借力上竄。底下的狼群見狀，爭先恐後地躍起噬咬，卻緩了半拍，紛紛咬空。

而就在此時，對面的巨狼也發動了攻勢，拱背揉身，朝鈴跌落的方向猛撲而來。待鈴反應過來，血盆大口已近在眼前了。千鈞一髮之際，還是瀧兒從後方一把拽住巨狼的尾巴才削弱了牠的勢頭。

眼看瀧兒被發狂的狼王壓在身下，卻仍死不鬆手，鈴迅速抽出雪魄，身形落下的同時，一刀插入巨狼的背脊。只聽得「噗」的一聲，漂亮的毛皮頓時染滿黑血。

聽見巨狼的悲嗥，瀧兒立刻鬆開尾巴，翻身勒住獵物的後頸。巨狼本還在拚命掙扎，可隨著「喀啦」一聲脆響，牠碗口粗細的脖子歪向一邊，徹底沒了動靜。

狼群眼見首領被殺，紛紛停止追逐，伸長脖子，朝著天上的滿月發出哀鳴。鈴、瀧兒和火頭僧很快便衝出了包圍。三人死裡逃生，都感到一股難以言喻的狂喜。瀧兒將狼王沉重的屍體扛在肩上，邊跑邊歡呼：「咱們有肉吃啦！」火頭僧也咧開大嘴，吃吃傻笑。

三人找到最近的山洞，用刀剝下巨狼的毛皮，將鮮肉架到火上烘烤，那味道可比獐子好多了。

幾杯黃湯下肚，火頭僧一下和瀧兒比賽划拳，一下抱著雪狼皮大笑，明顯有些陶陶然了。鈴趁機問了對方許多問題，雖然得到答案仍是顛三倒四，卻能勉強拼湊出些線索來。

原來，對方本是陰山腳下某間小寺廟的僧人，每日負責燒柴做飯，過著平靜的生活，卻因為性格魯直，時常被其他僧侶欺負。直到幾年前，鐵無常和屍粉婆夫妻途經這間破廟，想討些飯吃，但住持見他們模樣恐怖，便將他們攆走。兩人一怒之下，一把火將寺院給燒了，所有僧侶都被燒死了，只有躲在柴房的火頭僧幸運地逃過一劫。事後，鐵無常和屍粉婆發現這大個子內功驚人，便邀他入伙。三人這幾年橫行西北，專接無人敢接的生意，終於聲名大噪，贏得了「鬼見愁」的稱號。

然而，火頭僧似乎對派他們前來取《白陵辭》的幕後主使十分忌憚，始終不肯透漏對方的身分。

「不如這樣吧。」鈴提議，「你也不用和我說他是誰，只須告訴我他是何門何派就行。」

火頭僧搖頭：「沒有名字。」他指向外頭的雪山：「從，很遠地方。」

「不對啊。」鈴聽得直皺眉，「若他不是六大門的人，又是如何得知赤燕崖和《白陵辭》的事的？」

「仙人洞，兩半，四劍看到了。」

「四劍？」鈴心間一動，連忙追問：「你是指青穹四劍嗎？他們看見了什麼？」

可就在此時，洞外忽然傳來一道刺耳的尖鳴，蓋過了火頭僧的回答。下一刻，寒光割空而來，他甚至來不及多說一個字，龐大的身軀便轟然倒下。

火頭僧的血濺得師徒倆滿臉都是，瀧兒又驚又怒，扔下手裡的肉串跳起來：「是鐵無常！」

話音剛落，冰冷陰鷙的聲音已來到洞外不遠的地方：「都走到黃泉路上了，過了鬼門關，便是奈何橋，還想跑？」

屍粉婆戲謔的笑聲也跟著響起：「看來，這倆崽子還沒玩夠呢！既然如此，便讓姊姊來教你個乖……」

鈴和瀧兒交換了一道眼色，二話不說，立刻飛奔出洞，奪路而逃。

此時天色剛亮，風雪已經過去了，清晨的薄霧披掛在岩石樹梢，和嘴裡吐出的白煙混在一起，愈發如真似幻。師徒倆沿著陡峭逼仄的山徑朝雲霧深處狂奔。

出了林子，眼前的景色豁然開朗，崢嶸萬狀的山脈向兩側無限綿延，中央高聳的雪峰在朝陽下折射出耀眼光彩。瀧兒從未見過如此壯麗的景色，不由得感到一陣暈眩。

只可惜，這份悸動未能持久。很快，鐵無常和屍粉婆便趕了上來。二人的咒罵迴盪在靜謐的雪谷中，顯得分外刺耳。

隨著四周雪塊簌簌而落，敏感的瀧兒立即察覺了異常。他臉色變了變，迅速拽住鈴的手臂，拖著她往山的反方向掠去。鈴正想開口問是怎麼回事，就聽見身後傳來令人肝顫的巨響。

大地搖晃起來。參天的雪峰中腰出現一道狹長的裂隙，且隨著裂面越擴越大，整片雪層都開始滑動，轟鳴聲震耳欲聾，白色的洪流如瀑布般奔騰而下，壓得日影為之一黯。

雪崩了。在這股毀滅性的力量面前，萬物皆顯得細如微芥。鐵無常和屍粉婆驚駭的叫聲才剛響起便被吞噬了，鈴和瀧兒拚盡全力奔跑，仍趕不上冰雪傾覆的速度。洶湧的雪浪越滾越高，宛如咆哮的巨龍，衝撞著席天捲地而來，完全看不到邊際。

隨著腳下坍塌，巨大的寒意壓上背脊，鈴用力抓緊了瀧兒的手。下一刻，師徒倆卻被騰起的雪浪裹挾，驟然失去重心。洪流將兩人沖往不同的方向，黑暗瞬間降臨。

肆

鈴從昏迷中醒來時，周圍仍是一片黑暗。可她卻能清楚感知到前方傳來妖靈的波動，彷彿血液深處有個聲音在呼喚她。

「瀧兒……是瀧兒嗎？」

那氣息既陌生卻又熟悉，宛如一顆溫柔搏動的心臟，令人感到說不出的平靜。鈴雙眼緊閉，卻下意識地挖開面前的雪，朝漣漪的中心靠近。也不知過了多久的時間，或許短短一炷香，或許長達數百年，她終於找到了波動的源頭——那是來自雪坡邊緣的一道冰隙，深逾丈許，狹長幽森，外圍垂掛著一圈冰稜。她想也不想便跳了下去。

底下的雪道蜿蜒曲折，她一路滑到最深的地方，開始手腳並用向前爬。又過小半個時辰，視野逐漸廣闊起來，鈴順著微光來到隧道的盡頭，起身一看，赫然發現周遭寬敞，居然是座偌大的冰窟！

這座冰窟不僅別有洞天，且十分溫暖。鈴原本凍得瑟瑟發抖，走著走著，卻逐漸感到手腳都暖和起來了。抬頭瞥見洞窟頂端掛著一整排閃閃發亮的冰柱，心中訝異更甚，暗想：「天底下竟還有如此神奇的所在。」

她順著水聲走去，發現不遠處是座地下湖泊。這裡的水不但沒有結冰，底下還有魚兒在悠游，跟外頭冰天雪地的世界相比，簡直就是世外桃源！

更驚人的還在後頭。原來洞窟的盡頭是數座垂直高聳的冰壁，頂端直接蒼穹，點點星光漏下來，宛如細雪飄零。

就在此時，鈴又感覺到了來自靈魂深處的波動，如浪頭般一遍遍拍打著她內心的礁岩。她感到一陣恍惚，緩緩走向對面的巨大冰壁。

一幅不可思議的景象映入眼簾。只見一隻巨大的九尾狐沉睡在半透明的冰壁中央。牠毛色純白，兩條屈起的前腿有一個人那麼高，雙眼輕輕闔著，有種不驚草木的柔美，彷彿打從混沌之初便躺在那了。鈴不由自主地伸出手，想摸一摸那油亮的毛皮。可就在她掌心觸碰到冰面的瞬間，九尾狐的身影倏地消失了，取而代之的是她愣怔的倒影。鈴不由微微錯愕：「難不成，方才那一幕竟是她的錯覺？」

她將目光抽離冰壁，這才發現天井的入口原來還有一道被冰柱蝕出的空間，擺著幾塊形狀方正的岩石，儼然就是間休憩用的小室。鈴望著角落裡的石床和石椅，覺得眼前的景象如此和諧，卻又說不出的詭異，心想：「難道說，此前還有別人來過這裡？」

所謂山重水復疑無路，柳暗花明又一村。看來，自己是真的命不該絕。想到這，鈴繃緊的心弦一鬆，一股強烈的睏意隨之襲來。她將頭枕在冰涼舒適的石板上，不一會便沉沉睡去。

睡到中夜醒來，迷迷糊糊間，朝天井的方向望去，發現眼前的一切皆披上了一層淡銀。是月亮升起了。更不可思議的是，四周的冰壁在月色的浸淫下，竟折射出寶石般絢爛耀眼的光芒。

這是……！

月華如潮，填滿每個低凹與縫隙，使得刻在冰上的文字與圖案徹底浮現出來。鈴在四壁間走來走去，定睛細看，發現上頭記載的乃是一套又一套的武功心法。

若在平時，她瞧見這些東西肯定會非常興奮。可現在，她一心只想趕緊離開此地，根本沒有閒情逸致鑽研壁上的內容。她身上的蛟香都在雪崩時被泡壞了。如此一來，她便無法透過幻境和瀧兒溝通，無法得知對方身在何處，是否脫離險境，就連平時最黏人的雲琅也不知消失到了哪裡。這使鈴感到前所未有的焦躁。

她先是嘗試原路返回地面，卻發現地道的入口已被厚重的積雪給封填住了，即使她用盡全力也無法撼動。接著，她又試著用練妖術與瀧兒、雲琅取得聯繫，卻同樣徒勞無功。由於相隔遙遠，她只能勉強感應到瀧兒的氣息，而雲琅的情況就更加匪夷所思了。她感覺對方被關在一個幽黑狹隘的空間裡，周圍冷得跟冰窖一樣，甚至就連妖靈的脈動都比平時微弱許多。

「等著……我一定會想辦法出去。」她不斷在心裡重複這個念頭，企圖將之傳遞給對方。然而，實際到底該如何離開這裡，她卻毫無頭緒。

於是，當夜幕再次降臨時，鈴又回到了天井中央，望著月出東方，銀光灑落，周圍的冰壁逐一亮起。

這回，她終於耐著性子讀完了牆上的內容，其中大部分都是拳腳招式，唯有南面的牆壁不同，似乎是某種特殊的運氣導行之法。鈴盤膝坐在壁前，越看越奇，到後來，竟鬼使神差地照著上頭的指示調起了內息。

走完了第一段功法，她感覺渾身燥熱，掌心流汗，丹田內卻纏繞著一股清涼的氣息，宛如大熱天揣了一塊冰在懷裡，甚是受用。

然而，繼續練下去前，她突然發現，除了洋洋灑灑的內功心法外，冰壁的一角還有另外幾行字。字跡潦草，筆畫亂飛，和上方板正的書法判若兩人，似乎是在匆忙之間寫下的。

「至德二載，洞庭一戰，失卻秘笈，為避凶賊追殺，深入死地，兄長身故，唯留『鵺』託付與吾。吾得九尾天狐庇佑，寄身冰窟，餐雪飲露，日夜行功，甚靈效。久之，『鵺』入奇經八脈，能聽音辨色，閉眼射魚，無不中的。然兄長之死，令智昏喪亂。有道是，大丈夫當提三尺劍，立不世功，豈可避如走犬，苟且獨活？故抄心訣於冰壁之上，表吾死志，以昭後世。此功艱險，若體內無靈蟲導氣，必致全身經脈寸斷，爆體而亡，實乃貪心不足，咎由自取也！」

鈴讀到這，差點當場吐血。這麼重要的事不早說，偏偏寫在這麼不明顯的地方，不是存心害人嗎！

伍

自從江離來到金烏壇後，柳仙兒便故意安排各種粗重累活給她做——挑水砍柴、修屋鏟雪、擦地浣衣，竟當她是個粗使丫鬟一般。另外，還嚴禁她碰這裡的任何藥材和書籍，就連多看一眼也不行。但江離卻從無怨言，尤其當她看見霍清杭正一天天地好起來時，再有煩心事，也都拋到九霄雲外去了。

這日，她正一如往常地灑掃內院的小祠堂，忽然被一名路過的黃衣僮僕給叫住。對方年紀比她還小，可見她整日被柳仙兒呼來喝去，自然也將她當成了能隨意使喚的下人。

「喂，巫穎婆婆正在熬藥，妳快去西廂的藥閣拿些蒼朮和皂角來，別在這瞎忙了！」

江離本想回答：「可巫婆婆的徒弟不許我踏入西廂半步」，可話到嘴邊，又覺得十分愚蠢，於是便忍住沒說，直接放下掃帚，轉身出了祠堂。

金烏壇位於郭家後竹林另一端的小農莊，共有四間草廬，一片藥圃、一間雞舍，壇主正是郭二的媳婦喬大娘。她收留江離和霍清杭，就是想看看她們是否誠如江離所說，和花月樓關係匪淺。經過一番試探，卻發現兩人竟連一點武功毒術都不會。若不是有位從總壇來的弟子一眼認出了江離，她和霍清杭恐怕早就被扔到郊外的溝渠了。

金烏壇的人擅長製毒、解毒，而巫穎更是其中的聖手，花月爻泰半藥物都是出自她手。

正好，江離一直都想去對方的藏藥閣一探究竟。她走到門口，發現無人攔阻，便大方邁了進去。

屋內十分乾燥，最大的牆邊擺著兩座樸實無華的斗櫃，頂端則是一排散發著清香的方形木匣，還用粉籤註明了格中放的是哪幾味藥。江離目光掃過斗櫃，發現其中有許多藥材自己竟連聽都沒聽過，登時好奇心起，恨不得將裡頭的東西全翻出來研究。

「木明黃」、「山皋」、「五寸蟲卵」，聽上去倒還像是普通的草藥，可另一個櫃子上寫的名字卻令人匪夷所思。什麼「春宵苦」、「恨歡遲」、「摧心肝」、「花萼相輝」、「海枯石爛」……簡直就像是各種淫詞豔曲的大集合，處處引人遐想。

江離取出蒼朮和皂角後，便被一個寫著「鶴夢長」的小匣吸引了，不禁想看看裡頭裝的到底是什麼玩意。可就在她準備拉開格子時，後方卻傳來一道尖喝。

「丫頭，妳想死啊！」

江離心頭一個激靈，差點失手將木匣翻倒。

猛一回身，發現巫穎不知何時已經站在那裡了。老婦伸出粗黑的手，不耐煩地將她撥開，爬上一旁的木梯，從櫃頂的壺中取出一條曬乾的蛇屍放到桌上，再用紫色的闊葉包起，一邊忙，還一邊說：「這藥閣裡存有三百種致命劇毒，其中一百種，能令人生不如死。」

江離聽得心裡「咯噔」一下：「有人託我來取蒼朮和皂角……」話到一半，卻被巫穎粗魯地打斷：「外行人別添亂！這可不是讓妳胡來的地方。我說過了，傷一好就趕緊給我滾！」

然而，江離也不是任人揉捏的脾氣。過去這段時間，她寄人籬下，處處受人排揎，早已憋得滿肚子火，如今再聽見這話，不禁氣不打一處來。

「我不走！」她一步擋到巫穎面前，居高臨下地說道，「我要留下來！我也會替人診病！」

可對方只是重重一哼：「就憑妳這點三腳貓的本領，連自己的男人都救不了，還敢說嘴！」

「我什麼都肯學的！」

「可我為什麼要教妳？」

見對方用那雙駭人的大眼珠挑釁地盯著自己，江離心頭一凜：「這老妖婆一怒之下，會不會直接祭出毒粉把自己給化了？」可即便嗅到了這樣的風險，她依然沒有放棄。

「給我機會，我一定會讓自己派上用場的！」

兩人就這樣大眼瞪小眼，對峙了好一段時間。最終，還是巫穎讓了步。她將藥簍往江離懷裡一塞，轉身罵罵咧咧地走了：「我現在沒空和妳爭這個，妳想跟就跟來吧。」江離一聽，心中大喜，連忙跟了上去。

巫穎領著她來到南邊的草廬。這裡是給情況緊急的病患準備的房間。只見一名三十多歲的魁梧男子橫在塌上，衣衫敞開，臉色青白，背上全是密密麻麻的紅疹，全身盜汗，神情看上去十分痛苦。

巫穎推門進屋時，柳仙兒正在爐邊煎藥，見到江離，頓時皺起眉。

「妳來做什麼？」

江離冷笑不語。柳仙兒的眼睛幾乎要噴出火來了。但她還來不及開口，便被巫穎一陣搶白：「不想做事就給我滾，別站著廢話！」

江離卸下肩上的藥簍，開始將裡頭的東西一一取出。

柳仙兒又嘀咕了一聲：「臭不要臉……」這才恨恨地走開。

「他這是得了什麼病？」江離看那漢子背上的疹子，好奇問道。

「這不是病，是被冰蠶咬傷了。」巫穎道。

她先往患者嘴裡灌入一碗又黑又稠的藥汁，接著命人摁住他的手腳，小心翼翼地將腫脹的皮膚給切開。一股腐肉的氣息撲面而來，裂開的傷口居然滲出了白色的膿液，其中還參雜著一粒粒半透明的蟲卵！

江離瞪大了眼，可隔壁的巫穎卻連眉毛都沒動一下。她問柳仙兒：「患者剛來時，情況如何？」

「高熱不退，話都說不清了。」柳仙兒道，「可從血痢、嘔吐、胸悶、宿食不消的症狀來看，應該有少數的卵已經孵化了。」

巫穎聞言冷哼一聲：「七星壇的人還真是心寬……拖到現在才把人送來，是想讓我們替他收屍嗎？」可嘴上埋怨，手上卻沒稍停，一邊清瘡，一邊將金針刺入患者的百會穴，說道：「取雄黃、莽草、巴豆、蜈蚣、礬石來，再打一盆熱水，混入三斗白金汁。」

江離將所需的藥材一一記下，然而，聽到「白金汁」時，卻不禁微微一頓。柳仙兒見她茫然不解，笑道：「白金汁就是妖猿的尿液。妳愣著幹嘛，還不快去取！」

江離曉得對方這是故意想看自己笑話，強忍怒氣，放下手邊的藥材，拿起木桶走了出去。

金烏壇豢養的金毛猿乃是晝伏夜出的妖怪，白天都躲起來呼呼大睡，直到入夜後才出來覓食。此時的江離已不如最初那麼害怕牠們了，來到雞舍前，僅僅猶豫了半晌便推門而入。

只見阿泰和其他幾隻金毛猿正縮在角落裡酣睡。牠們的排泄物就盛放在角落的甕缸裡，那沖鼻的味道江離大老遠就聞到了，不禁緊緊皺眉。

然而，就在她揭開缸頂，將那酸臭的液體撈進木桶時，身後卻驀地出現兩道高大的黑影，嚇得她差點將整桶白金汁澆到對方身上。回頭一看，來者正是木劍南。他身旁還緊跟著另一隻金毛猿猴。

「小心點。」他低呼，「這種事還是交給我來吧。」說完，伸手去拿木桶。然而，才剛扛起，便被江離奪了回去。

「不用你幫忙，我自己抬得動。」

「哦？妳很能幹嘛。」

木劍南只是隨口打趣，江離聽了卻有些不開心了：「我看起來很沒用嗎？」

「我不是那個意思。」木劍南連忙澄清，「我這兒正好也有東西要拿去給婆婆，咱們一起過去吧。」說罷，將短笛擱到唇邊輕輕吹奏。他身邊那隻金毛妖猿本來眼睛發紅，狠狠瞪著江離，一聽到暗示，立刻溫馴地走回同伴身邊，雙目一瞑打起盹來。

「這笛聲還能控制妖怪？」江離訝異。

「不是控制，是駕馭。」木劍南神祕地笑了，「妳有聽過草原勇士熬鷹的故事嗎？只要有足夠的耐心和技巧，無論是天上的蒼鷹還是地上的野馬，都能馴養成你想要的樣子。一旦養熟了，牠們就會成為你一輩子的夥伴。妳若想學，我可以教妳。」

他話中的調笑之意，江離只當沒聽到，又問：「可你們養這麼多猴兒，到底是為了什麼？」

「金白猿不僅尿液有驅寒解毒的功能，身上的毛髮、鮮血、乳汁、五臟，也都是珍貴的救命藥材。」木劍南解釋，「可牠們天性兇悍，在野外時常和山民發生衝突，於是咱們才會大老遠地從西北將牠們帶回中原。」

「原來還有這等事。可先養後殺，未免太過殘忍了……」江離說到這，腦中忽然浮現瀧兒和梅梅被吊起來論斤稱兩的畫面。

「看不出妳還挺喜歡牠們的嘛。」木劍南微微一笑，「不過放心，不到萬不得已，我們絕不會做出殺雞取卵的事來。」

談話間，兩人已回到草廬附近。推門而入時，裡頭卻突然傳來一陣騷動。只見榻上的男子渾身肌肉不斷痙攣，雙眼上吊，口吐白沫，胸腔發出驚人的咻咻聲，一副隨時都要斷氣的模樣。柳仙兒和幾名僮僕正手忙腳亂地用布條勒住他的身體。「快，把東西拿過來！」巫穎轉頭對江離道。

接下來的一幕深深震撼了江離。只見巫穎用雙指挾起患者的下巴，將混了白金汁的草藥灌入對方嘴裡。一開始，男子拼命掙扎，可灌到第三碗時，他高熱的體溫逐漸發散，手腳也不再抽筋了。巫穎動作俐落，下指如飛，不斷按摩男子的胸口，又拿起桑皮線，三兩下便將傷口縫合起來，完全不像個年近耄耋的老人。

一旁的木劍南見江離眼神發直，笑道：「我就說吧，有婆婆在，絕對不會有事的。」

江離沒有回答。她覺得眼前的老嫗彷彿神靈附體，整個人都散發著耀眼的光芒，簡直帥呆了！若她也有和對方一樣的本事，或許霍清杭就不會中毒昏迷，或許就連鈴身上的黃泉脈印都能得到治癒……

思及此處，她終於徹底下定決心。

她再也不想看著深愛之人飽受折磨，卻無能為力了——無論如何，她都要說服巫穎收她為徒！

為了展示自己的決心，接下來的一個月裡，江離幾乎都沒什麼睡覺。她白天不是照顧霍清杭，便是隨著巫穎出外看診，夜裡則挑燈苦讀。

很快，她便將藥閣裡的所有藥物爛熟於心。無論巫穎吩咐她去做什麼，她都能立刻抓到關竅，絕無半點錯漏。這點令對方頗為意外。

終於有一天，巫穎將江離叫到草廬，對她說：「倘若妳真想留下來，也不是不行，只是有個條件。」

江離大喜，忙問：「什麼條件？」

巫穎用銳利的目光凝視她：「金烏壇向來只替本教中人醫治，妳若想做我的徒弟，就得先拜入我教，發誓一輩子效忠花月爻，聽從教主指派。倘若做不到，就別浪費我的時間了，趕緊滾！」

面對巫穎聲色俱厲的質疑，江離微微一震。可儘管如此，她也只遲疑了半晌便答應了。如此乾脆的態度，反倒令巫穎面露狐疑：「江湖水深，有去無回，妳不再考慮一下？還有，和妳一起的那個男人，妳打算如何處置？」

「放心，只要我開口，我夫君自然不會反對。」江離語氣平淡，卻很篤定。

「如此我行我素，遲早會把男人嚇跑的。」柳仙兒從巫穎身後冒出來，酸溜溜地插上一句，卻一如往常地被江離無視了。

離開草廬後，江離揣著興奮的心情去找霍清杭。此時，對方身子已經大好了，正和木劍南在後方的竹林練劍。

但霍清杭畢竟是讀書人，一輩子從未舞刀弄劍，到了這把年紀再開始學，自然是難。木劍南看著他彆扭的姿勢，不禁暗暗好笑。

「霍兄，這招『杏花疏影』乃是先刺脅間，再削頭蓋。因為是先虛後實，所以出手一定要快，可不能像你那樣猶豫不決。」

木劍南說完，劍尖對準前方一株修竹，依樣畫葫蘆地刺了三劍，那身法果然瀟灑俊逸，恰如行雲流水。霍清杭看得擊節直嘆：「木兄，你真厲害，小弟佩服。」

敏銳的木劍南遠遠便注意到江離正朝這走來。他有意在對方面前賣弄，又接連使出「春城飛花」、「蓮開並蒂」、「一汀煙雨」、「荼蘼暗香」等招式，三尺青霜在翡葉間忽隱忽現，伴隨著蕭蕭竹影，形成一幅詩情畫意的景致。霍清杭自然是半招也跟不上，只能在一旁默默垂手觀看。又過片刻，他聽見背後傳來妻子的聲音，立刻轉身相迎。

「晨起便開始練劍，午飯都沒吃，是想成仙嗎？」江離見霍清杭滿頭熱汗，掏出帕子替他擦拭。霍清杭搔搔頭，有些難為情：「我向木兄請教劍法，一不小心就忘了時辰……」

江離唸了霍清杭幾句，接著便逕自切入正題，完全沒搭理一旁的木劍南：「我有件事想和你商量。咱們加入花月爻吧。」

看見江離那閃閃發亮的眼神，霍清杭不禁一愣，少頃才道：「妳是認真的？」

「千真萬確。」江離答道。

霍清杭心想：「這地方處處透著邪門，二人若貿然入教，日後反悔，只怕會引火焚身。」可此時木劍南就在一旁，他不便坦然相告，話到唇邊只好又咽了回去。

另外，雖說日子一天天過去，誰都沒再提起蘇必勒，可每當霍清杭想起塗山上所發生的事，仍會陷入深深的自責。他自認沒有盡到保護妻子的責任，儘管胸前的傷疤早已癒合，這份愧疚卻揮之不去。正因如此，他才會萌生習武的念頭。畢竟江湖險惡，若不想任人宰割，就必須有所作為。

他定了定神，低頭看向江離芙蓉般的臉龐，說：「既然妳想清楚了，那就按妳的意思辦吧。」

江離聽見丈夫的回答，展顏一笑。金色的曦光落在她雪白的梨渦上，愈發顯得膚若凝脂，美麗不可方物。

對面的木劍南望見這一幕，卻深感索然無味。原來，他見霍清杭容貌才學都十分平庸，本以為江離嫁給他不過是一時糊塗，只要自己稍稍使些手段，就能令美人手到擒來。直到此刻，看見二人恩愛非常，才意識到一切根本都是自己的妄想。不過好在他也並非鑽牛角尖之人，雖大失所望，卻也不至失態。

「本教弟子向來女多於男，這套『傾城百花劍法』輕靈多變，也是極適合女子練的武功。」他告訴江離，「等妳入了教，不妨跟著一起學。」

「那倒不必。」江離道。「那些打打殺殺的事，我可沒有興趣。」她指著霍清杭，抿嘴一笑：「你只管教他就行了，反正他這輩子是擺脫不了我了。」

江離和霍清杭入教的儀式選在十天後的朔日舉行。

當天傍晚，兩人被領到後院的小祠堂，喬大娘、巫穎、柳仙兒、木劍南等一干金烏壇弟子紛紛到場。所有人都身穿白衣白帽，手提蓮燈，室內瀰漫著一股醉人的花香。

搖曳的燭光下，喬大娘伸手指向神龕上的白玉仙女像，說道：「這位就是本教的創教仙姑，南宮瑤。」

江離早在揚州城外的紫竹庵就已見過南宮瑤的塑像，這下子總算明白了。原來這個手持鉤吻花的女子便是花月爻的祖師。

「當年，大隋尚未覆滅，楊廣施行暴政，害得天下黎民流離失所。仙姑她老人家收容那些無所依靠的老弱婦孺，傳授她們武功毒術，因而才有了花月爻的誕生。」喬大娘解釋，「本教向來不問出身，不分貴賤。你們二人從今日起便是本教教徒，須得謹遵教規，聽從號令，不得有違……明白了就叩頭吧。」

江離和霍清杭依言朝南宮瑤的塑像叩拜下去。江離一邊磕頭，一邊卻在想：「今日暫且答應了你們，可來日，若讓我去幹我不想幹的事，本姑娘絕不會任人擺佈。」她本就是個對規則不屑一顧的人，只是表面不露端倪，周圍的人自然也無從得知她真正的想法。

緊接著，喬大娘又從神龕旁取下一道令牌，正和當初姬雪桐交給鈴的那個一模一樣。

「紅花令乃本教信物，見令如見教主，你們再叩頭吧。」

兩人行禮如儀。完畢，柳仙兒端來一只黑甕，說道：「時辰到，該放血了。」

她見江離和霍清杭臉色一變，笑道：「放心，不會要了你們的命的。」說著，從甕中撈出兩團黑黝黝、滑溜溜的東西。仔細一瞧，竟是兩隻水蛭！

江離和霍清杭硬著頭皮伸手接過。待水蛭吸飽了兩人的血，變得肥大油亮，喬大娘便將牠們拔起，雙雙倒到金缽中，再用柳枝蘸水澆灑。臃腫的蟲子發出油煎般的滋響，抽搐幾下，隨即融化成為一灘黑液。而被水蛭咬破的地方，血液凝固後，卻多了一道螺旋狀的疤，遠遠望去，像極了一朵黑色的罌粟花。

兩人還未從詫異中回神，黑暗中又傳來喬大娘低柔的嗓音：「春去秋來苦晝短，江河盡處有芙蕖，花無百日可憐宵，恩怨不渡奈何橋。」她捧著兩碗冒著絲絲白煙的湯，緩緩走到二人面前：「但願你們重獲新生後，能忘卻執著，盡心侍奉本教。」

面對這詭異的情景，江離和霍清杭均感到心中發毛。但花月爻的一切再怎麼邪門，對江離而言，也遠遠不及當初親眼目睹霍清杭在眼前死去來得恐怖。好不容易逃過一劫，她再也不想陷入那樣惡夢般的輪迴了。

她毫不猶豫地拿起藥碗，仰頭一飲而盡。霍清杭也跟著照做了。那湯汁又酸又苦，簡直比烈酒還難下嚥，卻又帶著一股惑人的香氣。

飲完此湯，便算是禮成了。起身時，巫穎見江離眼角隱隱有淚花盤旋，問：「丫頭，妳怕了？」

「沒有，婆婆。我是高興。」

「事到如今，妳還這樣喊我？」巫穎皺紋滿佈的嘴角難得鬆動了一下，江離見狀，隨即反應過來，改口稱：「師父！」

巫穎笑著點頭：「妳既已投身入教，便不再是外人了。妳們手上的印記又稱作『連心蠱』，有它在，便能百毒不侵，一般的蛇蟲鼠蟻也不敢隨便靠近。」

「蠱……怎麼又是蠱？」

「自古醫毒一家，有何奇怪？」巫穎道，「養蠱、下蠱這件事就和舞槍弄棒一樣，是好是壞，端看使用者的意志。就像上回，妳的男人中毒，若不是用蠱調製藥方吊住性命，早就被閻王收去了。外人總說養蠱有傷天和，說咱們這一行做久了注定受到反噬，非貧即夭，可這江湖上，誰的手又是乾乾淨淨？無論是猛獸還是螻蟻，都有各自的生存手段。既然決定與天爭命，便不可再存婦人之仁！」

江離聽見這話，忽覺內心有些觸動：「如此說來，咱們花月爻也能和塗山、青穹等門派抗衡？」

「那是自然。仙姑本是夜郎人，她老人家傳下來的毒術天下無雙。唯有一個敵手須小心應對，那便是司天台。」

「司天台也養蠱？」

「有一凶蠱名為『青蚨』，乃是司天台代代相傳的秘術。子蠱一輩子受到母蠱的操控，發作時猶如千蟲噬心，求生不得，求死不能，可說是天底下最殘忍霸道的蠱。」

江離聽得心裡發寒，說：「竟還有這種事……」

「當初我不希望你們留在金烏壇，便是因為妳們身上沾染了邪物的氣味。那味道，若不是巫蠱劇毒，便是傳說中的邪魔。」巫穎道，「為師問妳，妳們上回遇到的那個惡人，漢名可是姓蘇？」

江離沒料到對方會突然提起此事，眼皮一跳：「正是。您知道他？」

巫穎眉頭緊皺，沉吟不語。江離回想起蘇必勒身上那股危險的氣息，至今仍心有餘悸，忍不住顫抖著問：「師父，此人到底是何來頭？」

巫穎嘆了口氣，緩緩搖頭：「妖孽啊……只怕這天下不久後要出大亂子了。」

陸

話說鈴在看了冰壁上那段警示文後，本以為自己會因為練錯功夫而走火入魔。卻不想，整整十二個時辰過去，全身不僅毫無異樣，甚至還感到通體舒暢，神清氣爽。

「什麼啊？原來是唬人的啊。」她心想。「既然如此，所謂的秘笈和靈蟲，恐怕也是對方隨便捏造出來的吧。」

於是，她懷著強烈的好奇，又接著往下練。而就在練完最後一段功法的那天，打坐到一半，忽然感覺丹田深處傳來熟悉的騷動，宛如一鍋即將沸騰的水，越來越強烈，越來越滿溢。下一刻，她被散發著晶光的暖風給包圍，心中一陣狂喜，忍不住大叫起來：「雲琅，你回來了！不對……你這段時間到底跑去哪了？」

雲琅也很激動，繞著鈴不停打轉，又在冰窟裡來回奔馳，揚起陣陣水花。可鬧了半天，鈴仍搞不懂對方究竟想表達什麼。

「冰？籠子？你說這些到底是什麼意思？」

「惡人……很冷。少主，放某出來。」

據風魅的話推測，他前段時間似乎遭遇了極難纏的敵人，還被對方收進了法器當中。直到鈴練成了冰壁上的心法，雲琅的妖力透過兩者間的練妖術更上一層樓，他這才掙脫桎梏逃了出來。

「罷了，回來就好。咱們快離開這吧。」

雖說心中尚有疑問，但此時的鈴也懶得追究了。雲琅的回歸即代表著她能夠出去了。此念一生，她的心便忍不住怦怦亂跳。

她翻下石床，鬆了鬆筋骨，並抬頭，再次將視線投向前方的巨大冰壁。

她確信自己那天看見的九尾狐絕非幻覺；因為直到現在，透過堅厚的冰層，她仍能感受到對方的溫柔與寂寞。

她並非不想回應對方。然而，冰壁上記載的大量內容，若要學成並且融會貫通，少說也要花上好幾年的光陰。這套武功在一般習武之人眼裡，是一生受用不盡的寶藏，但對現在的她而言，還有更重要的事情要做。

「謝謝你……」她上前兩步觸摸冰壁，低聲說道。「可我的時間快不夠了，不能一直留在這。」

緊接著，她從懷裡取出一枚黑羽鏢放在石上，轉身朝洞口走去。

這回，她走的還是來時的路，可在爬行的過程中，卻意外發現了一件事——自己居然長高了！或許是因為冰湖裡的魚十分肥美，又或許是因為這段日子睡眠充足的關係……總之，在通過狹窄的穴道時，她明顯地感受到四肢的活動不如來時那般靈便了。

所幸，在雲琅的幫助下，這次她很輕鬆便破開洞口的積雪，從冰隙裡爬了出來。

由於冰窟之中沒有四季之分，她對光陰的流逝早已失去概念，直到今日出來才發覺，原來，在她受困幽居的這段期間，外頭的世界早已寒來暑往，春去秋來——如今，又是大雪紛飛的時節了。

朔風凜冽，鈴望著陰霾的天空楞楞出神，身後突然傳來一道尖聲：「臭丫頭，妳還敢出來，膽子不小啊！」

倏地轉身，只見一黑一白兩道熟悉的身影正如鬼魅般掠過雪地，朝自己疾奔而來。鈴瞅見二人狼狽且憤怒的模樣，不禁失笑。

「等了這麼久還沒放棄，還真是辛苦你們啦。」

鐵無常和屍粉婆見她從冰隙死裡逃生，非但沒有缺胳膊少腿，看上去反倒比從前更滋潤了，想到自己過去一年在這荒山野嶺中所受的罪，氣得牙都磨短了三寸。

屍粉婆見鈴抬頭望天，問：「妳瞧那兒做什麼？」

「我在找傻和尚啊，」鈴輕蔑地勾唇，眼中卻彷彿有火在燒，「我要他在天上瞧仔細了——我今日就宰了你們這對狗男女，替他報仇！」

鐵無常聞言冷笑不已：「好，正好！天堂有路妳不走，地獄無門自來投，既然如此，便休怪我不客氣了！」話音未落，手裡的拘魂鐵鍊「嗤」一聲竄出，朝鈴攔腰砸去。

鈴並未閃避，而是運起真氣反擊。下一刻，暴風捲起大片雪沙，宛如千梅吐蕊，一下子將鐵無常震退數尺，就連沉重的鎖鏈也被吹得倒捲上天，纏成一顆鐵球。

鐵無常面皮抽動，拋開鐵鍊，五指箕張，徒手朝鈴抓來，卻在最後一刻被她盪了開去。那身法看上去不像輕功，卻比輕功更加不著痕跡，就連鈴自己也說不出是何故。

她花了一年時間琢磨冰壁上的心法，雖然拳腳功夫沒有長進，可無論是呼吸的節奏還是內息的流轉都更順暢了；更重要的是，她和雲琅之間的默契似乎又更深了一層，施展練妖術時毫無澀滯，幾乎到了如臂使指的地步。鐵無常使出渾身解數，四條鐵索齊出，卻連她的一截衣角都碰不到。

兩人僵持之際，屍粉婆驀地從背後發掌襲來。她的屍掌看著柔弱無力，但若擊中了，能將人的內臟都拍成爛泥。鈴聞見異響，忙斜身讓開。屍粉婆一擊不中，暗自驚凜：「數月不見，這丫頭怎地進益如此神速？」

此念方生，鈴便縱出索圈，猱身欺了上來。她先是賞了屍粉婆一記窩心腳，接著拽住飛來的鐵索，反臂甩出，狠狠抽了鐵無常一個筋斗。

鐵無常自恃武功高強，一直未將對方放在眼裡。可此刻他卻發現，兩人周圍的時間彷彿慢了下來，連風都扭曲了⋯⋯

隨著雪魄飛光出鞘，鐵無常耳畔轟鳴，琵琶骨頓時多了一道透明窟窿。他跪倒在雪間，掐住自己的喉管，無聲抽搐了幾下，瞳孔緩緩散開。

「不！別、別過來……」屍粉婆見同伴被殺，氣勢全蔫，直接癱軟在地。若不是那張人不人、鬼不鬼的面皮，模樣還真有幾分楚楚可憐。「饒了我吧，我再也不逼妳了……」

「這麼會做人，早幹嘛去了？」鈴走上前，冷冷盯著眼前的女人，質問：「說，是誰讓你們來搶《白陵辭》的？」

「說與不說都是個死，老天這是要絕我的路啊！」屍粉婆怨毒的聲音飄散在雪風中，似哭非哭。

「罷了……」她瞥了鐵無常的屍體一眼，慘然一笑，「死鬼，我這便下去陪你啦！」說完，下巴咯噔一下，鮮血從嘴角咕嘟咕嘟淌出，竟咬舌自盡了。

鈴看見她了無生氣的臉龐，忍不住踢了踢腳邊的雪，罵了聲：「該死！」

結果，兜了這麼大一圈，她還是沒能問出「鬼見愁」背後的主使，她甚至不曉得鐵無常口中，記載練妖術的《白陵辭》到底指的是什麼。思來想去，唯一的線索就只有天狐洞窟裡那段神祕的文字。

原來，鈴在修煉的過程中發現，冰壁上所記載的內功和練妖術的路子十分相近，甚至有著異曲同工之妙。或許正因如此，她照著上頭的指示修煉，非但沒有走火入魔，還武功大進；她甚至感覺冥冥之中有股力量在指引著自己，帶領她進入天狐冰窟，發掘這一切的祕密。

大雪初霽，乾坤朗朗。鈴又回頭望了眼巍峨的冰峰，隨即攜著雲琅轉身下山，留下一地被血洇紅的白雪。

第拾陸章、邊城浪子

壹

天寶十二載春天，茅山處處洋溢著喜慶的氛圍。

都說有情人終成眷屬乃人生一大幸事，而楊千紫更是眾人見過最愛笑的新娘子。當她將目光投向天空，談起自己對未來的憧憬時，一旁的葉超同樣也感染了這份喜悅。

楊千紫不僅是他的師姊，更是他從小到大的摯友，如今對方嫁得如意郎君，他自然高興。然而，隱藏在這份祥和之下的暗濤，又令他隱隱感到不安。

一切還得從三個月前的塗山群雄大會說起。當時，顧劭峰在追擊敵人的過程中受了重創，幸蒙塗山掌門武正驊相救才撿回一命。其餘各派見他的慎獨劍法出神入化，紛紛誇他是英雄出少年，將來必會名揚天下，而趙拓為了掩飾徒弟鎩羽而歸的尷尬，更決定將顧楊二人的婚事提前舉行。

然而，儘管恭賀之詞如雪片般飛來，顧劭峰本人卻似乎並不開心。婚後，他變得越來越少話，再不復從前的意氣風發。葉超總是見他獨自一人在後山的梅林徘徊，不是望著遠處的宮殿出神，便是悶聲不響地練功。

有一次，他向楊千紫問起此事，她苦澀地笑了笑，道：「還不都是因為掌門倚重的緣故。」

葉超忍不住「咦」了一聲：「沒想到師姐成家後，講話也變得成熟了。」

「什麼叫沒想到！」楊千紫妙目一瞪，作勢扭頭要走，卻被葉超拉住。

「哎，開個玩笑嘛……」

「小超兒你不懂的。」楊千紫默了半晌，忽而低頭一嘆，「這是成年人的煩惱。」

「你們倆吵架了？」

「也不是。」楊千紫垂下眸，「就是……劭峰他這人太認真了，肩上的擔子又沉，有時，我真不曉得怎麼幫他才好。」

葉超本想說「幫他生個大胖娃娃」，但瞥見師姐的臉色，及時打住了。

只見對面的楊千紫輕咬粉唇，淺淺的眼底掠過一絲哀傷：「我曉得你最聽我的話了……答應我件事可好？」

「當然好，妳說。」

「劭峰他是一心一意為天道門，為了咱們的未來打拼。所以，將來……若他一時急躁，做出什麼糊塗事來，你也千萬不要苛責他。」

葉超怔了怔，心想：「二師兄為人兢兢業業，能犯什麼錯呢？」但他見楊千紫柳眉深鎖，還是笑道：「行，我答應妳。妳別多想了，早點睡吧。我也會跟二師兄談談，叫他別一直待在長老堂，有空多回來陪陪妳。」

「別啊！」楊千紫忙道，「男人忙這些是應該的，我不想讓他擔心。何況，我又不是小孩子，動不動就要人陪。」

葉超看著她的表情，搔搔頭：「妳說沒事就沒事唄。」

「我真的沒事。」楊千紫說著微微一笑，將話題岔開。「話說回來，明天就是你們下山除妖的日子了吧？」

「是啊，」葉超伸了伸懶腰。「太好了，終於能出去透透氣了。」

「你近來功夫長進不少，這回行動可要爭氣點啊，別又哭著回來！」

「放心，不會給師姐丟臉的。」

楊千紫見葉超雙手抱拳，嘴角卻不自覺地上揚，笑著推了他一把：「油嘴滑舌！」隨後，二人又開始追逐嬉鬧，彷彿仍是從前無憂無慮的光景。

然而，楊千紫稱讚葉超功夫有進步，絕非調侃。葉超本就絕頂聰明，從前武功表現不佳，不過是因為不肯用心罷了。

自從去年天月劍會落幕，他便開始發憤練功，經過幾個月的努力，總算是將荒廢多年的武藝又重新拾回了。

如今，雖說他還是一貫的嬉皮笑臉，無世無爭，可放眼整座茅山，已不再有人敢隨便招惹他了。就連比武時，也能在台上和楊千紫打得不分軒輊，令觀戰的邱道甄笑得合不攏嘴。

翌日清晨，葉超隨著顧劭峰、林奐等人來到山腳下的村莊。

去年白澤神獸的事件爆發後，茅山四周的聚落便迅速沒落凋零。另外，自立春開始，這一帶還鬧起了蛇患。毒蛇騷擾田舍，襲擊牲畜，弄得人心惶惶，村民怕背後有妖怪作祟，只得求助天道門。

一行人進村後，先來到附近最大的酒樓，鄧家酒坊探查。當家的鄧七是個紫棠臉的精明漢子，特地布下了好酒好菜，熱情款待諸人。然而事後，幾人在樓裡翻找了半天，卻沒找到蛇穴，也看不出有什麼古怪。

為了安撫鄧老闆，他們還是安排了一場簡單的驅邪儀式。完畢後，顧劭峰又讓大夥兒兩兩一組，分頭到村裡各個鬧蛇的地方燃燒符籙，並將所有可能滋生蟲蛇的洞穴窪地用土填上，以絕後患。

第一次下山的小師弟燕平聽到這，吵著要和葉超一起行動。葉超剛開始還擔心對方會擅自亂跑，幸而事後證明，這小子機敏乖覺，手腳勤快，倒也算是個好幫手。

可問題是，村裡的蛇卻似乎怎麼也抓不完。來到第三日，街頭巷尾遍布蛇屍，那情景教人看得頭皮發麻，村民們紛紛嚇得閉門不出。葉超雖然表面不說，心裡卻漸生疑竇。

隔天，其他人匆匆用完早膳便各自出發去巡邏，他卻拉著燕平來到酒街閒逛。進了酒肆，他將酒壺推到燕平面前，卻被對方推了回來。

「小孩子不宜飲酒。」

「有什麼關係，我又不會說出去。」葉超失笑。

「可是葉師兄……」燕平面有憂色，「咱們這樣好嗎？其他人都在很努力地剿蛇呢。」

「放心吧。」葉超說著，從懷裡拿出一只水囊，在對方面前晃了晃，「你瞧這是什麼？」

燕平拔開塞子，湊到鼻下一聞，立刻整張臉都漲皺起來。

「什麼嘛……不還是酒？」

「是那位鄧坊主送的禮物。」

「難道這酒有什麼問題？」燕平瞪圓了眼睛。

「那倒不是。」葉超啜了一口，若有所思，「只是，這幾天我把村裡所有的酒鋪喝了個遍，味道皆差不多，唯有他們家釀出來的酒，帶有一股獨特的醬香。也難怪這麼多年來，酒客始終絡繹不絕。」

「搞什麼……原來你真的只是在喝酒啊。」燕平耳朵又耷拉下去了。葉超卻笑了笑，伸手勾住他的肩：「今晚再隨我走一趟鄧家酒坊如何？指不定會有意外發現呢。」

「就咱倆？」燕平眼神一亮。

「嗯，有幾件事情，我想去確認。」

「沒問題！無論師兄去哪，我都跟著你！」

「那就這麼說定了！」

當天夜裡，兩人趁著月上柳梢，偷偷地溜回鄧家酒坊。來到酒窖門口，葉超從懷裡掏出針線，三兩下就把銅鎖給撬開了，熟練的動作引來燕平的側目：「我怎麼覺得這種偷雞摸狗的技倆，你都特別在行呢？」

「哈，哪裡，過獎……」

門開了，兩人點亮火折子，一前一後走進主屋。

自從蛇患發生以來，店裡的夥計們紛紛辭工，晚上的酒窖也就成了無人留守的狀態。可以防萬一，葉超還是決定先去巡視一圈。院子的盡頭是口古井，褪色的石磚散發著幽幽涼光。葉超走到井邊，扯動轆轤，將底下的水罐搖起。

「想要釀出好酒，首先得考慮水質。」他向燕平解釋，「而全村的飲用水源頭其實都是相連的。」

他低頭掬水，心中一動。隔壁的燕平也喝了一口，低呼：「哇，好甜！」

「當天，鄧坊主請我們喝茶時，我就發現他們除了釀酒外，是不用這口井的水的。或許是因為不想讓別人知道，他們家的酒之所以味道醇厚，不是因為摻了什麼秘方，而是因為水的緣故。」葉超道。

「可為何只有這裡的水特別甘甜？」燕平皺眉，「這跟蛇患又有什麼關係？」

「蛇出沒的地點雖多，但都和地下水流有關，不是池塘就是沼澤地穴，一路由東往西擴散。」葉超指著面前的井，「這裡就是全村最東邊的水源。所以絕對和這裡脫不了干係。」

「要不要去告訴二師兄他們？」

葉超沒有立即回答。他的腦子正飛快地運轉著。

「除了土壤、溫度外，水中的魚藻也可能大大地影響水的滋味。難道這裡頭有什麼不尋常的活物？」想到這，他對燕平說：「你後退一點。」等對方照做了，他從懷裡抽出一道乾光符，朝井底射去。刺眼的白光瞬間點亮了黑黢黢的井洞。但除了水之外，什麼也沒照到。接著，葉超又試了第二次、第三次，來到第五次時，燕平已經有些耐不住了。

「這底下啥也沒有啊……」

他伸長脖子向下張望，語氣緊張卻又難掩失望。然而，話音才落，便被葉超抓住衣領，猛力一拽。

「小心！」

「哎喲！」

燕平向後跌坐在地，摔得兩顆屁股蛋生疼。下一刻，抬頭卻瞥見剛剛還波瀾不興的井水竟然變得如滾如沸，暴漲著直沖天際。不僅如此，那水柱的中央還鑲嵌著一張女人的臉！

「那是什麼！」

那女子上半身是人型，卻有一雙魚尾，奇特的模樣使葉超立刻想到古書中的記載——「有魚偏枯，名曰魚婦*」。傳說有一種名為「魚婦」的妖怪，乃是死去的靈魂和水中的生物結合而成，在水為魚，上岸為蛇，看來就是她了。

魚婦張開嘴，發出淒厲的哭嚎。葉超和燕平紛紛用手摀住雙耳。

葉超推了燕平一把，吼道：「快走！」自己則回身拔出劍鞘。

隨著一招「凋風」斜捲出去，古井上方的青磚如山崩垮落，砸在那妖怪頭上。但她的動作卻絲毫沒有慢下來，直接朝著底下二人俯衝而來。

葉超一邊閃避，一邊對燕平道：「向後三步，向右兩步！」

燕平動作也很快，一下就竄到了對方言中所指的方位。下個瞬間，魚婦向他撲了過去，卻在距離少年頭頂咫尺之處被一道聳起的光牆給擋了回去。

原來，葉超方才巡視酒窖時，早已預先在酒罈上貼滿了護身符。只要燕平退到符紙圍

---

* 魚婦：出自《山海經》中的《大荒西經》。

起的結界中，妖怪便碰不了他。

這是葉超首次面對真正的妖怪，雖然表面上冷靜，心中還是很緊張的，眼見符咒起了效果，這才暗自鬆了口氣。

「夠了吧？」他對魚婦道，「妳以此地為家也就算了，為何還要召喚群蛇騷擾村舍呢？」

魚婦並不回答，尾鰭向他猛掃。葉超舉起劍鞘格擋，卻還是被擊得飛了出去，撞上身後的磚牆，渾身都被烈酒濕透。他連忙滾地向左，心想：「按理說，魚婦並不是攻擊性強的妖怪，怎會如此兇暴？」

此念方出，妖怪又再度氣勢洶洶撞來。葉超施展輕功，沿著牆壁逃竄，耳邊傳來燕平的呼叫：「葉師兄！」

「別出來！」

葉超躲到一根土柱後方，心臟在胸腔中猛跳，雙手掌心各捏了一把冷汗。

他從懷裡取出一只小小的銅鏡，探將出去。從倒影中可看見那妖怪就在後方不遠處盤桓。

他身上沒帶暗器，摸了半天只摸出一只釣魚用的魚鉤。他將其扔出，正中左後方的酒罈，陳年佳釀從裂口激射而出。魚婦聞聲掉頭，但才剛凌空下襲，身子便被護身符再次彈了回來。而趁此空隙，葉超從柱子後方迅速閃出。

他的曲松劍法如今已練得純熟，雖說劍鞘無鋒，但依然能發揮相當的威力。手腕抖動間，一招「枯榮」刺了出去。劍風沖散水流，精準地將妖怪釘在地上。再後退半寸，她的頭顱就會直接撞上發光的結界壁。

「妳若不想身首分離，還是別動為妙。」葉超沉靜地告訴她。

那魚婦的外表神似一名美麗的少婦。一雙眼睛如冰粒般散發縈縈幽光，恨恨瞪著葉超。

「快把井蓋蓋上，被她躲回去可就麻煩了。」

聽到葉超的囑咐，燕平連忙奔到井邊，將井口用鐵板封住。

少了水流的挹注，魚婦頓時妖力大減。她本就不是什麼法力強大的妖怪，這下更是顯得楚楚可憐起來。

「大俠饒命……」她伏在地上囁嚅，「就放過妾吧，妾都已經死過一次了。」

葉超眉頭蹙了又鬆，眼中掃過一絲陰霾。

「此為妾家。」魚婦見狀，繼續淚眼婆娑地哀求，「妾只是想回家而已……」

魚婦乃是亡靈和水中魚蛇相混產生的妖怪，難不成……就是那些受到白澤控制，被他殺死的村民的靈魂？想到這，葉超心底彷彿被什麼螫了一下，握著劍鞘的手也跟著鬆弛了。

對面的魚婦眼底閃過一絲凶光，抓住機會，騰身竄起。可她的目標不是葉超，而是他身後的燕平。

她迅雷不及掩耳地扣住少年的咽喉，將他壓制在牆，嘴角咧開猙獰的形狀，準備吸出他的元神──原來那弧度姣好的雙唇後面，居然藏著犬牙交錯的利齒！

燕平雙目瞪圓，卻看不見任何事物。他感覺全世界的光都被抽光了，只剩下一片無限延伸的黑暗，而逐漸地，就連眸中那一點星芒也黯然失色了，只有嘴唇勉強還能歙動。

「師兄……救我……」

「──平兒！」

葉超的心跳在這個剎那驟然靜止。他根本來不及施救，只能眼睜睜望著師弟的元神被妖怪吸入口中。

而就在這千鈞一髮之際，「颼」地一聲，門外忽然飛來一支箭，不偏不倚地插入魚婦的背心──那是朱康的黑羽箭！

天道門的其餘諸人轉眼即至。顧劭峰長劍毫不猶豫地拔起，寒芒閃動間，已將妖怪的肚子剖開。

葉超這時前腳才趕到，將燕平一把接住。少年嘴角泛著白沫，眼皮半闔半張，已然昏死過去。

死去的魚婦肚子中冒出無數條大大小小的毒蛇，可一下子便被眾人給剁碎了。

見葉超如木樁般定在原地，林奐好心地上前拍拍他的肩：「此地不宜逗留，凡事都等出去再說吧。」

葉超這才回過神，抱起燕平和眾人一起出了酒窖。

根據鄧家酒坊成立的年分來推測，那魚婦在古井中已經棲息超過三十年了，可一直安分守己。直到去年冬天，蒼龍溪下游飄來許多浮屍，這些屍體化為魚食，河水中因此累積了大量的陰氣，又經由地下水的滲透，壯大了棲居井中的魚婦。魚婦吸收了亡靈的怨念，這才突然暴怒傷人。

這其中的曲折，葉超在和魚婦交手時便已想通了，卻還是晚了一步。

雖說真相大白，妖怪也已伏誅了，燕平卻因為被吸走了過多的真氣而精神大損，即使被帶回門內救治，卻依然昏迷了整整三日才醒過來，而顧劭峰對葉超的擅自行動亦十分不滿。

「我一直以為你是個謹慎的人，才答應讓燕平跟著你。」他冷冷地望著師弟，斥道，「沒想到你竟會如此任性不計後果！這次我幫不了你，你自己去向掌門請罪領罰吧。」

面對指責，葉超沒有半句分辯。用不著對方提醒，他也知道這一切都是他的錯；他當時不該自作主張，不該讓燕平離開結界，更不該在緊要關頭放下兵刃，給予妖怪可乘之機。

說到底，還是他太狂妄輕敵了，以為自己什麼都懂。但其實，他對妖怪根本不夠瞭解。他知道的僅是從書籍中得到的知識，卻不曉得他們還會欺騙，會計誘，會利用人性的弱點……

葉超被罰每日到蒼龍溪上游的瀑布下打坐，不坐滿三個時辰不得休息。如今氣溫雖已回暖，可山頂的瀑布依舊冰寒刺骨，彷彿能將人的五臟六腑全給凍住。葉超被那強力的水流連續沖刷了兩個月，體格著實健壯了不少。同時，他也終於下定了決心。

懲罰結束後的隔天，天色一亮，他便獨自來到了漱喜齋。

邱道甄老早就在屋外候著了，聽到徒兒前來請安的聲音，沒有看他，卻將目光投向粉白相間的東方天空。

「今兒天氣真好啊，是個適合修心的日子，你說呢？」

晨風拂面，葉超嘴角揚起一道淺弧：「師父說是自然就是了。」

「來，來。」邱道甄招手，「陪為師下盤棋。」

葉超從屋內搬出棋秤，師徒倆遂在草地上對弈起來。

鳥鳴如哨在山坡上吹響。邱道甄拈起一枚黑子，放到棋盤上，頭也不抬道：「想當初，我在你這年紀時，滿腦子只曉得混吃混喝，實在沒想太多啊。」

「功名利祿有什麼了不起。」葉超笑笑，「能一輩子混吃混喝，那才叫厲害呢。」

「可惜，逝者如斯夫，不捨晝夜，好日子終究是不能久長啊。」邱道甄淡淡道，「江湖無常，人心更是隨時都在變。世上唯有一事不會變，那便是光陰。」他瞅了葉超一眼，「既然無法阻止，那就只能順勢而為。該你了。」

葉超指間夾著一枚白子，卻遲遲沒有落下。

「師父……」他眉心微攏，緩緩道出這些日子以來醞釀的想法，「我想下山去看看。」

「你這不是才剛回來？」

「我是說，我想一個人去江湖上闖闖。」

邱道甄嘆了口氣，雙目微瞑，心想：「這一天果然還是來了。」

「是因為平兒的事嗎？」

葉超的表情過閃一絲隱痛，但隨即被堅毅的神色所取代。

「不僅是那樣。」他的話伴隨著棋子的清脆音色落下，「我不懂的東西太多了……我想去學習，去見識大江南北的風物，去看看這天下真正的模樣。」

「去年塗山一行，你看的還不夠多嗎？」

邱道甄放下茶杯，朝徒弟淡淡瞥去一眼，葉超頓時一凜——上回在群雄大會上目睹的，震動江湖的事件，至今仍令他心有餘悸。

「師父，您不會真的想勸阻我吧？」

「我老啦……」邱道甄自嘲地哼了哼，「勸不動啦。」

「放心吧，我會帶很多土產回來給您的。」葉超微微鬆了口氣，抬頭望向藍天，繼續絮絮而言：「我實在有太多疑問了。白澤、魚婦、赤燕崖、《白陵辭》……我一直在想，這一切到底有何意義？我們賭上性命除妖，真的能為江湖帶來改變嗎？」

邱道甄聽著徒弟這番話，表情越發趨於柔和。

須臾，他伸手捋鬚，低聲道：「看來，這座山的確已經容不下你了啊。」說完，起身拍了拍衣服上的草屑，道：「隨我來吧。」

葉超好奇地跟著邱道甄來到漱喜齋的後堂。拉開一扇塵封的暗門，只見後方的牆上掛著一把烏光閃閃的長劍。邱道甄將劍取下，拿在手中摩梭，目光中頗有愛憐之意。

「師父，這是？」

「它叫『水無』。」

邱道甄說著，「噌」的拔劍出鞘。那劍身吞吐寒光，如江河萬里，碧波橫流，一看便知是把千錘百鍊的寶劍，就連葉超這種不愛武功之人，一時間都不禁被它迷住了。

「過去這一年，你即使出門在外，身邊也都只帶著劍鞘吧？」邱道甄道。

「弟子不善使兵刃。」葉超苦笑，「這麼好的劍，您還是自己留著吧。」

「你誤會了。」邱道甄呵呵一笑，將那烏沉沉，繡有流雲紋飾的劍鞘遞給葉超。

「劍的本意，原不在殺戮，而在於止戈。真正害人的，不是功夫不到家，而是智慧不足。這把水無劍的劍鞘乃是玄鐵所鑄，尋常兵刃削不斷。」他輕咳一聲，眸中盛滿了溫柔，「你既然不想用劍，不妨帶上此物，必要時候也能防身。老夫可不能讓唯一的徒兒帶著一截狗啃似的木頭滿江湖亂跑。那多丟人啊！」

葉超伸出雙手接過劍鞘，感覺喉頭緊縮，半晌說不出話來。

「師父……」

「沒事。」邱道甄拍拍他的肩膀，「這樣一來，為師就放心了。你打算何時出發？」

「和師姊、風叔他們道完別就走。」

「好，很好。」邱道甄點頭。「回來時，可別忘了我的那幾箱土產啊，否則要打屁股的。」

而另一頭，楊千紫聽到葉超要離開的消息，端的是十分落寞。

「你準備去哪？」她問。

「江南、關內、京城、蜀中。」葉超一邊折著手指，一邊心不在焉地數來，「還有啊，我一直想到西域去看看。聽說那裡的美酒冠絕天下，也不知是真是假……」

楊千紫吸了吸鼻子，在他肩上使勁捶了一下。

「師姐，妳別哭了。」葉超安慰她，「反正我待在這裡也沒什麼用，還會給大家添麻煩。」

「那我怎麼辦？」楊千紫柳眉深鎖，那皺出的形狀，像寂寞宮牆內的繁花，「以後還有誰能陪我說話？」

「我又不是不回來了。」葉超微笑，「我還等著吃妳兒子的滿月酒呢。」

楊千紫瞪了他一眼：「叫你胡說！」她攥住對方的手。「聽著，你出去後千萬要當心啊。江湖險惡，像你這麼沒有心眼，會吃虧的。記住，打不過別人就逃，別逞強，知道嗎？」

「妳對我的信心還真足啊。」葉超苦笑。他拾起行囊，將水無劍鞘綁在背上，「那麼，我不在的期間，師父和平兒就拜託妳照顧了。」

「放心，我自會好好照看他們。」楊千紫答應。

兩人邊走邊說話，轉眼已來到了山門口。葉超最後又回頭看了眼那道「天下為公」的牌匾。

或許是錯覺吧……他總覺得，不遠的紫陽觀中，似乎有道灼灼的目光盯著自己不放。

蒼龍溪畔，風陸已經繫好木筏等著他了。楊千紫從背後輕輕推葉超一把：「你走吧。再不走，風叔又得罵人了。」

「那便告辭了。師姐多多保重。」

葉超轉身而去，楊千紫倚著牌樓，目送他的背影。一路上，大把大把的荼蘼花飄落在腳下的土徑上。山坡、水上，到處都是，流麗不可方物。

暮色漸深，載著一老一少的小舟掠過河面，隨波逐流而去，驚起鳶尾叢中的水鴨，正是芳樹無人花自落，春山一路鳥空啼。

貳

時年春夏，葉超順流而下，僅以一把劍鞘、一支玉簫為伴，獨自踏遍了唐帝國的大好河山。

他先走訪了明媚的揚州，再南下蘇杭，穿過福州、廣州，最後北上益州。他性格本就放達不羈，對萬事萬物都充滿好奇，一路上結交了一些江湖朋友，碰上了不少新鮮事，來到祁連山腳時，已是金黃滿地的深秋了。

涼州城乃是河西節度使的駐地，一向繁榮富庶，歌舞昇平，葉超一直待到初雪才離開，本打算繼續往嘉峪關進發，卻不想，大漠的風雪越颳越大，將他颳到了涼州西北，一座名為昌門的古鎮。

這日，雪擁邊關，四下一片銀妝素裹。葉超牽著他的瘦馬，遠遠便看見裊裊升起的炊煙，在一片天寒地凍中招引著過往行人。

然而，大約是受到惡劣天氣的影響，鎮甸十分蕭索，長街上雖然點綴著零星的商鋪，卻了無人跡，就連唯一的一間客棧也是生意慘淡。

堂屋中央擺著一個火盆，盆上則是一只咕嚕冒泡的紫銅長嘴茶壺，一旁的月牙凳上坐著一名白髮老翁，手抱琵琶，搖頭晃腦，哼著陌生的北方小調。

葉超進門後挑了個二樓的座位，和夥計要了一壺酒，兩碟菜，邊吃邊聽著樓下那咿咿呀呀的弦音。老頭的破鑼嗓子和呼呼的風聲混在一起，彷彿在訴說著某則蒼涼的往事。

幸好葉超這一路早就習慣獨自一人，凡事自得其樂，也不覺得寂寞。吃到一半，分出視線往樓下望去，正好瞅見門外走進一組新的客人。

來者是一妙齡少女，身後還緊跟著一名高大威武的中年漢子。

少女穿著單薄樸素，即使適逢雪天，身上也只裹著一件黑色披風，整張臉都藏在寬大的帽簷下，只露出一點尖尖的下巴。那漢子的斗笠和簑衣皆覆了一層白雪，臉上的虬髯掛著半寸長的冰碴子，卻顯得毫不在意。

兩人挾著一股寒氣進來，在角落裡坐下。少女始終沒有卸下兜帽，然而，葉超卻隱隱覺得她的背影望上去有那麼點眼熟。

負責送茶的小二一副無精打采的模樣，就連說話也懨懨的。

「客官今兒想來點什麼？」

「兩碗熱麵。」

「咱們這有辣子、蹄花、沙蔥，您要哪個？」

少女往桌上扔了幾個銅錢：「素麵就行。」

「好嘞。」小二收起錢，轉身去了。

此時的葉超已有些薄醉了。他瞇起眼睛，仔細端詳著這一幕。

酒樓一角，火光融融，忽明忽暗，少女和大漢相對而坐。男人半張臉都埋在濃密的鬍鬚中，剩下半張則是籠罩在翳影下。但粗獷的外型不過是假象，當他開口時，嗓音卻出奇地溫潤，令人不由自主地想去相信他所說的話。

「少主，北海並非天涯，妳不必太擔心瀧兒。當初，你們在莽山遭遇雪崩，他四處找不著妳，這才想到去找我。過去這一年，他一直都在閉關修行，很是用功，但妳若想叫他回來，也無不可……」

坐在對面的那名少女自然便是鈴了。她離開天狐冰窟後，逕自下了山，轉向北行，近日才和大鵬在涼州會合。

「不用了，還是讓他好好待著吧。」她轉動手中的茶杯，沉吟道。「接下來的事，可能會很危險。」

大鵬沒有多問，心領神會地點了點頭：「少主失聯的這段時間，四大護法也一直在派人四處打聽，幸好您平安無恙。」

鈴隨口應承了一聲，過了片刻忽然抬頭，問道：「你可知，江湖上有一種和練妖術十分類似，記載在冰壁上的神祕武功？」

「少主恕罪，在下確實不知。」

鈴知道大鵬是不會誆自己的。既然連他都不知道，就代表著天狐冰窟的存在確實極為隱密。想到這，她眉頭不禁再度深蹙。

本還想繼續問下去，可就在此時，她的眼角餘光瞥見一名灰袍劍客正朝著自己走來。目光相接的瞬間，雙方皆是一凜。

自茅山一別，兩年過去了，可少年疏若朗星的眉眼還是和從前一樣。歲月匆匆，對他而言彷彿只是浮光掠過，連陰影都不曾落下。

鈴心間微動，「咣噹」一聲放下筷子，站起來：「你怎麼會在這？」

「逃出來了唄。」葉超聳肩微微一笑。「許久未見，別來無恙？」

他不等對方回答就拉了張凳子在對面坐下，還自行添了杯茶，彷彿三人是久別重逢的老友一般。

鈴瞪了他一眼，並不接話。葉超也不介意，轉而招呼大鵬：「敢問兄台尊姓大名？」

「在下周大鵬。」

「原來是周兄。」葉超拱了拱手，「晚生天道門弟子葉超，幸會。」

大鵬聽見「天道門」三個字，神情微微一凝。鈴用眼神示意他不必緊張，接著轉向葉超，語氣半帶揶揄。

「是趙拓讓你來把我逮回去嗎？」

葉超低頭呷了口茶：「若真是那樣，就說明他太沒眼光了。我這人向來膽小怕事，尤其不做沒有把握的事。」

「原來，你怕我啊？」鈴斜睨對方，唇角帶了一絲笑意，既像試探，又像挑釁。葉超則不置可否。

「那得看妳是怎麼想的囉。」他說，「如今，我雖知妳是赤梟的弟子，卻對妳本人一無所知。我既威脅不到妳，妳也不會想浪費力氣對付我這麼個無名小卒吧？」

他這番話說得坦蕩，鈴挑不出錯處，最後只回了句：「有些事，還是不知道的好。」

「妳既不肯說，我自然也不會問，就當是萍水相逢吧。我叫葉超，妳是鈴，對吧？」

鈴聽到這，當場嗆著，一口茶噴了出來，咳了個天昏地暗。好不容易緩過氣來，抬頭看向對方，眼裡滿是詫異：「你怎麼知道？」

「當初在天轅台，妳的兩名朋友假扮塗山弟子混在人群中，我碰巧聽見了他們的談話。」葉超笑得雲淡風輕，卻被鈴狠狠瞪了一眼：「看來你這自作聰明又滿嘴歪理的臭毛病，還是沒改！」

「行、行，是我不好。」葉超笑著遞了杯水過去。

大鵬在旁邊聽著兩人東拉西扯的對話，不動聲色地扯緊了帽檐。

越晚風勢越緊，申牌剛過，天空的顏色已暗如沉鐵。鈴轉頭望著窗外的景色，心想，看來今夜別無選擇，只能宿在這了。

大鵬明白她的意思，吃完麵後便起身道：「少主，葉少俠，在下先行一步。」

葉超看著對方高大的背影消失在門外，不覺微愣：「外頭這麼大的雪，他上哪去？」

鈴抿嘴一笑：「大鵬他沒有和人類在同個屋簷下過夜的習慣。」

葉超聽了這話，嘴巴張開，接著又闔了起來：「這麼說來，是真的咯？妳和妖怪……」

鈴瞥見對方傻頭傻腦的表情，但笑不語，彷彿在說：「原來你也有不懂的時候啊。」

然而，葉超似乎真的對妖怪抱有極大的興趣。大鵬離開後，他從隨身的行囊中取出一疊用草繩串起的紙張，上頭除了滿滿的文字外，還有圖畫，內容全是關於妖怪的記錄。鈴隨手翻了幾頁，訝道：「這些全都是你寫的？」

「是啊。此行我打算周遊天下，將自己的所見所聞寫成一本遊記。」葉超道。「畢竟，人們總是對不了解的東西感到厭惡與排拒。未知即為邪，不同即為惡，所謂的『妖』，不就是這樣被創造出來的嗎？」

「妖本身並無善惡，但左傳卻說：『人無釁焉，妖不自作，人棄常則妖興。』這樣的說法，不覺得有些自大嗎？簡直就像妄想自己能代表上天發言一樣。但其實山川日月，萬物星辰，不過都是天地的一部分，哪有什麼對錯可言？」

葉超將書翻到標示著「諸懷*」的那頁，指著角落的畫道：「我在蜀地遇見了這位仁兄，被他追趕了七天七夜，險些小命不保，可妳知道嗎？他頭上的角顏色會隨著環境轉變，就連妖力也會受到季節的影響而產生波動，並非民間所說的，是天降大疫的凶兆。」

緊接著，他又翻到了寫著「金翅大鵬鳥」的那一頁。底下除了短短幾行字，其餘仍是一片空白。

「傳說金翅大鵬擁有極高的智慧，卻生性孤僻，喜好離群索居。能與其親近者，必有過人之處。或是對他有大恩，或在品德上令他折服……想必妳和周兄之間也是如此吧？」

「哪有你說的那麼誇張。」鈴搖頭一笑，「大鵬他就是我的朋友。」

「也是……」葉超看向窗外，表情若有所思。「或許是我了解的還不夠吧。妖怪的世界如此廣闊，不為人知的地方實在太多了。因此，我才想盡量多去探索。」

此刻，他的表情是那麼的真摯，鈴幾乎都要信了。然而，她始終沒有忘記，對方不僅是個除妖師，而且還是趙拓門下的弟子！

＊諸懷：《山海經・北山經》記載：「有獸焉，其狀如牛而四角、人目、彘耳，其名曰諸懷，其音如鳴雁，是食人。」

隨著理智回籠，她探身向前，一手壓住紙頁，質問：「你四處搜集這些資料，到底圖的是什麼？」

葉超愣了半晌：「凡事都要有目的嗎？」

「在這江湖上，每個人都得選擇自己的立場，誰也無法置身事外。難道你忘了去年的群雄大會了嗎？」

「如果我說，我只想依從自己的本心，走一步算一步呢？」葉超反問，語氣中透出一股淡淡的鄙夷和滿不在乎。

「那麼死了也是活該！」

「是嗎？」葉超澹澹一笑，將目光移向窗外。「我不是不明白妳的意思。只是，有時難免心想，六大門少了我又不會垮……既然如此，何不趁機偷個閒？畢竟，我本來就是個平凡的人，只想安穩地過完這輩子。妳可曾想過，自己未來想要過什麼樣的生活？」

鈴看著對方的眼神，不覺得他是在說謊。可正想回話，便被迎面走來的掌櫃打斷了。

「客官，您們還是趁現在趕緊走吧。」

「剛才你不是還說，樓上尚有空房？」鈴思緒被中斷，語氣有些不善。

那人像是吞了一大缸的藥，整張臉苦得不行：「有是有，但……這、恐怕……」

葉超看著對方吞吞吐吐的模樣，說道：「掌櫃有何難處，不妨直言。」

對方嘆了口氣，硬著頭皮道：「客官有所不知，自入冬起，咱們鎮上就不太平啊。尤其是入夜後，更是有吸血妖魔出沒，伺機攫人而食。二位要是出了什麼岔子，小店可擔待不起啊。」

「吸血妖魔？」鈴聽著，目芒一縮。

「是啊，如今這外頭的光景可不好啊！您們還是快走吧……」

掌櫃話音剛落，就聽見外頭的天際滾過一陣類似雷鳴的沉響。同時，案頭的燭芯跟著爆了一下。

葉超抓起桌上的劍鞘，站起來：「放心，我們這就走。」

同時，鈴心中也升起了不祥的預感，彷彿有人拿冰塊捂著她的胸口。

她跟在葉超身後出了店門，兩人走在長街上，四下空無一人，除了風聲外便是一片死寂。

「這世上真有專吸人血的妖怪嗎？」葉超在風雪中瞇起視線。

鈴皺眉想了一下：「所有妖怪都知道，接近人類占地是十分危險的事，因此除非萬不得已，他們不會隨便攻擊人類，更別說吃人了。」

可話剛說完，一旁便響起壓抑的笑聲，她轉頭質問：「你笑什麼？」

「沒事……」葉超連忙收聲。「我只不過是第一次聽見『人類占地』這個詞，覺得有趣罷了。」

「我所說的俱是事實。」鈴冷冷道。

此刻，二人頭頂的天空一片陰灰，雖看不到夕陽，但想必已十分接近日落了。

葉超望著這一幕，將劍鞘枕在腦後，笑得月白風清：「那咱們就等等看吧。或許今晚還能大開眼界呢。」

參

受到山雨欲來的氛圍影響，這日，鎮上的人家都早早將門窗緊閉，鈴和葉超找了半天，連片遮雪的屋瓦都沒找著。且昌門鎮本身也不大，兩人走著走著，已來到邊緣，前方便是莽莽大漠了。

這片沙漠被當地人喚作「騰格里」，也就是「天」的意思。而此刻，連綿不絕的沙丘上鋪著一層細細的白雪，在月光下顯得格外蒼涼肅穆，果然給人一種廣袤無邊的感覺。

又向北走出一陣，荒蕪的地平線上出現一座屋子。二人走近一看，發現那似乎是當地牧民留下來的土屋，已廢棄多時，連屋頂都塌了一半，後院中央卻種著一株半枯的胡楊木，粗壯的枝幹高舉朝天，頗有種昂然不屈的架勢。

葉超在屋子的角落找到了打火石，正打算在院中生火，一轉頭，卻見鈴站在院中，一動不動地盯著主屋的外牆。他順著對方的視線望過去，不禁愣然。

「那是什麼？」

鈴搖搖頭，神色陰晴不定。她緊盯著牆上那五道深深的爪痕，內心有強烈的不安在翻滾。

恍惚間，她彷彿又回到了十多年前。當時的她還是個街頭流浪兒，靠著乞討和偷竊才能勉強溫飽，就連其他叫化子都嫌棄她。他們看見她身上的黃泉脈印，稱她為不祥之人，因為只要她在的地方，就特別容易發生妖襲……難道，這裡也是嗎？

然而，就在此時，牆的另一頭驀地響起急促的步伐與女子的喊叫，將她從思緒中拔了出來。

鈴認得那人的聲音，心頭猛震，一把拽住葉超的手臂，道：「過來，別出聲！」

葉超被她扯著原地轉了一圈，最後被拉到角落的枯井旁。兩人無處可藏，索性踏上石欄，跳了下去。

這口井的深度約莫只有兩個人那麼高。剛落入井底，兩道身影便一前一後閃入了小院。只聽見一個女子叫道：「給本姑娘站住！」

昏暗狹隘的井道裡，鈴背貼石牆，屏住氣息，心想：「她怎麼會在這？」

「你再跑，我就拔劍了！」

「我的姑奶奶，這都已經三天了。妳不累我都累了，就不能歇歇嗎？」

「你就這麼想擺脫我？」

俞芊芊的聲音除了暴怒，還夾著一絲酸楚，彷彿心被劃開了一道似的。對方不吭聲，她就氣得冷笑起來：「好，算我蠢。反正在你眼裡，我就是個糾纏不清的母夜叉！你走吧！天涯海角隨你逛，滾去投胎我都不管！」

一旁的枯井中，鈴越聽越吃驚，因為她發現，不僅是俞芊芊，另一個人的聲音她也認得。她一邊豎耳傾聽，一邊想：「怎麼，這兩人居然牽扯到了一起？」

心念方生，她踩上一顆突出的岩石，透過井欄的裂縫望出去，只見細雪鋪地的小院中央，兩人相對而立。俞芊芊還是和從前一樣，喜歡穿一身杏黃色的衣裳。而與她對峙的那位鮮衣「少年」，不是李宛在是誰？

原來，自從去年塗山群雄大會上驚鴻一瞥，俞芊芊就像許多女孩一樣，被李宛在深深吸引了。

她本就是個秉性單純的人，行事全憑個人好惡，又容易情動。因此，聽聞對方離開門派去行走江湖的消息時，竟頭腦一熱，追了出來。

兩人年齡相仿，又都嚮往快意恩仇的遊俠生活，原是一拍即合，可隨著俞芊芊的情意日益趨顯，李宛在終於受不了，想逃離對方。

只聽她低嘆一聲，道：「妳還是回家去吧。」

短短七個字，卻狠狠擊中了俞芊芊的心臟。她猛地想起，從前也有人對她說過類似的話。霎時間，回憶如巨浪打來，淹沒了她僅存的理智。

「我才不會放棄呢。」她一咬牙，聲音顫抖，「這是我的人生，憑什麼讓別人指手畫腳？」

「這就對啦。天下無不散的筵席，咱們朋友一場，妳又何必執著？」李宛在道，可話還沒完，便被對方狠狠打斷了。

「因為我不服！」俞芊芊杏眼圓瞪，「本姑娘到底有哪一點令你看不上？」

「我沒這麼說啊……」

「那你為何總是躲著我？」

隨著俞芊芊情緒愈發激動，李宛在也火了：「我愛跟誰一起，那是我的自由，與妳毫無干係！妳若真的關心我，就別再跟來，別再添亂了！」

俞芊芊被吼得怔住了。此刻，兩人鼻尖相距不到半寸，目光相接，彼此眼底的情緒一覽無遺。

俞芊芊眸中湧起大團的氤氳，轉身拔腳就走。但才跨出半步，就被李宛在揪住了胳膊。

「回來！大晚上的，妳上哪去？」

「要你管！」俞芊芊用力甩開對方，「反正你做事從不顧慮別人的感受，事到如今，又何必在這假惺惺？」

李宛在聽見她聲音含著哽咽，胸口一疼，終於還是放軟了語調。

「啊……真受不了妳！」她望著對方倔強的表情，用力耨住頭髮，深深嘆息，呼出的白霧和黑夜融為一體，「這樣吧……前面有個鎮子，我送妳過去，有事咱們明天再商量，別在外頭吹風了。」

說完，解下披風，像件大氅般裹在對方身上。俞芊芊感受到背後傳來的溫暖，立時轉憂為喜，下一刻，卻再次低下頭，企圖掩飾自己的滿面紅暈。

「……那個，難得沒有旁人在，宛在哥哥，你就陪我多待一會兒嘛。」

這聲「宛在哥哥」叫得酥軟，李宛在聽得嘴角一播：「妳啊……別得寸進尺！」

「能怪我嗎？」俞芊芊眨去眼中淚光，小聲嘟囔：「這幾天我追你追得腿都瘦了，現在連一步也走不動啦。」說著，還朝對方拋去一道可憐兮兮的眼神：「你急，你揹我啊！」

李宛在一聽，差點沒吐血。忍了半晌才從牙縫裡擠出一句：「妳爺娘真了不起，居然能忍氣吞身地把妳養這麼大！」

俞芊芊撇過頭去，語氣中含了一絲輕蔑：「我阿娘早就不在了。我阿爺娶了三四房妾侍，忙都忙不過來，才顧不上我呢。若不是師父和師娘，我早不知道給人欺負成什麼樣子了……」

李宛在聞言，頓時不作聲了。兩人並肩坐在土屋的竹簷下，面對滿天飄揚的細雪。

須臾，俞芊芊道：「躲那麼遠做什麼？我又不會吃了你！」

李宛在則回了句：「這可是妳說的喔。那等會兒無論我做什麼，妳都不許反抗。」

俞芊芊頓時又羞又窘，一張俏臉漲得緋紅，「討厭！你這人忒不講理了！」

這反應惹得李宛在哭笑不得，轉頭瞥見那雙含情脈脈、顧盼流波的眸子，又忍不住要逗弄對方：「到底是誰不講理啊？」

聽到這，葉超也忍不住學鈴攀到井口，將臉湊到洞邊看好戲。然而，隨著院中的小倆口從吵架轉為情話纏綿，鈴不由耳根發燙。她將目光收回，正巧和葉超對上視線。昏暗的枯井中，兩人身子均是一震，連大氣也不敢出。

一直等到李宛在和俞芊芊離開，他們才從井中爬出來。此時，雪已經停了，月亮升了起來。鈴望著兩個女孩攜手飄然遠去的背影，心中五味雜陳。葉超則皺眉道：「那姑娘膽子還真大。不過，戲演得有些過火了。」

「你看出了她是女孩？」鈴有些驚訝。若不是夏雨雪適時提醒，她初次見到李宛在時，也差點被對方的外表給騙了。

「這還用說？」葉超朝她投來一道不可置信的眼神，「敢問，天底下哪個男人的手腳會那麼纖細？」

「這誰曉得啊。」鈴轉過身，沒好氣道。

「可就算碰見六大門的人，以妳的身手，也不必怕成這樣吧？難道她們還跟妳有仇不成？」

「算不上有仇啦……」鈴支吾了半會兒。

只是，自從在錦絲鎮相遇，她便暗自發誓，再也不要和俞芊芊扯上任何關係。尤其對方還對自己懷著莫名強烈的敵意。這樣的人，與其和她爭執，不如敬而遠之。

「這樣的女人也敢招惹，真不知小李那傢伙在想什麼……」

就在她發呆出神之際，葉超已經升起篝火了。然而，附近都是些被雪水泡爛的濕柴，剛點燃便冒出濃濃白煙，嗆得人眼眶泛淚。

鈴見葉超拾起地上的竹管，想將火吹大，道：「還是我來吧。」說完，雙袖一籠，召喚出一道小小的旋風，將中央的火苗煽得「畢剝」作響，不一會兒便熊熊燃燒起來。

「是風魅啊？」葉超看見雲琅模糊的身形在空中飄蕩，眼睛一亮，丟下竹管，從懷中掏出隨身攜帶的紙墨，就著火光，將對方飛行的姿態給描摹下來。

鈴見狀，朝雲琅遞去個眼色。風瞬間變向，葉超草草束起的頭髮被吹得向後飛起，撲在他自個兒的臉上。鈴被逗得噗哧一笑：「你果然是書呆子。」

若換作旁人，被這樣捉弄難免要動氣，可葉超早就習慣了，也不以為忤。

兩人又繼續談論別的事。

鈴想起天月劍會時，趙拓曾提議葉超迎娶關雲綺，便問道：「關姑娘近來可好？你們後來還有見面嗎？」

葉超搖頭。

「你就不怕你的便宜老婆不要你了，跑去改嫁別人？」鈴又折了幾根樹枝扔進火裡，心不在焉地笑道。

但葉超還真的一點也不在乎。他想到師父邱道甄一生修道，無家室亦無牽掛，聳聳肩道：「那又如何？一個人多自在，若將來老了，覺得日子無聊，大不了納個徒弟，教他習文讀書，也挺有趣的，不是嗎？」

「徒弟啊……」鈴望著眼前晃動的火光，想到許久未見的瀧兒，不曉得對方這會兒在做什麼，不由得陷入了怔忡。

然而，這陣沉默並未維持多久。就在兩人談話之際，西方的天空忽然浮現一點紅光。且那朵紅雲還越聚越大，伴隨著詭異的振翅聲，逐漸朝地面逼近。

鈴和葉超想起先前掌櫃所說的，關於吸血妖魔的話，交換了一道眼色，同時躍起。

「是蝙蝠！」

葉超話音方歇，那團紅雲已經追了上來。幸好雲琅的風盾即時張開，地上的兩人才沒被撲著。

一眨眼的功夫，天地變色。數十隻蝙蝠浩浩蕩蕩從二人頭頂掠過，更有幾隻被雲琅的烈風給捲落地面。

那些妖怪的體型與常人相差無幾，卻有著暗紅色的翅膀和尖長的耳朵，灰色的皮膚爬滿了青筋，落地後發出尖銳的咆哮，逕自朝二人撲來。

鈴一面與敵人周旋，一面喝道：「你們瘋了嗎？這不是你們該來的地方！」

然而，話音未落，一隻蝙蝠妖驀地從空中掠下，朝她的頸子狠狠咬來。鈴匍地連滾了三圈，這才躲過。接著又趁敵人被飛沙迷住眼目的瞬間，揮出雪魄，一刀刺穿對方的胸膛。她將蝙蝠妖冒血的身軀甩到一旁，一回頭，正好撞見葉超被四隻手持長刺的妖怪逼至牆角。

葉超和她不同，向來習慣謀定而後動。雖說這兩年功夫突飛猛進，可像這種混亂的群毆場面，還是能避免則避免。

絕大多數的妖怪都擁有敏銳的感官，能夠輕易地嗅出獵物身上散發出的恐懼。他們見葉超臉色蒼白，手中握著一根毫不起眼的黑色短棍，紛紛仰頭大笑。

然而，若蝠妖也能看穿人心，便會知道，眼前這少年絕非表面看上去那麼好欺負。只見他憑著輕功不斷巧妙閃避攻擊，直到身後的土牆被妖怪的骨刺捅得滿是窟窿，突然劍鞘挺出，卡住其中一道坎，借力騰起。

敵人以為他要跳上屋頂，沒想到他盪了一圈後，卻果斷回頭，劈腿掃去。這下鴛鴦連環腿發勁、運勁、收勁掌握得恰到好處，一分力氣也沒有浪費，瞬間便撂倒了兩名對手。

葉超落地後，不急著取回兵刃，反而順勢搭住呼嘯而來的長刺，利用牆壁卸去衝力，左掌橫出，「嘭」的一下，結結實實擊在妖怪的下頷上。

天道門二十六路鳴霄掌的威力其實遠不只此，只是葉超生性寬仁，又怕見血，因此無論對手是人是妖，出手時總是會下意識地避開要害。

周遭四名強敵，料理了三個，只剩最後一個。葉超感覺腦後風生，心中已有盤算，轉身之際，左足踏出，將地上的篝火整堆挑起。

這招猝不及防，背後的蝙蝠妖偷襲不成，反吃了一嘴的炭灰。下一刻，他喉中發出尖吼，展翅朝斜裡揮去。葉超聽那風聲來勢甚猛，不敢徒手接招，左趨右閃，很快又被逼回了牆角。可就在敵人露出獠牙的瞬間，他身子急偏，露出身後插著的劍鞘。

被火熏得眼疼的蝙蝠妖一時收勢不及，迎頭撞了上去，發出「碰」的一聲沉響。

葉超眼見敵人倒地不起，呼出一口氣道：「總算解決了。」這才上前一步，將劍鞘從牆上拔出。

然而，回過神一抬頭，卻發現鈴正神情古怪的盯著自己。

「你拿的那到底是什麼玩意啊？」

「我師父送我的寶貝，拿來防身可管用了。」葉超說著，還不忘將劍鞘愛惜地在衣服上擦拭兩下。

鈴望著地上昏死過去的蝙蝠妖，一時無言以對。

但眼下也不是閒話家常的時候。只見東方天空一片殷紅，黑暗中還不時有火光竄起，將整片夜幕染得斑駁如血。

「不好！方才那些妖怪……他們全往鎮子去了！」

鈴意識到大事不妙，立刻展開輕功，朝群妖離去的方向急奔，而守在一旁的雲琅也立馬跟了上去。鈴乘著那股清風，足尖輕點，倏忽間已來到數丈之外。葉超看得目瞪口呆，一邊追趕一邊叫道：「喂，等等我啊！」

肆

可惜，還是來晚了一步。

鈴和葉超趕回昌門時，原本寧靜的小鎮已經滿目瘡痍。成群結隊的蝙蝠妖宛如蝗蟲過境，所到之處火光大熾，哀聲四起。許多房屋的頂樑都被穿破了，大街上到處都是屍體，形同人間煉獄。別說葉超臉色發青，頻頻作嘔，就連鈴也不禁心下駭然。

二人轉過街角，看見前方不遠處盤踞著一隻蝙蝠妖，正騎在一名年輕男子的背上，興奮地吸吮著對方的脊髓液。

鈴看得氣血上湧，正欲上前阻止，一名斗笠大漢突然從天而降，簑衣下閃現一輪金光，轉眼便刺穿了蝙蝠妖的身軀。他將屍體扔到一旁的溝渠中，接著回身攔住鈴的去路。

「少主，請您務必冷靜下來。」

「大鵬，你……」

周圍的血腥味實在太濃了，熏得鈴頭暈目眩，不得不暫時閉氣。

自從練成了天狐冰窟中的心法後，她發現自己的感官能力也跟著提升了。就好比眼下，她能清楚地感覺到方圓幾里的空氣中浮漾著濃烈的死氣，彷彿要將她活活吞噬。

然而，大鵬伸手按住她肩頭，胸間那股煩惡欲嘔的濁氣便逐漸退去。她曉得對方說得不錯——越是這種時候，她越得克制自己，將精神集中在自己力所能及的事上面。

深呼吸，放眼望去，只見大多數的蝙蝠妖早已在飽餐一頓後展翅揚長而去。他們有些爪間還抓著活人，有些則將吸乾了的屍體隨手一扔。數十具殘屍從天而降，在大街上摔得血肉模糊，慘不忍睹。

不幸中的大幸是，方才大鵬從妖爪中救下的那名男子雖身受重傷，卻奇蹟似的活了下來。三人將他帶去鎮上的病坊醫治，這才知道他竟是當地一名財主的兒子。

老財主見愛子撿回一命，激動得老淚縱橫，一再道謝。他還採納了葉超的建議，騰出自宅的一處院子，暫時收容那些無家可歸的傷患和家屬。另外，葉超自己也慷慨解囊，將身上剩餘的盤纏全部拿出來交換藥品衣物，分送給那些需要幫助的受難戶。

大夥兒就這樣忙活了一整晚，挨到天亮，鈴卻仍無半點睡意。

葉超見她獨自站在窗前，望著院中一排排裹著白布的屍體怔怔出神，說道：「妳是在擔心昨天那兩位姑娘吧？不如，我陪妳一起出去找找？」

鈴也懶得否認了，兩人立刻出發，沿著鎮子的邊緣搜尋。半個時辰後，果然在城門附近的巷弄裡找到了昏迷不醒的俞芊芊。她身上只受了些輕微的擦傷，可在雪地裡躺了一夜，嘴唇都凍紫了。鈴連忙將人扶起，用珍瓏指按壓她的人中。

隨著真氣注入，俞芊芊發出輕微的嚶嚀，悠悠醒轉。可當她睜眼看見鈴，口中冒出的

第一句話卻是：「妖女！妳怎麼會在這裡？」

「這很重要嗎？」鈴被她氣笑了，反問對方：「李宛在呢？」

聽見李宛在的名字，俞芊芊顫抖著撐起身子，眼淚開始無法自制地往下掉。她不願讓鈴見到自己狼狽哭泣的模樣，立馬將頭扭開。

「誰要妳在這兒貓哭耗子，假好心！」

鈴脖子上的青筋都浮出來了。若不是看在李宛在的面子上，她真想一掌再將對方打昏。

「原來是妳啊。」她故意冷笑，「妳把自己弄成這副鬼模樣，倒教我認不出了。」

「妳……！」俞芊芊摸著自己披散的長髮和裂開的衣衫，臉色煞白，卻無話可駁。

下一刻，鈴解開身上的披掛，面無表情地扔給她：「不想在這兒繼續丟人現眼，就跟咱們走。」

果然對付這種人，還是得使出激將法才行。俞芊芊瞪了鈴一眼，終於披上外衣，乖乖站了起來。

鈴和葉超將她帶回那名馮姓財主的府上，替她換了套乾淨的衣裳，並搬來火盆取暖。俞芊芊渾身裹在厚厚的棉被裡，連喝了兩大碗薑湯，這才彷彿魂歸正位。

然而，短短一夜之間，她彷彿從天堂跌到了地獄。看著她的表情，鈴便猜到李宛在失蹤，肯定是被妖怪給擄走了。

昨夜的妖襲事件，整個昌門鎮包括李宛在在內，共有十多人下落不明，還有五十七人不幸罹難。

聽見這數字，鈴心裡「咯噔」一下，忍不住問旁邊的馮老丈：「您可知那些蝙蝠妖是何處來的？」

對方嘆了口氣：「貴人有所不知，昌門原來是個十分平靜的地方，雖稱不上五穀豐登，但起碼大夥兒都能安身立命。可今年入冬後，東邊的山裡突然來了一批可怕的妖怪。每逢陰霾天，便會成群來犯，肆意掠殺。咱們當地都是些尋常的商戶和牧民，如何能與之相抗？不過是苟延殘喘罷了……」

「既然如此，你們何不通報司天台，求助朝廷？」葉超皺眉問道。不想，對面的馮老爺聞言卻冷笑起來：「你覺得我們沒試過嗎？可每次的結果都一樣。那些官衙裡的大人，各個翻手作雲覆手雨，哪裡騰得出時間管咱們這種邊荒野地？」

對方這麼一說，葉超頓時無話可駁。半晌，馮老丈又嘆了口氣：「天命不祐，吾等斗筲小民除了認命外，又能如何？」

這些話聽在俞芊芊耳裡，無異於一種酷刑。她一想到李宛在被妖怪擄走的畫面，就感覺自己的心被片片凌遲著。悲慟、驚悸、自責、絕望——各種情緒錯綜交織成噩夢般的網羅，將她從頭到腳籠住。更可笑的是，曾經的她還以為自己天不怕、地不怕呢！

想到傷心處，再次淚如雨下，聲音裡完全沒有了平時的淩人盛氣。

「都是我的緣故……若不是我纏著他不放，他也不會為了保護我，白白送了性命……」

此話出，眾人皆默然不語。

葉超沉吟了片刻，才字斟句酌地道：「蝙蝠妖是群居的妖怪，把人劫走想必是為了帶回巢穴。所以我想，你那位朋友應該還活著才是。」

俞芊芊聞言，驀地抬起頭來，一雙淚眼汪汪的大眼睛掃過在場諸人，眼底滿是乞求之色。

「那咱們快想法子救救他啊！」

聽到這，鈴的心彷彿也被勒緊了。她的想法和葉超其實是一樣的，只是當著俞芊芊的面，不好何宣之於口罷了，可現在……

她驟然起身，對葉超道：「你在這兒守著他們，我出去一趟。」但話才說完，手腕已被對方拽住。

「不行。」葉超果斷拒絕，「我們不熟悉大漠的地形，估計妳還沒找到妖怪的老巢，天就已經黑了。妳總得顧及鎮上剩下的人吧，若不能將妖怪一舉剿滅，妳叫他們逃去哪裡？」

鈴身子微微一僵。她知道對方所言在理，但眼下，李宛在生死不明，幾人總不能這樣一味地枯等下去吧？

遲疑之際，床上的俞芊芊突然伸出雙手，死死攥住她的衣角。

「從前諸事，皆是我不對。妳將來怎麼追究都行，儘管衝著我來就是了。唯有這次，就當是我求妳了……救救他吧！」

鈴深知，以俞芊芊的性格，若非經歷了旁人難以想像的煎熬，絕不可能說出這種話來。如此想來，不禁有些心軟。可她最不擅長安慰別人了，情急之下，只得向葉超求助。

「喂，書呆子。你不是最聰明了嗎？倒是想想辦法啊！」

葉超低頭凝思半晌：「嗯……我倒是有個主意。」

大漠的落日總是顯得特別近，特別紅，猶如新婦臉上的紅蓋頭，鮮豔得彷彿能掐出血來。

血紅的夕陽落下後，取而代之的是滿天沉默的星斗，皓月千里，靜影沉璧。

根據鎮民們的經驗，這樣天氣晴朗的夜晚，蝙蝠妖是不會來犯的。葉超也這麼認為。他翻閱了病坊入冬以來藥材支出的記錄，又細細詢問了當地的耆老，推測這批妖怪極有可能是從很遠的地方飛來的。這樣一來，便能解釋他們為何總是挑選光線相對微弱的陰霾天出沒了——因為唯有在這樣的日子裡，害怕陽光的蝙蝠方能利用白晝趕路。他想，這群妖怪不惜冒著脫水的風險，橫越沙漠覓食，這一系列反常的行為，背後定藏著很深的緣由。

月光下的昌門鎮一片燈火通幽。

自兩個月前，上一任縣令棄城出逃後，僅存的老弱婦孺便陷入了群龍無首的狀態。但今夜的氣氛卻和往日不同。鎮上的所有人，不分男女老幼，全都捲起袖子幫忙。他們安葬了罹難者的屍體，接著又在大鵬的指揮下，在鎮牆底下打通一條地道，直忙到隔天日暮，才將鎮上所有的米糧、驢馬全數搬入地道。接下來，便是漫長的等待。

又是個陰雲低垂的傍晚，曠野無聲，圍繞著昌門的沙丘玉體橫陳。它旖旎的面孔就像星斗的起落一樣，代表著大漠亙古不變的秩序——它也在等待。少了規律的梆聲，巨大的沙漏將時間鋪展開來，予人置身夢境的錯覺。

黑壓壓的蝙蝠剛接近鎮子的上空，便察覺到異樣了。底下的小鎮雖然空蕩蕩的，卻是一片狼籍，不僅門戶大敞，就連街上也散落了不少物品。

他們迅速搜遍了整個鎮子，但別說是人，就連牲畜都不見蹤影。直到小半個時辰過去，才在一戶民居內找到一名藏在米缸裡的少女。

少女被拖出來時，光裸著腳丫，一副魂飛天外的模樣。拎著她的妖怪饞涎欲滴，但還來不及淺嚐，就被同伴給喝止了。

「你瘋了嗎？如此一來，咱們回去後如何向首領交代？」

「飛了那麼久，我餓啊——」

「這次只捉住了這小妮子，再餓也得忍！」

經過一番粗魯的盤問，少女將這幾日發生的事全都交代了。

據她所稱，兩天前，一支來自安西的軍隊從京城換防回營恰好路過此地。倖存的昌門居民見到官兵，就好像見到了菩薩下凡，連忙匆匆收拾財物，將能帶上的糧食全部放上駱駝，跟在他們後面趕往伊州去了。

「那妳又為何沒走？」為首的蝠妖用狐疑的眼神打量對方。

少女被他陰鷙的目光一掃，嚇得直打冷戰。

「阿娘前天夜裡死了……阿爺不讓我跟……他說路上帶著我就是個拖累，到了伊州還得繼續浪費吃食……」

可她話還沒說完，就被打斷了。

「若是伊州的話，我們現在出發，或許還追得上！」

「不可！此處往西行，幾百里皆是荒漠，陽光根本無處可避。何況還有官兵呢！」

說這話的蝠妖捏起少女的下巴，恨恨道：「先將這丫頭帶回去再說。幸好今夜逮住了她，否則連份說詞都沒有，你我的腦袋都不保！」

經過一整夜的飛行，直到隔天清晨，一座巍峨的山峰終於浮現在東方地平線的附近。這座山地勢雄奇，繚繞著淡紫色的煙嵐，頂端裂開一道深長的岩窟，裡頭的穴道蜿蜒錯綜，終年不見天日，正是蝙蝠妖的老巢。

狩獵歸來的蝙蝠妖經過長途跋涉，早已疲憊不堪。白晝本就是他們休眠的時間，於是，在將辛苦帶回的獵物扔入貯藏食物的石室後，便各自回洞歇息了。

不承想，才剛關上牢門不久，幽暗的地穴裡便有刺眼的火光竄起。

那些瑟縮在角落裡的人形早已習慣了漆黑的環境，乍見光明，一時間倒有些難以適應。他們忍受著強光的刺激，吃驚地看向這名新來的俘虜——到底是誰這麼大膽？是自己的親友嗎？

但鎮民中沒有人認得她。直到少女手持火折走近，才有人跳出來叫道：「——阿離，怎麼是妳？」

「會稱呼自己為『阿離』的，除了雨雪，也就只有那傢伙了吧？」

鈴看見李宛在灰頭土臉從地上爬起，鬆了口氣，在對方的腦袋上狠狠敲了一記：「傻瓜！我不來，誰救妳啊？」

「我還以為自己這回真的玩完了呢！」李宛在吐了吐舌，仍是平時那副嬉皮笑臉的模樣。「幸虧妳來了！不過……妳怎麼知道我在這？」

「要謝就謝妳那小情人吧！」鈴沒好氣道，「若不是她哭著求我來救妳，我才懶得理呢！讓妳被吃了算了！」

李宛在被這麼一說，頓時啞口無言，隔了半晌才訕訕道：「原來妳都知道了啊……」

「玩弄別人的感情也該有個限度吧！」鈴說著，又朝李宛在逼近半步。她雖比對方矮了整整一個頭，但用虎口去掐對方臉頰上的肉，距離卻是剛剛好。「等我把妳帶回去，妳自個兒向她解釋去！」

「好好好！我知道錯了，這回就饒了我吧……」李宛在口齒不清地哀求。

其餘被綁來的村民見這對陌生的男女當眾親熱，卻又盡說一些不明所以的話，不禁面面相覷。終於，有人鼓起勇氣問道：「女俠……妳說，咱們還能回家去？」

鈴聞言，轉身鬆開了李宛在：「是啊，大家都打起精神來，別害怕。援兵馬上就到了。」

然而，被關在這的俘虜，有半數已了無生氣，還有的眼神呆滯，動也不動，不知是死是活。鈴環顧四周，正糾結著該如何幫助大家逃出去，身後突然響起一道沙啞的呻吟：

「慢著！」

發話的是角落裡一名白衣男子。只見他一邊撫胸咳嗽，一邊掙扎著坐起身。

「就算今日真能逃出生天，來日，他們一樣不會善罷甘休！妖襲不會停止，死的人只會越來越多！」

這可不像是尋常鄉野村夫會說出的話。鈴轉頭打量地上的男子，發現他約莫三十多歲，身上無明顯外傷，可臉色蒼白，呼吸急促，顯然內傷不輕。

她趕緊蹲下去，將大鵬送她的補血藥丸餵入對方口中。

半晌，男子的嘴唇再次歙動：「別、別管我們了……快逃出去，告知……六大門派……」

「我不會撇下你們的。」鈴簡短答道。

她將身上的符籙一股腦兒塞到李宛在手中，說道：「看好這些人。我去查看外面的情形，速速就回。」

「等等，別去……」她身後的白衣男子還想阻止，但才剛開口，又是一陣劇咳，咳得渾身痙攣。好不容易緩過氣來，便見鈴一掌將沉重的石門撼開，轉身沒入黑暗。

他萬沒想到，自己身為天子重臣，臨死之際，卻要仰仗一個小姑娘出手相救，還得眼睜睜瞧著對方去送死，不由得悲嘆一聲……

伍

騰格里的沙丘蜿蜒如河，那壯麗而崢嶸的形狀，令葉超想起師父給他看過的王羲之的書法傑作——既有精雕巧裁之美，亦有開闊的格局藏於其間。若在平時，看見如此美景，他定會捨不得移開目光。

然而，此刻的他站在懸崖邊上，身後就是萬丈深淵，只要足下一滑，立時便會粉身碎骨，哪還有閒心賞景？

原來，鈴被蝙蝠妖抓走後，葉超和雲琅、大鵬便循著線索跟了上去。一行人經過整夜的飛行，終於找到了蝙蝠妖的巢穴。

照理說，葉超從頭到尾就只負責出謀劃策而已。可他萬萬沒想到，來到山頂上空時，下方的岩洞竟然一口氣竄出數十隻蝙蝠妖，害得他一個沒踩穩，徑直從大鵬背上摔了下來。

雖說他眼疾手快，即時抓住了一塊突出的山岩，但四周更有無數的妖怪虎視眈眈，一見他站起，便朝這俯衝而來。

襲來的蝙蝠妖雙翼寬達八尺，力氣甚大，即使葉超抽劍護身，仍被頂得飛了出去。眼看自己半截胳膊都沒入了妖怪的血盆大口，他急中生智，將劍鞘頂住對方獠牙，借力縱身一躍，竄上崖頂。

身子甫落地，迅速閃入蝙蝠寨無數甬道中的其中一條，背心緊貼石壁，狠狠喘息。

眼下，附近的妖怪都被大鵬引開了，雲琅也不知去向，他深知自己若繼續杵在洞口，處境只會越來越危險，於是猶豫半晌，還是硬著頭皮向前走去。

深黑的地穴像極了敞開的棺蓋。葉超拐過幾道彎，忽聞前方傳來急促的腳步聲，連忙抓住一塊垂掛的鐘乳石，藏到石後，隨後便聽見底下響起一道陰陽怪氣的嗓音：「臭小子，快給我出來！」

葉超的心臟都快從胸裡蹦出來了。然而，他畢竟不再是天月論劍時那個驚慌失措的少年了。

下一刻，他身子猛墜，劍鞘輕飄飄地削出，直奔敵人面門，正是曲松劍法中的一招「傲雪」。

這招採用虛實交錯的「纏」字訣，寒芒畢露，威力頗大。就像一片小小的雪花，看似微不足道，卻能在墜落的過程中越滾越大，直到成為席天捲地的力量。

底下的三隻蝠妖被那變幻萬端的劍影刺得措手不及，紛紛應聲倒地。但葉超還在想著該如何善後，後方的岩縫卻突然傳來倒抽涼氣的聲音。

他右手按住劍鞘，猛地轉身，卻發現面前的地上匍匐著一隻長相怪異的生物。

這隻蝙蝠只有貓咪大小，並未化成人形，且他的外表和其他同伴之間有著明顯的差異。

他的皮膚不像一般的蝙蝠都是銀灰色，而是一片雪白，就連耳朵和尾巴的毛都是白的。

白蝙蝠抬起頭，一雙淡粉色的眸子滿是驚恐。

「大英雄、大善人……求求您，別殺我啊！」

「原來他們方才是在找你啊。」葉超放下武器，神色一頓，「可他們為何要追你？」

白蝙蝠沒有回答，一張小臉瞬間漲得紅紫。葉超看著他的表情，又瞥見他的翅膀上遍布著許多舊傷，隨即反應過來——自己還真是問了個蠢問題。

他不再揪著這點不放，改口問：「你叫什麼名字？」

地上的白蝙蝠表情仍是侷促不安，但他似乎感覺得出，眼前這名人類對自己並無惡意。猶豫半晌，囁嚅道：「……阿飛。大家都我叫阿飛。」

「這名字取得有意思。」葉超笑道，「你叫我阿葉吧。」

「你怎麼會在這？」

「我來尋一位姑娘。」葉超老實答道。

「姑娘？」阿飛更詫異了，「這兒哪有什麼姑娘？你這樣貿然闖進來，是不要命了！」

葉超也十分傷腦筋。但他知道，此去前方的路阡陌蹤橫，若無人帶領，恐怕幾天幾夜都繞不出去。

「要不然，你幫我？」

「那是不可能的……」阿飛瞥了眼倒地的同伴，咽了口唾沫，「就算我幫你，你們也闖不出去，不如趁早放棄吧。」

葉超聽著這話，不禁眉頭擰起：「你不肯幫忙就算了，可至少得把話說清楚吧？你們為何要侵掠村子，抓走那些村民？」

阿飛垂下眼眸，默了半晌才開口。

「我們銀耳蝠族原來住在東方的山林裡。那裡氣候溫和濕潤，也有許多獵物。但自從去年秋天起，人類的軍隊忽然大舉來襲。他們把森林砍了，連附近的動物也不放過。我們打了敗仗，只好逃走，去尋找新的家園。可誰知道，一路上所經之地都在鬧飢荒。最後，我們無處可去，千里迢迢來到大漠邊陲，決定在此避冬。這座五福五壽山陰氣重，人類不敢隨便靠近，但糧食不夠，我們只好到很遠的地方打獵……」

這麼說來，阿飛確實又乾又癟，一副好幾天沒吃東西的模樣。

衣食足而後知榮辱——這是天底下最簡單的道理了。

葉超見對方抖得像隻拔毛鵪鶉似的，輕嘆口氣，將劍鞘揹回背上。

「好了，你不必緊張。我什麼也不會做，只是跟在你後面走，這樣總行吧？」

阿飛聞言，斜睨對方一眼，心中嘀咕：「此人當真古怪至極……」

他不願幫忙自然是害怕惹禍上身，然而，葉超死皮賴臉地跟著，他也實在拿對方沒輒。

一人一妖就這樣在宛如迷宮的地道中曲折前行。過了小半個時辰，前方忽有氣流撲面而來，還伴隨著乒乒乓乓的聲響。葉超心裡「喀噔」一下，正想循聲去探個究竟，不想，剛要移動腳步，周圍的隧道卻突然塌了！

剎那間，地面搖動，泥灰亂落，葉超瞥見一塊比自己腦袋還大的岩石轟然砸下，心頭大駭，連忙將隔壁的阿飛撲倒在地。

待騷動平息，他抬起頭，隔著一片灰濛濛的塵埃，看見面前的穴道被捅出一道巨大的窟窿，另一側別有洞天，下有石筍，上有倒柱，竟是座怪石嶙峋的開闊溶洞。

但這還不是最驚人的。只見一名少女佇立在被轟開的洞口，鮮血沿著手臂淌下，身邊還跟著一隻若隱若現的風魅——不是鈴是誰？

如今的葉超已不再像從前那般恐血，但撞見這般畫面，仍不禁掌心冒汗，腦袋嗡嗡作響。

他甚至呆了半晌才反應過來眼前的局勢。

只見對面一處石臺上盤踞著一隻頭上長角，耳朵細長的怪物。乍看之下就是一隻巨大的蝙蝠，身體足足有一丈寬，三隻鼓眼惡狠狠地俯視睥睨。另外，那蝙蝠妖緊貼地面的姿勢十分詭異，右半邊的翅膀拖曳在地，布滿了一顆顆雞蛋大小的膿皰，破裂處流出白色稠液，還散發出一股刺鼻的惡臭，令人不由得聯想到腐肉和屍體的味道。

葉超舉手掩鼻，心想：「這是……符咒留下的毒瘡！」

此時的鈴已經足夠焦頭爛額了，回頭看見他，不由得臉色煞白，質問：「你怎麼進來了？」

葉超狼狽地撣了撣身上的灰，說：「就別計較這個了，該想想怎麼出去才是……」

周圍的蝠妖似乎都很害怕他們首領身上溢出的毒水，雖然繞著對方頭頂盤旋，卻又不敢飛得太近。

然而，當巨大的三眼蝙蝠攀著石壁爬來時，鈴卻沒有退怯，反而主動朝對方走了過去。直到雙方幾乎是正對著彼此，她忽然彎下腰，指著妖怪受傷的右翅，語氣溫柔道：「讓我看看，好嗎？」

也不知是不會說話，還是重傷之後喪失了表達能力。那妖怪咧開嘴，卻只發出「嘶——」的怪響，讓人完全無法揣測他的意思。他白森森的尖牙幾乎和鈴的身軀一樣長，整個口腔密密麻麻的，宛如棘叢。葉超正想出言警告，卻被鈴搶先了。

她盯著妖怪潰爛的翅膀關節，忽然眉心緊皺，轉頭朝他招手：「快來幫忙。」

「這……」葉超咽了咽口水，猶豫了半晌終於還是鼓起勇氣，走到對方身旁。

來到近處，氣味更濃，除了毒瘡的惡臭外，還有巨妖口裡飄出的腥膻濁氣。被那味道一熏，葉超立時寒毛倒豎，頭皮發麻，甚至懷疑自己會因呼吸不暢而昏厥。

但同時，他也發現了癥結所在。原來，蝙蝠妖血淋淋的傷口中央居然插著一根半臂長的黑色金剛杵！時間過了太久，杵的尖端早已深入骨肉。鈴弄得滿頭是汗，卻仍無法將其撼動分毫。葉超見狀，也伸手握住金剛杵的把柄。兩人同時施力，費了好大一番勁才將其從妖怪的翅膀上拔出來。

然而，就在拔出的剎那，一陣濁煙忽然從傷口竄出，直衝洞頂。巨妖吃痛怒號，竟將掛在背上的二人狠狠拋甩出去！

飛起後便是墜落。葉超發現自己即將撞上尖石林立的地面，連忙將眼一閉。然而，下一刻，預期中的痛楚並沒有傳來。他感覺自己的身體在空中忽高忽低地飄蕩著，睜眼抬頭一看，只見一雙粉色的小爪子正緊緊抓著他的腳踝，竟是白蝙蝠阿飛。

兩者跌跌撞撞地飛過尖石堆，摔落在一旁的石台上。

鈴和雲琅也在此時趕了過來，雲琅颳起一陣龍捲風，風中飛來一個黑黝黝的東西，正是方才那支黑色的金剛杵。

「看來這東西沒那麼簡單……咒術不是拔起來就能解除的。」

葉超扶著胸口，一邊喘氣，一邊轉頭去看鈴：「那現在怎麼辦？」

「沒辦法，只能先逃再說！」

話音剛落，巨大的三眼蝠妖又再次舉翅撩來，逼得二人不得不躍起閃避。

鈴想告訴對方，亂動身體只會加快體內毒素的蔓延，但對方似乎已經完全失去理智了，直接就朝對面衝了過來，引起一陣天搖地動。瞧那架勢，簡直就是要拉上洞裡的所有人跟他一同陪葬！

另外，盤旋在上空的蝙蝠妖也跟著振翅下掠，朝著地上二人瘋狂攻來。

阿飛的翅膀方才降落時受傷了，葉超乾脆一把將他撈起塞進懷裡，和鈴互相掩護，且戰且走，退至洞窟一角。

葉超身形斜閃，避開一記險惡的爪擊，又跟著抽出劍鞘，護住上盤。曲松劍法擊刺攻拒皆如風動松濤，和水無劍鞘搭配，越發行雲流水起來。

可就在兩邊打得熱火朝天之際，鈴突然大叫一聲：「小心！」緊接著，勁風挾著兩支尖刺從葉超肘下穿過，差點將他釘在了後方的石壁上。

眼看一根根白骨削成的長刺如雨點般飛來，鈴趕緊拉著葉超退到一塊突出的巨岩後方。黑暗中，兩人背靠著背，呼吸相聞，葉超感覺對方往自己手中塞了樣東西，形狀如管，觸手光滑——是火折子！

「李宛在他們就被關在對面甬道的底端，」她靠近低聲道。「雲琅會給你指路，你趕緊想法子把他們弄出去。」

葉超聞言一愣：「那妳怎麼辦？」

「你們先走，我自會想辦法跟上。」

鈴扔下這句話，也不管對方是否答應，逕自從石後掠出。她展開輕功沿著石壁爬升，一轉眼便竄至洞頂，大批的蝙蝠妖也跟著追上去，宛如一大片紅雲綴在她身後。

另一廂，葉超也不婆婆媽媽，眼見前路變得通暢，直接拔腿衝刺，一口氣奔入對面的地道。拐了幾道彎，吹亮火折，正好碰見聞聲趕出來的李宛在。

儘管這是葉超和李宛在第一次談話，兩人卻很有默契，三兩下間便弄清了彼此的來意，隨後便一起回到關押囚犯的石室，商量該如何將眾人全部安全地護送出去。

撇開死者不算，剩餘被綁的村民共有十來人，當中有人傷輕，有人傷重，兩兩相互攙扶，勉強還能行動。且雖然阿飛先前表明自己不願意幫助人類，可到了緊急關頭，還是很好心地當起了嚮導。

身為白蝙蝠的他從小便因與眾不同的外表而備受欺凌，這也使他對葉超的救命之恩格外感激。

在阿飛的幫助下，一行人找到不遠處有道位於山腰的岩縫，能直接通往蝙蝠寨的外頭。葉超靈機一動，想到可以將岩石上的樹藤搓成長繩，作為逃生之用。他率先爬出去，和大鵬接頭，確認外頭安全後，又將繩子的一端牢牢固定住，這才鑽回洞內。如此一來，只需將繩子綁在腰間，便能由守在外頭的大鵬將眾人逐一吊出去。

此計甚妙，過不久，大多數的人都已通過洞口成功逃生。可就在此時，甬道另一頭突然傳來激烈的騷動。

一群黑壓壓的蝙蝠突然從黑暗中飛了出來。包括葉超和李宛在在內，所有人都驚呆了，竟沒半個人做出反應。然而，奇怪的是，那群妖怪瞥都沒瞥他們一眼，便徑直竄出了洞。

望著他們倉皇逃逸的背影，葉超心中忽地生出一股不祥的預感。

果然，不出多久，他便看見身後的地道飄出一陣濃濃青煙。

阿飛聞到那味道，將白色的小腦袋探出葉超的領口來，上下兩排尖牙格格相撞，害怕道：「不好了……是首領身上的毒氣！」。

葉超聞言，腦中瞬間空白。下一刻，他一言不發，迅速將白蝙蝠往李宛在懷裡一塞，轉身再次朝洞內奔去。

一路上，不斷有蝙蝠從穴道深處振翅飛出，還有不少是攜家帶眷逃命，場面混亂極了。

葉超逆流拼命向前跑，好不容易回到位於蝙蝠寨中央的地窟，映入眼簾的卻是更加駭人的景象。只見巨大的蝠妖倒臥在洞穴中央，整個右半邊的身軀都硬化了，爬滿突起的膿皰，周圍全是散落的蝙蝠屍體。灰青色的煙霧如火山泥流般從屍體上滾滾流出，散逸到空氣中，接著又化作白色的灰燼飄落，覆蓋整座溶洞，連聲音都被吞噬。

這一刻，葉超感覺自己像是踏入了一座宏偉的靈堂，周圍的景色既安祥又帶著幾分詭異。

剛想開口喊鈴，就發現她站在不遠處的斜坡底端，對著大妖的屍體發呆。

咒術產生的濃煙對人類來說雖不致命，但時間久了，仍會對臟腑造成不小的傷害。然而，她卻彷彿渾不在意。聽見葉超的腳步接近也沒回頭，只是輕輕蹲下去，撿起腳邊一塊碎骨。

「只差一點……」她低喃。「若我們早點發現，就能阻止這一切發生……」

葉超沒有否認，只是靜靜站在那，陪她看灰燼從天而降。

「金剛杵本身並沒有這麼強的破壞力，但有時候，即使是微小的裂痕，也能造成極大的危害。我想，定是毒瘡長期侵蝕妖王的身體，令他飽受折磨，才會產生大量怨念與毒氣，導致最終神智盡喪。」

「太殘忍了……」

「除妖師屠殺妖怪，妖怪獵食村民，這場戰役，兩邊都流了很多的血，但誰也沒辦法真的消滅另一方。這樣的輪迴才殘忍，死，至少是個出口。」

「你的意思是，就算他們喪命也沒關係？」鈴轉頭直視葉超。

「不是的。」葉超也跟著蹲下，低頭望向自己被灰燼染白的衣襬，淡淡道。「誰都阻止不了死亡。無論是多強大或渺小的存在，生命總會走到盡頭。正因如此，唯有面對死亡時，人們才會清醒，才會想起——自己是自由的。」

日出前，能救的人和妖都救了。眾人齊力將蝙蝠寨的所有出口用岩石堵上，避免毒氣外洩，接著鈴又在洞口貼上封印符，這才算大功告成。

倖存的蝙蝠妖大半是老弱婦孺。誠如葉超所料，在失去家園、目睹同伴慘死後，他們終於暫時放下殺心，認真考慮起一族的未來。雖然有些選擇自行離去，但也有不少決定接受鈴的提議，跟隨大鵬前往赤燕崖展開新的生活。

赤燕崖過去十多年來本就收留了許多遭到迫害、流離失所的妖怪。那裡位置隱密，地勢險拔，不僅尋常人類行跡難至，就連六大門和司天台也不曾發覺，稱得上是個與世隔絕的桃源。

臨別之際，葉超用枯枝和樹脂替阿飛受傷的翅膀做了個簡單的輔助裝置。這麼一來，只要雙翅搧動得幅度不大，便能乘風緩緩滑行。阿飛恢復行動能力後，感動得哭個不停，像隻小貓賴在葉超懷裡不肯走。葉超被他纏怕了，開始四處躲竄，這一幕被鈴和李宛在撞見了，止不住地笑。

但很快，李宛在就笑不出來了。

送走大鵬一行後，剩下的人在山腳歇息了半日，採果充飢，又將水囊盛滿，這便啟程返回昌門。

鎮上的百姓見到親人平安歸來，自然是大喜過望。在一片溫馨融洽的氣氛中，只有李宛在一人暗暗叫苦，因為前方等著她的，是比妖魔還可怕的東西。

一別三日，俞芊芊整個人都瘦了一圈。她站在迎接眾人的隊伍裡，朱顏憔悴，長髮飄揚，遠遠瞧見李宛在的身影，臉色更難看。待對方走到面前，忽然抬起手，一掌狠狠甩去。

「啪！」熱辣辣的耳光落在李宛在臉上，既脆又響，周圍不少人都忍不住好奇地轉頭來看。

李宛在被打得眼冒金星，心想：「我什麼話都還沒說呢，怎麼就先挨打了？」

但下一刻，俞芊芊便大哭著撲進她的懷裡，還舉起小拳頭不斷砸她：「混帳！負心漢！日後若再敢這樣……本姑娘定會將你千刀萬剮，再把你的骨頭餵給白嵐吃！我說到做到，你信不信？」

李宛在覺得自己的骨頭都要被硌碎了，連忙安慰道：「好好好，別怕。妳瞧，我這不沒事嗎？手指頭都沒少半根呢。」

此話出，周圍看熱鬧的群眾紛紛識相地轉開視線，鈴卻朝李宛在遞去一道眼色，顯然是在警告她：「妳再不說，我可就替妳開口了。」

李宛在見狀，尷尬地清了清嗓。然而，還來不及多說一個字，懷裡的俞芊芊突然又叫了起來。她的目光越過李宛在的肩膀，落在一名躺在擔架上的男子身上。

「大師兄！您怎麼在這？」

鈴循聲望去，發現對方口中的這位「大師兄」不是別人，正是當初曾在蝙蝠洞中出言警告她的那名白衣男子——原來此人竟是靈淵閣的弟子！

只見他朝俞芊芊微微一笑，溫言道：「小師妹，數年不見，妳都出落成大姑娘啦。師父、師娘他們都還好嗎？」

俞芊芊聽見這話，羞得粉面通紅，耳根彷彿要沁出血來，連忙鬆開李宛在。

「師父、師娘他們都很好。可是大師兄……你不是好好地在京城述職嗎，怎麼就傷成了這副模樣？」她見對方臉色灰白，不住咳嗽，忍不住顰起秀眉，大罵：「都是那群該死的妖孽！」

然而，男子卻眸色一沉，搖頭道：「不……不是妖怪下的手。我是中了鳴蛇幫的暗算！」

陸

「鳴蛇幫」三個字宛如平地驚雷在鈴耳邊炸開。這一刻，她感覺全身的血液都在逆流，立即轉身，質問那名擔架上的男子：「你是說……鳴蛇幫在此？鄭瑜卿在此？」

白衣男子見她神情激動，低頭咳了兩聲：「姑娘莫急，妳救了貧道的命，貧道自然什麼也不會瞞妳。」

鈴還未從震驚中恢復過來，正想著該如何盤問對方，一旁的葉超卻突然開口了。他瞇起眼，用好奇的目光端詳那名白衣男子：「這位兄台，莫非就是李泌*道長？」

那人不由一愣：「這位少俠，我們在哪見過嗎？」

「道長過謙了。」葉超淡淡一笑，「李道長七歲能作詩文，無論是在江湖還是朝堂，名號都是叫得響的，晚輩自然識得。」

經他這麼一提，鈴也想起來了。她也聽過李泌的名字。只是，傳聞此人早在十多年前便離開靈淵閣，入山求道，雲遊四海，今日卻不知為何，竟出現在這邊陲大漠之中。

她按捺住情緒，抱拳一揖：「是晚輩魯莽了。道長身上有傷，凡事還是進屋再說吧。」

＊李泌：字長源，唐朝著名政治家、謀臣，曾輔佐四朝天子，生平充滿傳奇色彩，外號「神仙宰相」。

李泌顯然不習慣被人伺候。他一邊嘗試著起身，一邊苦笑道：「貧道真乃無用之人啊。」最終，還是無法自行站立，只得任由俞芊芊攙他入屋躺下。鈴、葉超、李宛在也跟著進去。

李泌吃過藥，又運功調息了兩個時辰，精神提振了不少。他坐在榻旁，面對幾名小輩，開始娓娓說起數月前，自己遇害的經過。

原來，他身為太子李亨的伴讀，兩年前被東宮延攬入京，擔任翰林待詔。當今陛下年事已高，寵信佞臣，還篤信長生不老之說，對司天台監李延年言聽計從。太子屢遭奸相李林甫陷害，幸虧得李泌相助才得以活命。而今李林甫雖已身死，但太子在朝中的根基尚未穩固，他害怕司天台權勢過盛，在不久的將來會進一步把持朝政，於是早在半年前，便暗中派遣李泌出京，表面上是辭官歸隱，實際上卻是監視司天台的一舉一動。

說到此處，李泌用力握住了俞芊芊的手，說道：「小師妹，妳此次回山，請務必替我轉告師父他老人家……司天台不可信賴！不久後，朝中必有巨變！」

「好、好，我答應你。」俞芊芊連忙應承。

「但這一切和鳴蛇幫有何關係？」鈴追問。

李泌回憶起當初的情形，不禁皺緊眉頭：「我一路追蹤司天台門徒來到庭州。那裡是大唐的邊境要塞，近來卻有越來越多司天台的人馬走動，行跡實在可疑。可就在這時，我發現自己被人盯上了。說來慚愧，我一心提防著司天台，卻不想最後下手的竟是鳴蛇幫的人。他們偷襲得逞後，沒有將我殺了，反而將我丟棄在荒漠中，任由妖怪啃噬……」

鈴的心頭彷彿被人劃了一刀：「這計畫聽上去如此熟悉，簡直就和當初鄭瑜卿設計她和凌斐青所用的手段如出一徹！」

「那群狗賊，真是惡性不改！」同樣在鳴蛇幫手上吃過大虧的俞芊芊聽到這也是滿腔氣憤，幾乎要拍桌而起。

在場唯有葉超神色冷靜，提出質疑：「你是想說，鳴蛇幫和司天台串通一氣？這可說不通啊。」他又想了一下：「道長是否知曉，那些可疑門徒，是哪位御史的手下？」

「過去這一年裡，御雷使張迅騎被捕下獄，御風使胡丰巡防南境，韜光養晦，論起攪動朝中風雲，也就只剩『他』有心有力了……」李泌語帶嘲諷地苦笑，「貧道此番遇上的門徒，全都是御電使崔潭光的心腹。此人也是唯一一名長期身處京師重地，天子左右的御使。」

京城、長安、東宮……這些遙遠的詞彙陸續閃過腦海，鈴不由得陷入了沉吟。

自從她在莽山上遇見「鬼見愁」三人後，便一直在想，背後指使他們的神祕勢力到底是何來頭，火頭僧臨死前說的「仙人洞，兩半，四劍看到了」又是什麼意思。而今細細想來，全天下除了司天台之外，還會有誰更清楚《白陵辭》的祕密？

她本來還想繼續追問，可李泌說了這會子話，已經面露倦色。不僅是他，經過了這漫長的一日，所有人都累壞了。

好笑的是，當初拒絕讓鈴和葉超借宿的那間茅公客棧，如今卻主動找上門。掌櫃的不僅親自向二人致歉，還空出了最好的兩間上房給他們住。

然而，今夜發生了這麼多事，按照鈴的性格，就算給她最豪華的宮苑，最柔軟的床鋪，她又怎麼可能若無其事地倒頭大睡？

幾個時辰後，她受夠了翻來覆去，索性走到屋外，憑欄眺望遠方一排排的土坯房。少頃，背後傳來門被推開的「吱呀」聲。

「這裡的景色真有那麼好看嗎？」

「睡不著。」鈴心不在焉地答道。

轉頭望去，只見葉超倚在門框上，懷裡依舊揣著那把烏沉沉的劍鞘。

「那你呢？不在裡面休息，出來幹嘛？」

「那個……我也睡不著。」葉超說著，打了個哈欠，揉了揉惺忪的雙眼。

鈴瞧他這副口是心非的模樣，不禁有點想笑。但又過片刻，她發現對方的目光停在自己的左側肩頭，頓時神色一僵。

原來，她此時上身只著了件半臂短襦，左肩的黃泉脈印有一半露在外頭，欲待遮掩，已來不及了。

她深知此時慌張起來，只會欲蓋彌彰，於是僅攏了攏衣裳，將話題調開。

「有件事我一直很好奇……去年的那場群雄大會，最後到底怎麼收場的？」

「原來妳不曉得啊？」提到六大門的事，葉超那熟悉的諷刺語調又回來了。只見他唇角一勾，淡淡道：「江湖上雖稱之為群雄大會，但不過是因利而聚，利盡而散罷了。所以啊，最後還不是讓某人給跑了？」

「但只怕有些人，是不會讓此事就此揭過吧。」鈴冷笑，「必定會拿來大作文章。」

「是啊。」葉超也不否認，「當時局勢混亂，塗山派身為東道主，免不了要出面擔責。甚至還有人認為，是他們擅自把妳藏起來，只是手裡沒有證據罷了。不過，六大門派向來面和心不和，鬧這麼一齣，也沒什麼好奇怪的。」

「那你二師兄呢？」

「受了點皮肉傷，將養些日子也就沒事了。有趣的是，他被武正驊救起後，宣稱自己被打暈了，什麼也沒看見，也不曉得妳去了哪……」

鈴聽到這，心想：「自己猜的果然沒錯。以顧劭峰的性格，武正驊於他有救命之恩，他定會替對方守住暗道的祕密。至少不會在眾目睽睽下宣之於口。」

可一想到武正驊，她又不禁心下一揪。畢竟，對方將她錯認成了親生女兒，還為了助她逃走，不惜承受整個武林的指責。這份恩情，恐怕她今生今世都還不完了……

望著天空沉吟半晌，又聽葉超笑道：「依我看，這次最可憐的就是趙拓了。他本想藉此機會，將六大門擰成一股繩，緊緊握在手裡。可經妳這麼一攪和，這個利益聯盟算是瓦解了，他的美夢也就做不下去了。」

「那是他活該。」鈴嘴角一抽，恨恨道。

隨著天色破曉，東方射來一束霞光，染紅了屋簷下的整排冰錐。倚欄聊天的兩人不約而同被這幅絢麗的景色給吸引了，陷入一陣沉默，關於群雄大會的話題也就自然而然畫下了句點。

直到最後，葉超也沒問鈴她是如何做到當著眾人的面憑空消失的。但鈴總有種感覺，對方似乎早已猜到了，只是裝傻充愣，不肯說破而已。

趁著葉超轉頭看向別處，她忍不住拿眼偷瞟對方那張人畜無害的側臉。說實話，有時候她還真看不懂，此人到底是過分愚蠢，還是過分聰明。

又過一陣，太陽終於完全升起了。葉超伸了個懶腰，正準備轉身下樓，卻被鈴扯住了衣角。

「那個……謝謝你啊。」

「有什麼可謝的？」

「天轅台比武那天，多虧了你提醒，我才能及時識破靈淵閣的詭計。這件事，算我欠你的人情，日後必當償還。」

原來，在此之前，鈴還拿不準，當初她和靈蛇道人彭光的那場比賽中，說出那句「看花非花，霧非霧」，助她識破對手圈套的到底是誰。但經過這幾天的相處，如今的她敢肯定，那人必是葉超無疑。

可判決已下，犯人卻仍一臉無辜：「有這回事嗎？我想，妳大概是認錯人了吧。」

鈴心中微有不快，剛要開口，便被打斷了。

「哎，別管那些了。」葉超道。「講了這麼多話，肚子都餓了。咱們先去吃朝食再說。」

鈴心想，說得也是。於是起身隨便扎了一下頭髮，跟著對方下樓。可走到半路，她忽然想起件事來，腳步一頓。

「不對啊……前幾日，你不是把盤纏都給了那些無家可歸的村民了嗎？」

「是啊，所以這頓妳請。」

聽見這話，鈴的臉色瞬間黑了。可走在前頭的葉超全沒看見，邊走還邊道：「朋友之間毋須客氣，妳就讓我蹭頓飯，報答什麼的，以後莫再提了。」

第拾柒章、長安決

壹

水很暗，很深。探不到底的那種。

起初，她還能看見其他的孩子，他們身子緊緊偎著彼此，冷得直打哆嗦。可緊接著，周圍越來越暗，她便什麼也看不見了。

孤單的小船在湖心晃盪，她那顆小小的，懸起的心臟也在晃蕩，彷彿有預感，若它不趁現在多蹦噠幾下，往後就再沒機會了……

果不其然，底下的水面突然波濤洶湧起來。岸上的大人見狀，紛紛轉身飛逃。他們的叫聲刺破黑夜，充滿了人性深處對未知力量的恐懼。

還想說話，喉嚨卻被堵住了，還想掙扎，身體卻不聽使喚。下一刻，單薄的船身一傾，她就這樣被拖了下去，被帶到一個無法呼吸的維度。黑色的手指從水底朝她伸來，如濃霧般裹挾全身。那種可怕的觸感難以用言語形容，就好像胃中有野火在蔓延，又好像有人拿著刀子在她體內來回穿刺，沒有一寸肌膚能逃過此劫。她將背脊繃成一張痛苦的弓，骨頭疼得咯咯作響。

「拜託……誰來救救我……」

她迫不及待地想結束這一切，期盼就此墜入深淵，再也不要有感覺……

但誰也沒有來。深淵彷彿在嘲笑她：「活下去……帶著這塊醜陋的印記……活下去！」

伴隨著輕微的晃動，鈴睜開了眼睛。首先映入視線的是溫暖宜人的陽光，那顏色既輕且柔，粉嫩得好像剛孵出的鴨黃，從車簾的縫隙灑落。

下一刻，她驚坐而起，還未看清眼前景象，雪魄已抄至手中。

兩道呼吸間，寒光急掠而出。幸好葉超反應夠快，胸口才沒被捅出個透明窟窿。但他閃躲時，一個不留神，腦袋撞上了車廂的板壁，疼得倒抽涼氣。

「喂！……妳睡昏頭啦？」他呲牙咧嘴地質問。

鈴聞言一怔。她還沒從夢魘中完全清醒過來，心臟如小鹿亂撞，腦子卻像坨米粥。

但比起這個，更令她震驚的是……自己居然一不小心睡著了！她外出旅行時向來警醒，可從未發生過這種事！

隔壁的葉超哪知道她在想什麼，只用一種看神經病的眼神盯著她。

「妳這個惡習，須得改改，否則遲早鬧出人命！」他認真道。說完，突然傾過身，直接把雪魄從她指間抽走。「這我替妳保管，妳回去睡吧。」

「你……！」

對方這一抽施了巧勁，鈴毫無防備，雪魄居然被他夾奪了過去。

這下可好了——從來沒人敢這麼大剌剌地取走她的刀！

鈴惡狠狠地瞪著葉超，眼中半是惱怒，半是詫異，可憋了半晌，最後只是低哼一聲，撇過臉去。

葉超見她耍起小性子，也僅僅是嘴角一提。

「沒事別折騰了。」他告訴她，「京城馬上就要到了。」說完，坐回位上，將目光投向窗外。

此刻，天空的顏色宛如淡掃蛾眉，看了能令人忘卻煩憂。兩人乘坐的馬車正朝著長安城西側的金光門直奔而去。

「你到底為何要跟來啊？」鈴翻過身去，忍不住又犯起嘀咕。

「這問題，妳這一路至少問了十遍……」葉超又是好笑又是無奈。「我翁師叔現在人在長安，年關剛過，我正好順路瞧瞧她去。」

「你之前不是說要到關外嗎？怎麼改變主意了？」

「沒了盤纏，怎麼去？」葉超反問。

被這冠冕堂皇的理由一懟，鈴倒也無話可說。

她回憶起夢中的情景——刺寒的湖水，深淵的妖怪，不禁又打了個哆嗦。

這麼多年過去了，往昔如煙，世事劇變，她還以為自己早已擺脫糾纏了。萬沒想到，隨著長安城越來越近，可怕的記憶竟又捲土重來……

隊伍後頭還跟著兩名隨從。其中一人聽見車裡傳來的騷動，上前關切道：「兩位還好嗎？」

「好個頭啦！」葉超心想。「我剛才可是差點連命都丟了……」

但他表面仍鎮定自若，笑答：「一切都好。這一路辛苦你們了，徐大哥。居然讓我們坐車，你們乘馬，這樣的安排實令在下難安。」

「葉兄弟哪裡的話！你們是阿郎*的貴客，這點禮數是應該的！」

說話的男子名叫徐暉，是李泌的一名隨從，曾在西北從過軍，體格相當結實，笑聲也特別爽朗。

在涼州時，李泌受了重傷，又在蝙蝠寨中被關了十多天，幸好內功基底深厚，這才保住性命，但一身修為大損，恐怕不是短時間內可以復原的。經過一番考慮，他決定回京休養，而當他得知鈴也打算往長安去時，便力邀她同行。

自從兩人在蝙蝠寨相遇，李泌便覺得自己看不透這個少女。尤其當他得知了對方的身分，又見識到她超凡的武藝後，心中更是越發忐忑。

＊阿郎：唐朝時家僕對男主人的稱呼。

他不知這樣的人物到了京城，對太子殿下而言究竟是福是禍。可轉念又想，若對方真欲前往，又豈是自己能夠攔阻的？還不如順坡下驢，將她牢牢看在眼皮底下，方為上策。

他的這點心思，鈴不是不知。但她接下來的行動也正好需要一個有力的靠山。

京城乃天子腳下，朝廷中樞，不比江湖。若想接近御電使崔潭光，打探他和鳴蛇幫的陰謀詭計，就必須依靠李泌和太子黨的幫助。如此一來，雙方正好相互結伴，各取所需。

離開昌門前，俞芊芊一改平時囂張跋扈的姿態，熱情地與鈴執手話別。

原來，自從鈴將李宛在從蝙蝠寨中救出來後，俞芊芊對她的態度便發生了一百八十度的轉變，稱呼更是從妖女長、妖女短改成了姊姊長、姊姊短。鈴聽得懵了，都不好意思指出，自己的年紀其實沒有比較大。倒是李宛在那個機靈鬼，大約害怕又被她訓斥，躲得不見人影。

鈴望著俞芊芊明豔的笑容，再看看她那張動個不停的櫻桃小嘴，到了唇邊的話突然又說出不來了。

葉超向來不是好事之人，也不準備蹚這灘渾水，只在鈴耳邊嘀咕：「感情這種事，本就不是旁人能置喙的，妳還是省省心吧。」

鈴被他說得心裡「咯噔」一下，索性改問：「妳們今後有何打算？」

俞芊芊是個直腸子，愛即愛、恨即恨。經過此番曲折，她已將鈴視為肝膽相照的朋友，言語間更無絲毫隱瞞。

「涼州城內有我靈淵閣的駐點，我得先將大師兄的事知會諸位師叔伯，也好讓他們提防鳴蛇幫和司天台。宛在……李公子也會隨我一同去。」

她說到這，眨巴著眼睛，笑顏逐開。

「鈴姊姊，哦……還有葉大哥，你們此去京城，還得多多小心，可別再讓奸徒有機可乘！不過話說回來，你們那麼厲害，自然誰也不必怕。從今往後，青山不改，綠水長流，咱們江湖再見！」

就這樣，載著李泌、鈴和葉超的小隊人馬趁著日頭冉冉初上，離開了寂靜的荒漠小鎮，朝著東方的長安駛去。

這一路上，初春乍到，正是雪盡馬蹄輕。鈴望著窗外閃過的風景，心想：也不知俞芊芊和李宛在兩人之間的誤會能否順利解開。不過心思一拐，隨即轉念——自古人生禍福相倚，別說她倆，今後，誰會和誰走到一起，又有誰能知曉？

葉超生性隨和，又很會跟人攀扯閒聊，沒多久便跟李泌的幾個手下混熟了，大夥兒甚至稱兄道弟起來。

反觀鈴這廂，每天不是磨刀就是打坐，很少主動跟人說話，大家對她的態度都很恭謹，甚至有些敬而遠之的意味。葉超看不下去，幾次三番拉她加入眾人聊天的行列，時間久了，其他人才逐漸發現，原來她並非像表面看上去那般難以親近。

某晚，一行人在林間紮營，李泌尋了個僻靜的地方打坐，其餘眾人則聚在篝火邊聊天。在場諸人除了鈴之外，都喝了點酒，夜風襲來，不禁有些暈陶陶。

葉超心血來潮，問起徐暉當初投靠李泌的經過。對方說自己二十歲從軍，鎮守隴右多年，卻在大唐和突騎施的戰役中不幸遭俘，以奴隸的身分被賣到庭州，幸得李泌出手相救，這才重獲自由。

講到酣暢處，他舉起酒碗，大聲道：「阿郎乃錚錚君子、鐵骨丈夫，我徐某誓死追隨，就算前方是刀山火海也絕不多眨半眼！」

其他人聞言，紛紛附和，還加油添醋，說李泌心志高潔，乃濁濁亂世中的一股清流，直把對方捧得跟神仙一樣。鈴想到李泌那副病殃殃，呆板無趣的樣子，甚是不以為然。但同時，她也看得出，圍繞在李泌身邊的確實都是重義輕利的好漢。與這種人相處，即使無法相互理解，卻也不至於不愉快。

他們白天趕路，到了晚上，則睡在臨時搭建的帳篷裡。

某天夜裡，葉超和鈴說起自己從前在茅山生活的往事。二人並肩坐在草地上，晚風徐徐地吹著，遠處起伏的山巒被陰暗湧動的雲霧包裹，唯有漫天星斗垂落大地，將這個瞬間永恆延伸。

「小時候的我輕功很差勁，常常被譚師兄他們追得滿山跑，若跑不掉就等著挨揍。」

「可他們為何要針對你？」

「因為我跟他們不一樣吧。」葉超聳肩：「我不嚮往成為除妖師，還很排斥習武，因為將我帶到茅山的大師兄就是死在當年的門派內鬥中。從那時起，我就非常討厭刀啊劍的。」

「但他們打你，你難道都不反抗？」鈴皺眉。

「當然會想啊。但以暴制暴，豈不等於間接屈服於他們那種暴力了嗎？」

鈴沉默，葉超又接著說：「小孩子單純，所以做出的壞事往往比大人更加殘忍。有時候實在受不了，我就跑去師父那兒避風頭。」

「你師父會替你教訓那些傢伙？」

葉超搖頭：「不會，但他告訴我，與其因為害怕孤立而將自己變得跟他人一樣，不如逃到一個沒人的地方；逃跑並不可恥。另外，每次我帶著一身傷去找他，他總是會做很好吃的點心給我吃，也算是種安慰吧。」

鈴試著想像韓君夜下廚的模樣，但立刻就放棄了。她嘆了口氣，抬頭望向夜空，心想：

「果然，別人的師父總是不讓人失望。」

「教你讀書寫字的，也是邱道長嗎？」

「是啊。」葉超的表情滿是懷念，「我從前見血就暈，每次練劍都逃得遠遠的，師父也拿我沒轍。最後，乾脆將《戰國策》擱我桌上，因為他曉得，這麼一來，我就會乖乖回家。」

「你是野貓嗎？」鈴忍不住調侃，心念一轉又問：「那後來呢？你為何又重新開始練劍了？」

「我……」葉超猶豫了。他不知該如何跟對方解釋，當年天月論劍上發生的事對他的心靈帶來了多大的衝擊。

他永遠也忘不了，鈴推開龍池洞窟的石門，從中走出來的那個畫面。雖說當時她衣服上沾滿了血，他卻覺得對方全身都在閃閃發光，就跟兩人初次見面的時候一樣。

那夜，他乘船去湖上賞月，沒想到小船一抵達湖心就險些翻覆了。抓著槳的少女宛如天上墜落的流星，就這樣突如其來地闖入他的視野。

她明明不是天道弟子，卻似乎比誰都更在乎茅山眾人的安危，甚至敢與趙拓正面衝突，令他感到不可思議。

更重要的是，她的出現令他目睹了趙拓凡人的一面。龍池石窟開啟的剎那，趙拓那忌憚中帶著驚恐的表情，被葉超盡收眼底。直到那一刻他才發現，原來那個男人也是會恐懼、會流血的。

這麼多年，大師兄的死一直籠罩在葉超心頭，就像一塊巨石，拉著他不斷沉向水底。儘管表面閒灑自在，可每當回憶湧現，他還是會緊張到喘不過氣來——鈴卻憑一己之力將惡夢的根源斬斷了。

若趙拓不過是血肉之軀的凡人，那麼同樣身為凡人的他，這些年的抗拒與逃避又是為了什麼？當葉超開始思考這問題的答案，他握著劍的手終於不再顫抖。

他覺得曾經的自己就像一個被強光奪去視力的人，既看不到也動不了。直到另一束光的出現，他才驟然醒悟，這世上除了一片刺眼的白，原來還有無數絢爛迷人的色彩。

但他不知如何傾訴這種特殊的感受，到最後也只能用「或許就是時間到了」一句話含糊帶過。

鈴見他伸手去揉眉心，像是想要努力擺脫某種東西。雖聽得出對方是在敷衍自己，卻沒有繼續追問。

隨著一陣睏意襲來，她在草地上翻了個身，直接閉上了眼睛。

銀河宛如一匹綢帶在夜空中閃爍。

葉超靜靜望著身旁睡著的少女，聽著她悠長起伏的呼吸，感覺就連時光都靜止了。

說也奇怪，他平時明明是個作息相當規律的人，可這一路上，卻不知不覺養成了熬夜的習慣。甚至，過去幾天晚上，兩人湊在一塊聊天，都是鈴率先睡著，而葉超卻一路清醒到天明。

幾日後，一行人度過華陰，登上龍首原，向南望去，長安城已近在眼前。

李泌如今辭去了朝職，算是個富貴閒人。他的府邸位於親仁坊，和東市之間只隔了兩座里坊的距離。馬車自金光門駛入，經過皇城和朱雀大街，一路上坊肆林立，樓閣參差，處處彰顯出這座大唐帝都的壯麗和奢靡。

李泌的家裡幾天前便收到驛信通知主人即將歸來，早已將宅院各處打掃得纖塵不染，等幾人一到，立即引入花廳，張羅宴席。

然而，李泌為人低調又沒有家室，因此，雖說是接風宴，席間也只有他和鈴、葉超三人而已。

「貧道起居向來粗陋，門庭冷落罕有客至，若有招待不周之處，還望二位海涵。」

聽主人這麼說，鈴和葉超便也客氣了兩句，可當看見各式素菜如流水般送到面前時，鈴的眼珠子都快掉出眶了，心想：「這也能說是粗陋？」

另外，三人才剛動筷不久，便有僮僕來報，說是外頭有人求見。

李泌似乎早知這位不速之客的身分，也不抬頭，只是淡淡地回了句：「知道了，讓他進來吧。」

須臾，偏廳走入一名相貌鄙陋，身穿羊皮夾襖的矮小男人。嗓音細滑滑的，手執拂塵，身後還領著兩名捧著漆盒的崑崙奴*。

「靜忠參見李真人，祝賀真人新歲吉祥。」

「免禮。太子殿下有何吩咐，你儘管說就是。」

李泌對太子李亨的忠誠那是人盡皆知，但他似乎很不喜歡眼前這位賊眉鼠眼的宦官。

靜忠**話被打岔，連眼皮也沒眨，依舊笑得十分得體。

「殿下得知真人回京，不勝欣喜，特遣咱家送來新羅進貢的東海人參，用來滋補身子再好不過，還請真人笑納。」

「你回去和殿下說，貧道今晚正在招待貴客，明日必會親自入宮拜謝。」

靜忠朝鈴和葉超瞥去，眼角微微挑起，似乎在說：「這算哪門子的貴客？」但下一刻，立即識趣地接口：「真人說得是，您長途跋涉也勞累了，還是早些歇息吧，咱家就不打擾了，

* 崑崙奴：唐朝人對於皮膚黝黑的異族奴隸的稱呼。
** 靜忠：李輔國本名李靜忠，原為唐肅宗內侍，後權傾朝野，獲封博陸郡王。

這便告辭。」

李泌再不待見靜忠，也不可能拒絕太子的好意。他朝身邊的管家遞去一個眼色：「收著，好生送公公出去，別耽誤了時辰。」

靜忠離開後不久，街上傳來隆隆的鼓聲，在暮色中此起彼伏，一聲催著一聲，迴盪不絕。

鈴和葉超都是頭一回進京，聽了李泌的解釋才知道，長安施行夜禁制度，方才聽見的正是所謂的「淨街鼓」。八百聲過後，坊門關閉。從這時開始，直到隔天五更，行人禁止上街走動，違者稱之為「犯夜」，會被巡邏的金吾衛當場拘禁，甚至還可能被毒打一頓。

李泌望著窗外的皎皎月色，問道：「不知二位小友接下來有何計劃？」

「我有位師叔正在京中小住，我打算先去看望她。」葉超道。

李泌點頭：「是該如此。」接著，又將目光轉到鈴身上。在膏油燈的光輝下，他的眼神逐漸凝成一道厲芒，熊熊如炎。

「姑娘此番前來既是為了打聽司天台的消息，想必心中已有盤算。明日一早，貧道要去向太子殿下請安，不如妳稍作準備，隨我進宮。」

貳

直到隔天，鈴才知道對方所謂的「準備」指的是什麼。

李泌府中有名叫雲娘的小婢，從鈴踏進門的那一刻起便一直跟在她身邊服侍，既周到又妥貼。

這日清晨，東方剛白，雲娘便抱了一大疊衣服來到鈴的屋子裡，除了羅裙披帛外，還有累絲珠釵、點翠簪子，雖不是什麼名貴的綾羅綢緞，但已經比鈴這輩子穿過的任何服飾都來得貴重了。如此大費周章，害得她差點以為自己這趟進宮不是去刺探情報，而是去選秀女了。

雲娘見鈴一臉不自在，笑道：「娘子此次入宮，是扮成阿郎的侍女。如若灰頭土臉的去覲見太子殿下，那該招人笑話了。」說著，拿起案頭的梳篦，將鈴烏黑的長髮小心翼翼地攏起，綰成一道分髻髻，只留下兩綹蟬鬢垂掛在側。「娘子皮膚白皙，頭上加戴點珠翠，也能襯得氣色好一些。」

她舉起桌上的銅鏡：「妳自己瞧，這樣好看不？」

鈴沒心思和小丫頭爭辯，便由著對方裝扮自己，直到接近巳時，她走出偏院來到前堂，暴露在眾人的目光下，她才開始感到有些忸怩。

她下意識地四處張望，搜尋葉超的身影，但隨即想起，對方一早便出發去了城西的崇賢坊拜訪翁芷儀，至少也要等到午後才會回來。

正月裡，天氣雖晴，風卻還是刺涼的。她在李泌身後上了車，由一名姓張的蒼頭負責駕馬，一行人出了坊門，直奔宮城大內而去。

望著一排排重疊捲翹的飛檐掠過眼前，鈴眸光微閃，有瞬間的屏息。

對面的李泌端詳她的表情，問：「妳想回頭了？」

鈴唇角微彎：「道長這條路一走就是十多年，可曾想過要回頭？」

「當然有。」李泌鄭重道。「但等一切落幕後，天下百姓沒人會記得我想要什麼。他們只會記得我曾經為大唐做了什麼。」

「所以這一切的努力，都是為了名垂青史？」

「為了扶保一位有德性的儲君登基，我做什麼都願意。」

二人談話之際，車子已來到了永春門外，再往前走，便是太子所居的東宮了。

但正當馬車緩緩駛停時，鈴卻突然有股不祥的感覺。

她分出目光向外瞥去，只見麗正殿前站著兩排內侍，院中寒梅正在怒放，碎花鋪滿了腳下的玉階。

李泌和李亨少年時便相結為友，感情遠比一般君臣來得親厚。一見面，李泌還未行完大禮，太子便上前熱情地執起他的手，而當兩人進入偏殿敘話時，鈴就侍立在門口那架牡丹沉香落地屏風的後面。

透過兩人的對話，她得知了李泌離京的這半年裡，朝中風氣一片糜爛，內有楊國忠職掌大權，外有番將擁兵自重，再加上水旱災情不斷，隨時可能爆發民亂。現今的大唐，表面看似繁花似錦，實際上卻處於風雨飄搖當中。

可眼下，鈴更在意的是另一件事。方才在來東宮的路上，她便察覺有人躲在暗處鬼鬼祟祟地窺伺。

李泌昨晚才回到京城，今早便匆匆入宮，照理說，消息應該還沒傳開才是，怎麼會有人跟蹤呢？

心念一轉，她趁著宮娥將茶水端進內堂的空隙，躡步穿過中庭，拐到假山後方。穿過山腹，來到一片花園。此處四下無人，鈴縱上樹梢，一下子就發現了剛剛那名行跡可疑的男子。

他此刻就站在偏殿南牆的外頭，雖然打扮像個尋常的宮人，反應卻異常機警，一聽到上方傳來樹枝的細響，立即抬頭。而當他看見鈴時，沒有高喊來人，反而轉身閃入一扇角門。

鈴落地後，本打算追上去，然而，就在此時，身後卻傳來一道甜糯糯的嗓音。

「姊姊，妳好漂亮啊。我怎麼從前都沒見過妳？」

一轉頭，赫然發現，身後的水池邊居然站著一個六、七歲左右的小女娃！

小丫頭水汪汪的大眼睛好似兩丸黑水銀，直勾勾朝她瞅來，似乎半點也不怕生。她上身穿著一襲粉色翻領織花棉襖，下面則是羅裙配上羊皮小靴，髮梢還繫著亮晃晃的明珠，打扮得跟個小大人似的。只是，這樣的千金小姐，怎麼會一個人出現在這？此念方生，便聽見轉角另一頭傳來女子的呼喊：「四娘！等等，別跑那麼快！」

鈴暗罵了聲糟——再這麼耽擱下去，敵人就要跑了！眼看四娘已經來到面前，正一臉好奇地拉她的衣角，她索性一把將對方抱起，展開輕功，竄上長殿的屋脊。本以為孩子會大哭大鬧，可沒想到，四娘的表情又驚又喜，飛起時還不忘誇一句：「哇！姊姊妳好厲害！」

「妳別作聲，姊姊帶妳去瞧更好玩的。」

挾著四娘奔出少頃，只見方才那名可疑的內侍穿過跨院，又沿著外廊繞出一陣，接著從樓角躍下，消失在下方的松柏林中。

此處巨木森森，磚道兩側的石燈籠散發出古樸的氣息。鈴追至路的盡頭，卻見對方直接鑽進一輛黑色油篷的馬車中。她揚手打出一排黑羽鏢，全釘在了車廂上，那馬車卻沒有絲毫減速，夾著沙塵，徑直從南面的宮門揚長而出。

鈴身邊還帶著一個小女娃，不可能就這樣闖出宮，只能眼睜睜看著馬車消失在街角。

此後，她在原地佇立良久，還是四娘出聲才將她喚過神來。

「姊姊，妳很難過嗎？」

鈴心想：「這丫頭既機伶又貼心，實在招人喜歡。」

她伸手在對方的嫩臉上輕擰了一把，笑道：「遊戲還沒結束，有什麼好難過的？」

四娘聽了，拍手咯咯笑起來：「這遊戲我也知道！每次我藏起來，姑姑嬤嬤她們便找不著我了！」

「好啦。」鈴告訴她。「咱們今日玩夠了，再不回去，妳爺娘可要找我麻煩了。」

可沒想到，話說完，四娘卻忽然撲上來，抱住她的腿不放。

「阿爺不在，阿娘也好久沒有離開佛堂了。我就喜歡妳這樣陪著我。這裡風景好，妳再陪我待一會兒，好不好？」

這孩子生得實在太可愛了，鈴的心都快化了。

「好吧。」她嘆口氣。「但妳回去可不許跟別人提起。」

等鈴將四娘送回麗正殿時，宮女內侍們已經急成一團，就連李亨都出來找人了。

四娘一見到太子，直接從背後撲上去，叫道：「阿翁*！我在這兒呢！」

大人們連忙圍上前，七嘴八舌地質問四娘剛剛到底跑哪去了，小丫頭卻謹記鈴交代她的話，眼珠子一轉，說道：「我玩捉迷藏呢！」

而此刻，鈴早已趁著混亂溜出東宮，來到了大街上。

雖沒能逮住那名逃跑的內侍，但她卻認出了幫助他逃跑的人——那駕車的車夫名叫王縱，乃是鳴蛇幫申龍堂的弟子，也是鄭瑜卿的心腹。餐霞樓設宴那日，他也位列席間，她記得特別清楚。

出了宮城後，她四處亂踅，卻始終沒有發現王縱和他同黨的蹤跡。

長安就像一幅氣象萬千的畫卷，彷彿永遠也看不過來。可王縱的出現卻勾起了她的回憶，令她不由得再次想起當年和凌斐青相識的經過，心裡總覺得空蕩蕩的。

幾個時辰過去，她發現自己竟在不知不覺中晃到了崇賢坊外。

此時已過晌午，葉超一走出坊門，兩人便在大街上碰見了。

鈴一看見對方的表情，便知道事情不對，脫口問道：「怎麼了？」殊不知，葉超也正

---

* 阿翁：唐朝人對祖父的稱呼。

想問她同樣的問題。兩人的話撞在一起，氣氛瞬間尷尬。

下一刻，鈴連忙轉移視線，和對方說起剛才在宮中被人跟蹤，繼而碰見四娘和王縱的事。

當然，當年在錦絲鎮所發生的一切，葉超一概不知，因此聽完後，也只能得出最表層的結論。

「這麼看來，嗚蛇幫果然和朝中勢力脫不了關係。道長回京的消息，他們也早就知道了……」

他本還想繼續琢磨，卻被鈴給打斷了。

「該輪到你說了。」

葉超先是一愣，接著低下頭，眉心微微揪起。

「是這樣的……翁師叔說，我師父他三個月前突然離開茅山，之後便音訊全無，誰也不曉得他去了何處。」說到這裡，眉宇間掃過一縷罕見的陰霾。「這樣不辭而別，太不像他的作派了……」

鈴沉默了少頃，突然拉起對方的衣袖，說道：「書呆子，我帶你去個地方。」

「喂，這是要去哪啊？」

「別廢話，跟我來就對了。」鈴說完，便拖著葉超來到西市。這一帶的店鋪專售南北雜貨，還有不少旗亭酒肆，空氣裡滿是胡餅、饆饠、油炸梔子花的香味，果真和傳聞中的一模一樣。

「閉上眼。」鈴對葉超說。「待在這裡別動。」

即使聰明如葉超，也猜不到她此刻葫蘆裡賣的是什麼藥，可就算心中堆滿困惑，他還是照做了。

鈴確認對方沒有偷看後，這才轉身走開。當她再次轉回來時，發現葉超仍然跟個傻貨一樣杵在原地，不禁笑了出來。

「好啦，不逗你了，可以張開了。」

葉超還沒睜眼，首先聞到一股熱騰騰的香氣。他見鈴捧著一個碗公大小的包子站在自己面前，立刻就明白了是怎麼回事。

原來，當年在天道門，兩人初次相見時，他就和對方提過，天道門的師兄弟都不喜歡自己，寧願把食物拿去餵狗也不願意分他，也只有被妖怪附身而性情大變的譚師兄才會主動把包子讓給他。

可同樣是包子，眼下這顆的滋味卻不知勝過天道門的伙食多少倍。葉超吃著吃著，心裡不禁有些得意。

「那麼久以前的事，妳居然還記得……」

「僅此一回，別養成習慣啊。」鈴提醒他。

她也不曉得自己今日是怎麼了，竟做出如此幼稚的事來。難得明快的笑意，再加上雲娘給她挑的這身裝扮，走在長安街頭，很容易就讓人誤以為是個平凡的閨閣少女。

除此之外，她手裡還拎著一個油紙包，裡頭的松子糖散發著桂花的香氣，甜得人牙疼。葉超吃了幾把，覺得津津有味，還想伸手去拿，卻被鈴側身躲開了。

「沒了。」她宣布。

「再一塊就好！」

「我說沒了就沒了。」

「……」

逛完了市集，肚子也填飽了。眼見天色逐漸向晚，兩人遂往親仁坊的方向折返。這一刻，眼中的風景盡是風平浪靜。

葉超問鈴：「妳想什麼呢？」她回答：「想梅梅。」

葉超歪頭想了一下：「是妳曾跟我提過的梅花妖？」

「是啊，可惜她沒跟來，否則定會愛上這個地方的。」鈴指著周圍的攤販。「還有瀧兒那個鄉巴佬，他肯定會嚇一大跳！」

「瀧兒又是誰？」

「我徒弟。」鈴驕傲地答道。

葉超樂了，追問：「妳徒弟也和妳一樣，喜歡在睡覺時拿刀刺人嗎？」

「才不一樣呢！」鈴轉頭瞪他一眼：「那傢伙的脾氣比誰都急躁，任性又死腦筋，明明只是個小孩子，卻總是在逞強……」她的表情既複雜又無奈，滔滔不絕地講了一堆，最後才幽幽補了句：「不過，相處久了，你會發現，那小子其實很可靠的。」

她突然停下，一抬頭，正好望見一排大雁飛過天空。

「記得小的時候，我曾掉進一條暗河，在水裡漂了好久好久，即使大聲呼救，也沒人來救我。後來我才明白，原來岸上那些人都恨不得我死了……若不是遇見梅梅、瀧兒他們，或許我就真沉下去了。所以，與其說是我在幫他們，不如說是他們救了我。是他們拉了我一把，讓我意識到，這世界並沒有乍看上去那麼糟糕。」

在大多數的長安百姓眼裡，這不過是另一個尋常的日子。他們依然吃著相同的食物，做著相同的勞作。可是對鈴而言，這個寧靜的西市下午，在她的記憶中，卻有著截然不同的色彩，宛如一枚閃閃發亮的琥珀。

只可惜，這份平靜卻未能持續多久。

兩人回到親仁坊時，李泌已經在前廳候著了。他見到鈴，臉色一沉，劈頭便道：「今日在東宮看見的那名女娃，妳可知她是誰？她可是太子的親孫女！我不知道妳帶走她是何居心，但若被人發現了，後果絕非妳我所能承擔的！皇宮不是江湖，容不得妳為所欲為！」

鈴第一次見到對方如此大動肝火，不禁微怔。但她也絕不會站在那任人指摘。

「我有何居心？」她冷笑。「你可知道，自己一早出門就被人跟蹤了？你若看不慣我為所欲為，那就去給自己雇個新的護衛！」

李泌連眉毛都豎起來了。但他畢竟是個斯文人，不可能真的在自己府裡和一個小姑娘掐起來。

他深吸口氣，腮邊的肌肉抽動了幾下，再次開口時，語氣已經略有和緩。

「妳是我的客人。我尊重妳，但妳也必須明白，在這京畿之地，天子腳下，只要有一點行差踏錯，轉眼便會萬劫不復！有些界線，永遠不能觸碰！」

鈴沒有回答。她心裡其實清楚得很——李泌今日邀她入宮，實際上是為了看緊她，不料竟會適得其反。

但對方的怒火卻也使她徹底清醒了過來——自己此行可不是來遊玩的。

隨著現實的冷水當頭澆下，方才愉快的氣氛也跟著煙消雲散。鈴突然感覺周遭的一切全都礙眼極了，一心只想將這身可笑的裙子褪下，換回自己的衣裳。

「就算道長志向高遠，還是該先停下來想想，鳴蛇幫對您的一切行蹤瞭若指掌，究竟是甚麼緣故。」她撂下這句話，轉身回屋。

參

李泌並非聽不進鈴的建議。他自回京後便一直小心提防著，就怕再次中了敵人暗算。可在這偌大的京師當中，要揪出嗚蛇幫的眼線確非易事。

這些人多是販夫屠狗之流，雖然武功不高，但善於藏匿。接下來的幾天，李泌的手下雖發現了蛛絲馬跡，但總是還沒來得及交手，便讓對方給逃脫了。幾次三番下來，葉超終於看不下去了。

「你難道不懷疑自己身邊有內鬼？」他問李泌。

「他們全都是我親力提拔的，絕無背叛的可能。」李泌斬釘截鐵。

「道長以德服人，著實令人佩服。」葉超苦笑。「只可惜，並不是每個人都和您一樣霽月光風。」

李泌臉色略沉：「少俠有話不妨直說。」

「這樣吧。」葉超笑笑。「您著人備匹快馬，說自己今晚戌時要獨自進宮去見太子殿下。」

「戌時？」李泌眉心皺起。「暮鼓過後，長安一百零八道街坊悉數關閉，沒有夜行公函，若被巡街的武候扣下，恐怕就連殿下也會因此受到牽連。」

「正是此理。」葉超道。「越香的餌，就越能釣魚上鉤。若府中真有內鬼，必定會在指定的時辰前，想辦法將消息傳遞出去。我們什麼也不必做，守株待兔即可。」

李泌這才明白葉超此計的用意。

果然，在他把話傳下去後，不到半個時辰，就見府中一名男子鬼鬼祟祟地從角門溜出去。鈴和葉超尾隨其後，發現對方正是前幾日送李泌入宮的那位張蒼頭。兩人找到了他和嗚蛇幫接頭的證據，回頭立刻通知了李泌。

得知真相的當下，李泌面如寒鐵，在書房中踱步，一雙寬袖甩得呼呼生風。

「不可能……這位張師傅跟了我已經有兩年了！」

「那過去這段期間，你的一舉一動很可能都被監看著。」鈴直截了當地告訴他。

「不行。」李泌咬牙出聲。「此事干係重大，我得親自問問他！」說完抬腳就往門口走去。

葉超趕緊攔住他：「道長別急。我們既然知道了真相，又何必打草驚蛇呢？這個內鬼好用的地方多得去呢。」

葉超所謂的「好用」，說穿了就是順藤摸瓜。

這位張蒼頭正是嗚蛇幫中龍堂的弟子。接下來的幾天，他們又借他之手向外假傳了兩次消息，終於透過攔截密函的方式，追查到了王縱的下落。

距離青龍寺不遠的地方，有間隱蔽的店鋪。看上去空空蕩蕩的，但穿過天井後，即會發現主廳的門上掛著一道不起眼的匾額，上頭以飄逸的字體寫著「浮生茶樓」四個字，簡單的陳設佐著淡泊的茶香，給人一種鬧中取靜的感覺。

這日，鈴扮成男裝，和葉超一同上門。走到臺階頂時，一名黑色幞頭的夥計上前招呼他們。

「二位客官，小生這廂有禮了，敢問：『若夢非夢，浮生何如？』」

鈴察覺對方站的位置很巧，口中雖說著歡迎，卻愣是不讓他們跨進門。

她正想著該如何應對，下一刻，卻聽葉超順口答道：「浮生若夢，若夢非夢，浮生何如？如夢之夢。*」

夥計聽了這四句繞口令似的話，當即轉身，帶領二人進屋。

坐定後，鈴好奇問：「這裡的切口，你怎會知道？」

---

*「浮生若夢，若夢非夢，浮生何如？如夢之夢。」：出自《莊子》。

「小的時候在書上念過。」葉超說著，微微一笑。「這種雞零狗碎的東西，妳大約不感興趣。」

「裡頭寫的什麼意思？」

「就是人生就好像做了一場大夢，就算不是夢，也得當它是一場夢那才好。」

鈴心想：「這不是存心叫人活得稀裡糊塗嗎？」嘴角輕撇，白了葉超一眼。「這樣的胡說八道你也信……」

葉超早知她對這種想法不以為然，聽她出言辱罵聖賢，也只有苦笑。

兩人的位置正在二樓角落，放眼望去，只見樓下坐的盡是些三教九流的人物。其中一名男子小頭凹眼，膚色微黑，絡腮鬍鬚，正是鈴前些天在東宮撞見的王縱，而他同桌右首坐著一名斯文俊逸的錦衣青年，正是鳴蛇幫幫主鄭瑜卿！

許久不見，鄭瑜卿仍是一身溫煦的書卷氣息，舉手投足間卻更顯自信了。

鈴看在眼裡，心口如有火燒。但她明白時機未到，硬是按下所有情緒，只顧著和葉超聊天，也不去多看對方一眼。而從鄭王二人所在的方向望過來，瞧不見她的臉，因此鈴也並未被認出。

挨到申牌時分，門簾一掀，進來一個灰髮高額的男子，身邊還攙著一名俊俏的小書僮。來人鼻樑高聳，薄唇滄桑，兩頰的皮膚微微鬆垮，雖說不過四十多歲年紀，渾身卻散發一股死氣沉沉的氣息。

他進門時連咳了兩聲，雖未置一詞，卻已引得周圍諸人紛紛行注目禮。

這顯然是場事先安排好的會面。只見鄭瑜卿站起身，嘴角抿出一道微笑。

「將軍大駕蒞臨，晚生未曾遠迎，還望恕罪。」

那人目光直視鄭瑜卿，緩緩道：「鄭幫主，你約我來此，不會只是為了擺弄這些虛詞吧？有何指教之處，還請直言。」

他身材頗高，嗓子卻細得很，令人無端發毛。

鄭瑜卿笑道：「將軍面前，豈敢提指教二字。請坐。」

二人寒暄時，葉超用手指蘸茶，在桌面上畫了幾筆。鈴低頭一看，只見是個「電」字，心想：「不錯。」她早聽說，御電使崔潭光雖然位高權重，卻是宦官賤奴出身。也正因如此，從前的御雷使張迅騎才不將他放在眼裡。因為他很清楚，李延年再寵信崔潭光，也絕不會將司天台監的位置傳給一個閹人。如今看來，傳聞確實不假。

她不動聲色地啜了口茶，繼續聽著底下二人的對話。

鄭瑜卿眼看奉承之言不管用，詞鋒一轉：「崔將軍可還記得和小弟之間的協議？自我接任幫主，便讓手下弟兄替您四處奔走，算起來，就算無功，也是苦勞不小。」

「作為回報，我讓你富可敵國。」崔潭光插口道。「事到如今，鄭幫主還有什麼不滿足的地方？」他放下茶碗，冷笑一聲。「幫主家中若是還缺什麼，無論是財寶，還是美人，崔某都能奉上。但若是想從我這兒取得『雪中鴻』的解藥，怕是要失望了。」

他的語氣很平靜，但目光卻像針尖一樣，刺得人坐立難安。

鄭瑜卿頓時臉色一變，而他身旁的王縱更是直接跳了起來，右手一揮，將崔潭光面前的茶碗掃落在地。

「臭閹人！咱們替你辦事，你卻給兄弟們灌什麼臭藥，這算是哪門子的狗屁道理！」

但崔潭光甚至懶得分出目光去看對方一眼。

「鳴蛇幫的諸位好漢，只要每月定期向我彙報消息，崔某敢擔保，諸位身體健旺，絕無閃失。」

「將軍這是不信任小生啊。」

鄭瑜卿這話明顯是在強忍怒氣，但即便聽了出來，崔潭光仍然無動於衷。

「崔某行事規矩向來如此，鄭幫主無需放在心上。」他徐徐道。「世上或有忠義之士，但再多的忠心，也不如恐懼二字來得牢靠。你以後漸漸就會明白了。」

這種暗藏輕視的話，鄭瑜卿從前聽多了，但自從他榮登幫主寶座，身邊眾人皆對他敬畏有加，日子久了，難免心生倨傲，時到今日，如何還聽得進去？

他語氣轉冷，說道：「將軍有將軍的門路，小生也有小生的辦法。但位高人越險，敢問將來若是事跡敗露，最該害怕的是誰？勾結藩鎮、刺殺朝臣這些誅九族的罪名，總不會是由我們這些江湖草寇來承擔吧？」

聽到這，崔潭光宛如乾屍般的面容終於有了起伏。只見他挑起唇角，眸色深深地朝鄭瑜卿望去：「小子，你好像沒有搞清楚狀況啊……」

「將軍慎言，可別忘了這裡是哪！」

鄭瑜卿這話說得擲地有聲，鄰桌的幾人聽見了，全部站起，有的拔刀，有的掏棍，陣仗少說也有二十多號人。鈴看在眼底，不由微微一震。但放在桌上的右手來不及抽回，就被葉超牢牢按住。他朝她使了個眼色，暗暗搖頭。

鈴眉心一擰，掙開對方的手。同時，樓下傳來崔潭光的低笑：「這就是你的保命符？」

鄭瑜卿沒說話，但看得出，他的信心已經開始動搖了。而就在此時，隔壁的王縱突然悶哼倒地，喉嚨處多出了一排血窟窿，死狀慘不可言。

緊接著，一條灰影倏地從眾人身邊竄過，搗胸、剜眼、打穴、撞肘、削頸，數招頻發，正是崔潭光身邊的那位小書僮。

他年紀雖輕，卻精於擒拿之術，雙手空空猶勝操持兵刃的敵人。連續幾條刀光閃過，都被他輕鬆避開了。他右拳勾出，將面前的對手打了個措手不及，跟著捉住他前臂，使勁一拗。那人手中匕首飛出，直接插進另一人的胸膛。小書僮反身蹬腳，左掌猛落，又將兩人擊飛出去。如此疾進疾退，不出片刻，已將鳴蛇幫眾人盡數撂倒。

鄭瑜卿這時才反應過來，自己犯了多大的錯誤。但事已至此，追悔莫及。

下一刻，崔潭光身子略傾，已捉住他的手掌向後扳去。鄭瑜卿的慘呼和骨頭斷裂的聲音同時響起，令人頭皮發麻。

「實話告訴你吧，我崔某這輩子最看不起的，就是你這種人了。你老子把打下來的江山交到你手裡，你就真把自己當土皇帝了？當真可笑……若沒人伺候，只怕你吃頓飯都要噎死！」崔潭光下手雖重，聲音卻輕，輕蔑道：「少年得志，難免猖狂一時，但記住了……直到最後還能屹立不倒，才算得上是真正的贏家。你還不配！」

鄭瑜卿一介儒生，筋骨羸弱，哪禁得起這般折騰？不過一會的時間，已痛得兩眼發黑，幾欲昏厥。只見他整個人匍匐在崔潭光腳邊，背脊一陣一陣地聳動，哪裡還有方才叫板時的半分氣勢？

「晚輩一時糊塗，言語冒犯了崔將軍，還請您饒恕我這回，就當是收了個奴才……從今以後，鳴蛇幫全體上下無不遵從將軍號令，替您賣命！」

崔潭光望著面前這隻被捅破的紙老虎，眸光一沉，斥道：「滾！」

他身旁的書僮拿起桌上的冷茶，往鄭瑜卿臉上潑去。鄭瑜卿渾身一凜，急忙爬起來，從後門奪路而逃。

他這一滾，茶樓裡有瞬間的靜默。

此處坐的皆是江湖人，人人都有眼睛和耳朵，但這時卻紛紛別開視線，連大氣也不敢出。

須臾，店後方走出幾名壯實的夥計，將地上的屍首拖了下去，又將砸爛的桌椅碎片清掃乾淨，重新替崔潭光看茶。

葉超遠遠瞧著，心都涼了半截。正想退走，回過神，卻發覺對面的位子空蕩蕩的，鈴早已不知去向。他心裡「喀噔」一下，暗叫了聲：「壞了！」

鄭瑜卿出了浮生茶樓，慌不擇路，險點撞上對街疾駛而過的一輛華蓋馬車。

他的右手掌骨被崔潭光扼碎了，痛極攻心。但他害怕對方追上來，腳下不敢稍歇，一口氣沿路直闖，沒多久便撞進一條死巷裡。

眼看著天空下起浠瀝瀝的冷雨，他無處可去，坐倒在牆邊，抱著折斷的右掌不停呻吟。

而就在此時，身後的巷子裡突然走出一條纖細的人影。

鈴望著眼前這個委靡的男人，心海掠過一陣寒風。

她曾經那麼恨他……恨不得將他碎屍萬段，挫骨揚灰。可此刻，看見對方如灘爛泥般癱在自己面前，她內心卻只剩作嘔的感覺。

雨依然下個不停。

倒在地上的鄭瑜卿聽見腳步聲，還以為是哪位忠心的手下追了過來，忙道：「快……快來扶我一把！」

然而，當鈴走到他面前時，他的表情瞬間由欣慰變成了驚恐：「妳……是妳！」

「承蒙鄭幫主惦記。」鈴怕對方看不清自己的臉，特地又向前一步，字字清晰道。「我還以為你害死的人不計其數，早就忘了我這個無名小卒了呢。」

鄭瑜卿還以為她是前來索命的冤魂，嚇得肝膽俱裂，拼命向牆角退縮。

「妳別、別過來……來人啊！」

鈴瞧見他這副窩囊樣，心想：這些年，他縱橫江湖，無往不利，沒想到一朝失勢，竟會淪落得如喪家之犬一般，當真可悲至極！

可惜，胸中那把仇恨的火焰，到底不是一點同情能夠澆滅的。

她伸手入袖，從懷中摸出一只精巧的金線匣。

想當初，她費盡了千辛萬苦，好不容易才從杜若手中取得這絕世毒蠱，但就連面對張迅騎這種可怕的對手，也依舊忍住了沒有使用，直到今日……而她也終於醒悟：此物之所以被稱作「一片冰心」，或許是因為，寸寸真情的背後，正是無盡冷毒的深淵！

她彈開匣蓋，將裡頭的東西倒到男人身上。

「說吧，你和崔潭光究竟在謀劃些什麼？」

鄭瑜卿毒蟲入體，全身苦癢難耐，彷彿有無數隻老鼠在上下咬竄，卻又動彈不得。一席話說完，出了身大汗，躺在地上苛苛喘氣。

鈴盯著男子慘白的面容，竭力克制著內心的波瀾，緩緩道：「我還有最後一個問題問你……這些年，你所犯下的罪行罄竹難書，就算殺了你，也是便宜了你。但若我今日放你一馬，給你一次重新做人的機會，你是否願意真心懺悔，痛改前非？」

「——願意！當然願意！」鄭瑜卿想也不想便叫道。「求妳了，要我做什麼都行！」

鈴沒有答話。她記得杜若曾這麼說過：「中此蠱者，言辭中若有半分虛假，立刻便會肝腸寸斷而死……」

果然，地上的鄭瑜卿話音剛落，四肢便開始抽搐痙攣。不僅如此，他還口鼻滲血，眼球暴出，兩頰肌肉歪斜扭曲，掙扎了整整一盞茶的時間才死去。而整個過程，鈴都沒有移開目光；她盯著對方四處亂撓的手指，自始至終面無表情。

此刻，天地間仍下著暴雨，清水和膿血逐漸交融，就連腥氣也被沖淡許多，唯有巨大的麻木和冷寂，一點一滴沁入心底。

肆

葉超前腳剛到便撞見這一幕，不禁狠狠愣住。

但鈴殺了人還不算完，又在牆根下刨了個坑，將不成人形的屍首給埋進去。看她那乾淨利落，一氣呵成的動作，實在不像是第一次幹這種事……

填好了土，她轉身迎上葉超的目光，眼角含了一點酸澀。

「你以為我不會殺他？」

「他當真那麼該死？」葉超反問，聲音發顫。

「你覺得他罪不致死，我卻認為他不配為人。」鈴淡淡道。話罷，就要往斜刺裡走，卻被葉超張手攔住。

「妳明知過了今日，他這個幫主便算是廢了……給他個教訓就是了，何必趕盡殺絕？」說著，眼底閃過一抹峻色。「妳這不叫除惡，叫洩私憤！」

此時的鈴情緒本就焦躁到了極致，聽對方這麼一說，終於忍不住爆發出來。

「對！你說的沒錯！」她揚起頭，狠聲道。「我就是恨，就是要親手弄死他！但這有什麼錯？難道我連這麼一點點的私心都不配擁有嗎？」

兩人目光相接，葉超覺得彷彿被人打了一拳。

自兩人相識以來，他從未見對方露出這般表情，不由愣住。而就在他怔忡的瞬間，鈴已推開他，頭也不回地擦肩而過。葉超糾結了半晌才追上去。

這一路走來，鈴心中究竟是什麼樣的滋味，連她自己也說不清。

雨越下越急，豆大的雨點敲在心坎上，有陣陣分明的痛楚。

來到曲江邊，目光所見皆是落花。可惜突如其來一場暴雨，就連原本最美好的春色，亦變得傷痕滿布、乏人問津。

她走進岸邊一座短亭，聽見身後傳來動靜，驀地轉身，將葉超推到牆上。

「夠了！你到底有什麼毛病，為何一直跟著我？」

葉超簡直氣結。「毛病是有，可是沒妳大！」他吼回去。「我說，哪有人給說上兩句就翻臉的？妳今年貴庚啊？」

鈴的手抖了一下，眼角閃過一絲紅光。葉超心中原本飄忽得很，瞅見對方這個模樣，反倒鎮定下來了。

「妳想揍我是不是？」他坦然道。「有本事就揍啊！揍到妳滿意為止！」

說實話，鈴本來是很想給他兩拳的，可被他這麼一說，忽然又下不去手了……下一刻，她眼圈一紅，將目光撇開。

「我本就是個狠辣的人，只不過你沒看清罷了。」

可沒想到，葉超聽了這話，只是不屑地一哼：「人非聖賢，若真要比較，誰又高得過誰？」

亭子四面透風，涼颼颼的。鈴望著外頭淒風苦雨的景色，驀地有種戳心的感覺。

她手一鬆，放開了葉超：「書呆子，我們絕交吧。」

「……」

「我是認真的。」鈴背過身去，不想讓對方看見自己的表情。「這裡發生的一切跟你扯不上半點干係，你明天就可以走，繼續雲遊四海，去找你師父，再把你那本莫名其妙的書寫完。」

葉超沉默了，少頃才又開口，問道：「那個鳴蛇幫幫主，死前到底和妳說了些什麼？」

鈴感覺心臟冷不防被人撓了一下。可事已至此，她深知再瞞下去也不是辦法，只得把鄭瑜卿招供的話如實說出來。

原來，這幾年，司天台仗著門徒能夠自由來往各州的特點，在回紇、吐蕃邊境走私絲帛、生絹，再將換來的馬匹出售給各地節度使，藉此牟取暴利。

這些行動全都由崔潭光一手掌控，然而，當涉及刺殺、武力脅迫等見不得光的事情時，他為了避免被人發覺，便雇用鳴蛇幫代替自己的手下去完成。後來，那些鳴蛇幫眾撞見李泌，以為被他發現了這個祕密，這才襲擊了他。

光是以上幾樁罪行，便足以震驚朝野了，然而，鈴最在意的卻是鄭瑜卿最後提到的那件事。

「你可聽說過『河神祭』？」她問葉超。

所謂的河神祭，指的乃是司天台十五年前所操持的祭典。過程中，除了有宰牛殺羊外，還將百名童男童女作為人牲，獻給河伯。

儀式當日，司天台的官員在渭河畔設壇作法，並在河中放入特殊的符水，將棲息在水底的妖怪全數引來。雖說那些都只是法力低微的魑魅魍魎，但匯聚在一起，頃刻間便將一群孩子連皮帶骨噬啃乾淨。岸上看熱鬧的群眾見到這一幕，紛紛嚇得拔腿而逃。事情傳開來後，便更加沒人敢抗拒司天台的淫威了。

這則故事在江湖上流傳已久，葉超又豈會不知？

他的眉心微微聳動了一下：「那是很多年前的事了，難不成和鳴蛇幫之間也有什麼關聯？」

「我指的不是過去，而是現在。」鈴低下頭，聲音發澀。「據鄭瑜卿所說，去年關中天災不斷，皇帝已決定在今年三月節時，再次舉辦河神祭，由崔潭光擔任主司，預計這兩日就會有旨意頒布下來。鳴蛇幫的誅仙堂專營人口買賣，這可是他們發財的大好機會，豈會白白放過？」

一股毛骨悚然的感覺沿著葉超的背脊蔓延開來。欲開口說話，卻在瞥見對方表情的瞬間噎住了。

鈴的眼神已不如方才那樣銳利了。她靜靜凝望著亭外的雨幕，眸色流轉間，反倒顯得有些黯淡。

「開元二十七年，黃河氾濫成災。司天台舉行河神祭，在受害的州縣中貼出公告：若將家裡未滿八歲的幼童獻予朝廷，便能獲得一筆豐厚的賞金。當時餓殍遍野，許多貧苦人家為求溫飽，不惜賣兒鬻女……」她說到這，頓了一頓。「我就是當時被親族賣到司天台的。」

十五年了。失去的時光既倉促又漫長，總令人難以想像。

除了師父之外，這些年來，鈴不曾向任何人提起這樁舊事，但深淵中那道可怕的聲音卻始終不肯放過她，每當夜裡閉上眼睛時，總會在腦際縈迴不去。

她捲起袖子，露出肩上紫斑交織的黃泉脈印。

「我不記得自己來自何處，甚至不記得父母的模樣，但我記得，當時水底特別冷、特別黑……還有，其他孩子的聲音，我都記得……」她深吸口氣。「我曾經想說服自己，那天發生的一切僅僅是場惡夢，但我辦不到！憑什麼身邊的人都死了，而我卻活了下來？你不覺得這樣的結果很不公平嗎？」

明明大半日沒吃東西了，葉超卻感覺胃中驀地一陣翻絞。

「昨日之失不可執，既然活著，就別想著白白送死！」他注視著鈴，語氣微微激動。「何況，河神祭是國家大事，全憑皇帝私心獨斷，又豈是妳我可以轉圜的？」

但鈴一早便猜到他會是這個反應了。她仰起下巴，澀然一笑：「你曾說過，自己從不做沒有把握的事，想必這次也不會例外吧？」

言下之意，便是要分道揚鑣了。葉超呆了半晌，啞聲道：「既知這麼做是飛蛾撲火，妳又何必要蹚這灘渾水？」

「成敗得失固然重要，但也不是最重要的。」鈴淡淡道。「你就當作什麼也沒看到，有多遠走多遠就是了。」

到了這個地步，她的語氣仍把控得極穩，但葉超的臉色卻已十分難看。

和鈴相比，他覺得自己既自私又窩囊，但即便如此，他仍然不願死心。

「妳……真的不能撒手不管？」他又問了一次。

「不能。」

這答覆徹底斷了葉超心中那一絲朦朧的希望。他感覺腦子嗡嗡作響，忍不住伸手入髮，狠狠一揪。

說實話，倘若此事發生在從前，他鐵定第一個開溜。可現在的他卻發現自己彷彿深陷泥淖，無論如何都無法抽身離去。

「可惡！」他不禁在心中狠狠低咒，「葉超啊葉超……你當真是愚不可及！」

伍

一晃眼，來到二月初二。

這日，天青澹澹，一輛由高大胡馬拉著的車子駛入崇義坊。才剛駛停，簾子後面鑽出一名桃紅襦裙的小姑娘。看她粉面生霞，髮髻鬆散的模樣，顯然是剛從外頭玩耍回來。她像頭興沖沖的小豹子一樣竄進府門，一名年長的丫鬟企圖攔住，卻被她靈巧地躲開，不由得急得跺腳：「哎呀，四娘！您這模樣……可別把公主殿下給驚著了！」

這小丫頭姓韋名鶯，人稱韋四娘*，正是太子李亨的孫女，永穆公主的掌上明珠。

永穆公主雖貴為皇親，一生卻幾經波折。她的丈夫，定安公主之子韋會，兩年前得罪了京兆尹王鉷，竟被抓入大獄，活活打死。當時朝中群臣畏懼王鉷的權勢，紛紛望風而倒，即使永穆貴為公主，也不敢替丈夫上殿鳴冤。

雖然事後不久，王鉷便被牽扯進其弟王銲的謀反案中，被皇帝賜了自盡，但永穆遭到

＊韋四娘：據史書記載，永穆公主之女韋氏性情溫良，後嫁予唐德宗，被冊封賢妃，並替父親韋會平反冤情。

巨大的打擊，從此一蹶不振。過去這兩年，她將自己關在家裡，成日與青燈古佛為伴，連兒女的面也很少見。李亨可憐小孫女年幼喪父，也不忍心管束她，倒讓韋鸞的日子過得比尋常金枝玉葉來得自由許多。

這天，她一大早便去了西明寺看百戲表演，回程時正巧碰上太子身邊服侍的靜忠公公。靜忠和她本就相熟，見面時，隨口提起這幾日，渭河畔的杜鵑和桃花開得極好，韋鸞聽了心中大喜，立刻下令讓車夫改道城外。

賞完花回家，已是申時。韋鸞不顧下人的阻攔，逕自朝母親所在的內室闖去。

屋內滿是檀香的氣味。只見永穆公主垂首端坐在佛前，手上盤了一串瑪瑙珠，美麗的臉龐看上去了無生氣，猶如一尊安靜而蒼白的瓷偶。

「阿娘！」韋鸞喚道。

她年紀尚幼，雖為父親之死而傷心，但渴望更多的卻是母親的關注。

今日她遊河時意外撿到了一個寶貝，這便興匆匆地拿回來給對方看。

「阿娘，妳快看看我給妳拿來了什麼！」

永穆公主抬起眼皮，見女兒笑眯眯望著自己，手裡捧著一尊長不盈尺的銀菩薩。

斜陽的光輝從門外射入，為塑像裹上一層金衣，菩薩的法相也被襯托得更加華貴莊嚴。

韋鸞本想著母親終日禮佛，定會喜歡這個禮物。可殊不知，對方一看見銀菩薩，神色卻忽然劇變。

下一刻，永穆公主跟著了魔似的，尖叫著將塑像掃開。銀菩薩摔在兩尺之外的地面，發出「咕咚」的沉響。

韋鶯驚恐得張大了眼：「阿娘？」

聽見叫喚，永穆公主總算回過神來。她張開雙臂，緊緊擁住女兒。

「四娘別怕……別怕啊。娘在這……」

「阿娘，妳是不是生我的氣了？」韋鶯縮在母親懷中，茫然而委屈。

「不、不是那樣的……」永穆垂淚悲聲。「妳告訴娘，那、那物件的底座上，是不是有太原縣公府的刻印？」

韋鶯先前未曾詳細注意，此時撿起銀菩薩，翻過來一看，不禁失聲叫起來：「是啊！您怎麼知道？」

永穆聽到這裡，雙目緊閉，纖弱的身子微微一晃。

兩旁的侍女連忙攙住，急道：「公主殿下，您振作一點！」

但永穆對她們的呼喊恍若未聞。須臾，她找回了力氣，撐起虛浮的身子，將韋鶯拖到佛堂西首的神主牌位前，命她跪下。

韋鶯從沒見過母親如此疾言厲色，內心不由得恐懼起來。但永穆只是抬起顫抖的手，摸了摸她的臉頰。

「四娘，乖孩子……此物關係著咱們韋家的清白榮辱，妳告訴阿娘，它是如何落到妳手裡的？列祖列宗在上，切不可有半字虛言！」

韋鶯是個聰明靈透的孩子。她聽了此話，明白母親必定是有重要的事交代自己，於是勉強定了定神，將稍早在渭河撿到銀菩薩的經過娓娓道來。

原來，為了準備即將到來的河神祭，自正月中始，司天台便在渭河沿岸大興土木，建造祭壇，甚至連來往渡河的船隻和行人都要接受嚴格的盤查。今早，韋鶯到河畔遊玩賞花，途中忽然見到兩名司天台門徒划船護送一名白衣男子經過。從船的方向判斷，他們大約才剛出城不久，但由於小船負載過重，行駛得十分緩慢。門徒態度急躁，奪過白衣男子的箱籠，就要將其沉入河裡，白衣男子大呼阻止，雙方遂爭執起來。最後，箱裡的銀菩薩被門徒向外一拋，落入岸邊的鳶尾叢中。

當時，韋鶯就站在花叢後，整個過程看得一清二楚，不由得好奇心大盛。但當她跑去撿起銀菩薩時，小舟早已消失在了河彎。

她口角伶俐，一幕一幕描述得十分詳盡，就連那白衣男子的身材樣貌也能形容個大概。永穆公主聽得出神，不時舉袖拭淚，說道：「原來是這樣！」

待女兒把話說完，她神色一整，道：「四娘，妳可知，今日妳在渭河見到的那名男子是何人？」

韋鶯茫然搖頭，卻見母親眼底掠過一絲寒鋒：「他就是你殺父仇人的兒子——王準！」

韋鶯聞言，不禁愕然。

父親遇害那年，她才六歲，許多事都還懵懵懂懂，對「殺父仇人」更是只有一點稀薄的印象。她只知母親為此受了天大的委屈，直到今日仍鬱憤難平。

永穆指著那尊銀菩薩道：「此物乃西域進貢的珍品，價值連城，翻遍整個大唐也只能找出兩件。陛下將其中一個賞給了貴妃的姊姊虢國夫人，另一個則賞給了逆犯王鉷，也就是從前的太原縣公、京兆尹。王鉷那老畜牲雖已伏誅，陛下也下令抄沒其家產，但其子王準至今仍逃匿在外，你父親所受的冤情也未公諸於世。韋家身為大唐宗室，卻遭人如此作賤，家破人亡……若不能洗雪屈辱，將來，我又有何面目去見會郎於九泉之下？」

她這番話雖是當著女兒的面所說，卻更像是在跟冥冥中的某人對話。

「天可憐見，等了這麼久，終於……」她抓住婢女的手，巍巍起身。「竹心，即刻備車，我要去見聖上！」

次日亦是晴天。陽光折射在興慶宮的龍池上，波光粼粼，雖然耀眼，卻無法帶給人一絲溫暖的感受。

去年秋天起，皇帝屢屢罷朝，將政務全交由宰相楊國忠主持。從那之後，整個南內就成了皇帝與貴妃縱情遊樂的場所。

但今早，皇帝卻罕見地召見了幾位朝中重臣。許多期待見到皇帝的官員聞訊也紛紛趕到勤政務本樓外等待。而朝會尚未散去，消息就傳開了——據說今日之事起因正是太子之女永穆公主。她昨夜帶著銀菩薩突闖皇宮，聲淚俱下地在祖父膝前哭訴，指責司天台濫用職權，暗中幫助當年謀反案幫兇王鉷之子出逃。

皇帝如今上了年紀，對「謀反」二字越發敏感，聽了公主的申訴，又見本該被抄沒的銀菩薩好端端地出現在眼前，立刻疑心大起，下令徹查此事。朝臣們為此議論紛紛。

在一片紺紫和緋紅交織而成的朝服海洋中，李泌的素色道袍顯得格外引人注目。他獨自佇立在沉香亭畔，望著水面上漂浮的落花，目光中有過盡千帆的平靜。

正當此時，後方傳來兩聲咳嗽。

「許久不見，真人丰姿不減當年啊。」

李泌不用回頭便知是崔潭光到了。

「不過隨便走走而已。」他停下來，手指著龍池邊一株木蘭樹。「都說宮中的辛夷花開得最好，不想一夜起風，竟零落至此，可見世事變化無常，過盛易衰。」

「萬物死生有命，不過是比誰較沉得住氣罷了。」崔潭光不鹹不淡道。「何況崔某出身微賤，早就見慣了這些。食君之祿、忠君之事，本就是我們這些做臣子的職責。」

「看來，我們對『忠君』的定義不太一樣啊。」李泌冷冷道。「同是為陛下效力之人，貧道且勸你一句。聖人向來愛憎分明，只要是他寵愛的臣子，就連金縷衣都可以賞，但他絕不允許，更不會原諒背叛！這就是天子的逆鱗！」

「受教了。」崔潭光嘴角微微一撇。「只是，真人好不容易歷劫歸來，與其去管別人的事，還不如在家裡好好躺著。畢竟，太子殿下的指望，可都在您一人身上了啊……」

崔潭光聽見李泌離去的腳步，卻沒有回頭。

他的目光飄向興慶宮的西北角——那是大明宮的方向。

想當初，陛下剛登基時，也曾和先皇一樣，在大明宮中聽政。而他身為一名普通的內侍，更曾在那巍峨宮牆內度過十多個漫長的寒暑。

雖說是侍奉，但其實那些年當中，他和皇帝見面的次數屈指可數，對方更不曾跟他說過半句話。

他原本以為自己會在深宮了無聲息地度過殘生，但那樣的日子卻在某年春天結束了。

原因說起來也可笑。只因為他在搬運花盆的過程中發出聲響，驚擾了妃嬪小睡，就被人拖出去痛打了三十板子。他甚至連是誰下令打的他都不知道，只知，這三十大板打完，他的背差不多就要廢了。

正當他要被扔出角門時，恰巧有名紫色朝服的官員經過。他趁機大聲呼救——這名官員正是李延年。

兩人就這樣在大明宮中意外相逢了。

當時的李延年剛接下司天台監一職，特地進宮謝恩。救下崔潭光後，他發現對方吃苦耐勞，便決定收他為徒。

一晃眼，這麼多年過去了，卑賤的花房小廝搖身一變，成為了權傾朝野的司天台御使，水漲船高的人生，可謂跌破眾人眼鏡。可對崔潭光而言，卻沒有任何值得驕傲之處。

在官場打滾數十年，他早看透了世態炎涼、人心卑劣。對他而言，除非羽化登仙，否則，這片紅塵中掙扎的芸芸眾生都是一樣的。他爭的，不過是比別人多一點作主的機會罷了。

可時至今日，有一件事始終未曾改變，那就是皇帝仍然不喜歡他。

別人可能看不出，但他自己卻清楚得很。無論自己眼下顯得多麼得寵，那都是因為師父的緣故。或許，在他們這個高高在上的陛下心目中，自己仍然是從前那個宮中罪奴吧……

正因如此，李泌所指稱的背叛，永遠不可能成立！

李泌出了興慶宮後，照例去東宮謁見太子。但這次，他沒有多逗留，請個安就告退了，隨即上了徐暉祕密準備的另一輛馬車，改道去了青龍寺。

此處位於樂遊原上，環境清幽，住持和李泌也頗有交情，因此行事倒比別處方便許多。到了目的地，小沙彌將二人引到一間淨室內。鈴和葉超已經在裡頭等著他們了。

徐暉一見到葉超，興奮地衝口道：「葉兄弟，你可真是料事如神啊！」

「哪有什麼神不神的。」葉超失笑。「我們這種江湖人，對朝局一竅不通，還是道長洞若觀火，想到了利用陛下最在意的那樁謀反案來做文章。如今，案子已被我們重新挑起，陛下若不徹查，必定無法高枕無憂。」

李泌深以為然。

「不錯，旨意已經下來了。聖上決定對所有參與河神祭的司天台官員一一嚴查，看是否有勾結逆黨、縱放逃犯的可能。」他頓了一下：「可是……」

「一旦展開調查，就會發現一切不過是子虛烏有。」葉超順著他的話風接口。「但是否會查出些什麼別的，那可就難說了。」

徐暉了然一笑：「是啊！河神祭原訂在三月節舉行，如今也得延宕了。這一箭雙鵰之計，真是妙極！」

「按照我朝律法，司天台本就不是負責祭典的官署。只因近年來，李延年得勢，這才逐漸越俎代庖。」李泌道。「裴尚書正直清廉，若這差事能交回禮部手中，一定能徹底遏止這股巫蠱歪風。」

「但這只能算是緩兵之計。」鈴皺眉說道。「崔潭光畢竟久居朝廷，黨羽眾多，就算大理寺真的查到了對司天台不利的線索，只要沒有確鑿的證據，這把火也燒不到他身上。如此一來，我們怕是會引火燒身。」

「可是，從表面上看，這整件事就是個意外啊。」徐暉道。「就算那崔奴真的起了疑心，也不會想到是咱們在背後動手腳吧？」

李泌回想起稍早在興慶宮和崔潭光的談話，突然有種冷水澆背的感覺。

「崔奴耳目遍布朝野，此事恐怕是瞞不住的……」

「事到如今，道長也不必慌。」葉超道。「只要有所行動，就不可能萬無一失。我們既已答應助東宮剷除此人，就會做個徹底。」

鈴轉向葉超，目光微微一凝：「你是指，利用鳴蛇幫的人？」

「不錯。只要他們倒向我們這一邊，崔潭光勾結藩鎮的罪名就算是坐實了。到時候人證物證俱足，就算他有天大的能耐，也無法翻身。」

「可他們不是同謀嗎？」徐暉問。

「一丘之貉而已。」葉超淡哂。「崔潭光自己也早就有所提防了。他和鄭瑜卿談判時，提到一種叫做『雪中鴻』的毒藥。我估計他就是利用這點來控制鳴蛇幫的人。如今雙方嫌隙已生，正是我們出手的好機會。」

李泌聽到這，忍不住拍桌而起：「姓崔的閹奴果真是卑鄙無恥！我大唐朝政若非被這樣的不軌之徒把持，又怎會江河日下，敗壞到今日這般地步？」

葉超嘴角噙了點不屑的笑意。

「其實，這也並非壞事。」他說。「崔潭光以為，鳴蛇幫中如今已經沒人敢動他。但人非犬馬，又豈會甘心受人擺佈？他這麼做，倒是提供了我們一擊必勝的良機！」

四人又商量了幾個時辰，直到傍晚才散去。離開時，為了掩人耳目，他們還特地分成兩路。李泌和徐暉乘車先行一步，鈴和葉超又在寺中逗留了一會兒才走。

回去的路上，鈴異常沉默。葉超和她說話，她也愛搭不理。

說實話，她總覺得有些心慌。

她沒想到幾人的計畫會進展得如此順利。從她盜取銀菩薩開始，到靜忠引四娘到渭河邊去目睹李泌準備的那齣戲，再到永穆公主對陛下的哭訴——雖然一切不過是編織出來的假象，但對於永穆公主這個沉浸在喪夫之痛的女子而言，凡有涉及王家的把柄，她是寧可犯錯也不肯放過，又怎會注意到其中的破綻？

換句話說，過程中的每個關節都被葉超給說中了。

葉超不僅絕頂聰明，且從某方面來說，甚至比她曾經遇過的任何人都來得可靠。但同時，她卻也明白——對方本該遠離這些陰暗詭譎的爭鬥，過著逍遙自在的日子，之所以會被捲進來，全都是因為自己的緣故。

要阻止河神祭的發生，就必須讓崔潭光徹底失勢。而為了達成這個目的，接下來的路只會愈走愈險。一想到這，她就不禁後悔那天在曲江和對方坦白了實情。

當她腦中轟轟亂響時，走在前面的葉超突然停了下來。鈴一時不察，直接撞了上去，磕得鼻子生疼。

「你幹什麼啊？」她一手撫著疼痛的鼻樑，沒好氣道。

葉超轉過來，表情異常嚴肅。

「這還用問嗎？妳若不贊成這次的計畫，可以直說。老把話悶在心裡，於妳我，於所有人，都是無益的。李道長說的不錯，京城不是江湖，接下來的行動，只要有所猶豫，便會萬劫不復！」

「我沒有……」鈴開口反駁，卻被打斷了。

「我本不打算在這種時候說的。」葉超輕嘆，揉了揉眉心。「但看來，若不把話講清楚，妳是不會放棄趕我走的。」

他望著她，喉頭滾動，聲音微微沙啞：「妳那天不是說，每個人都有私心？我也一樣啊。我不是不怕死，是太喜歡妳了。妳就是我的那點私心，我做的一切全是為了妳，妳難道看不出來？」

「……」

一時之間，鈴還以為自己聽錯了。

待她終於聽懂了對方說什麼，鼻尖的那點嫣紅登時擴大開來，從鼻頭一路延伸到髮根，她感覺自己整張臉都要燃燒起來，恨不得挖個地洞一頭鑽進去。

「你瘋了嗎？大庭廣眾的……」

她支吾片刻，轉身欲走，卻被葉超抓住了手。

「等等！妳聽我說完……」他緊張道。「我不清楚妳過去都經歷了什麼，但那些都不重要。我不在意妳和六大門之間的糾葛，也不會當妳的絆腳石；只要妳不嫌煩，我願陪妳去任何妳想去的地方，做任何妳想做的事。一個人的力量終究有限，何不讓我幫妳？」

鈴呆住了。

本來她一心以為，在嘗過了何為相思入骨，何為求之不得後，自己這輩子都會心如枯井；然而，當與對面的少年目光相接時，才恍然醒悟，人只要活著一天，就不能夠控制自己的感情。

此刻，她內心分明是歡喜的，卻又感到羞愧不安；兩股強烈的情緒交織在一起，令她胸口發酸，不知所措。

默然良久，最終還是垂下眸，艱澀出聲：「我心裡……已經有人了。」

葉超微愣，下意識追問：「是誰？」

「是誰不重要，他已經不在了……」

鈴不願再想起那些痛苦的往事，卻又無法完全放下執念。凌斐青帶給她的悲傷那麼深刻、那麼漫長，以至於他死後，她便暗自發誓，再也不對任何人動情了。

她深知自己這輩子辜負的承諾已經太多了，根本不值得眼前的人付出真心，甚至是賠上自己的性命！想到這，思緒翻湧，不覺眼眶一紅。

「我沒騙你，現在的我沒資格想這些。我甚至分不清楚自己對你是什麼感覺……」

「那便是有感覺的意思咯？」

「你……」

鈴急得跺腳。眨去淚光，卻聞到鼻下傳來一股熱騰騰的香氣。原來是葉超從懷裡取出了剛剛在青龍寺拿的素油餅子，遞到她面前。

「好了，別哭了，吃點東西吧。」他苦笑。「我又沒有逼妳現在就給我答覆，搞得像我欺負妳似的。」

鈴聽他這麼說，微微鬆了口氣，但胸口仍有些發酸，同時還有些惱怒。

索性奪過遞來的烤餅，狠狠吃起來。然而，塞得太快，一個不注意嗆著了，咳得撕心裂肺。隔壁的葉超見狀，表情很是無奈：「好好好，是我錯了……妳別著急，咱們回去吧。」

陸

皇帝下旨，將河神祭延至穀雨後舉行的那天，李泌前往東宮與太子議事。當他用完午膳準備回府時，徐暉已在長樂門外等他。

兩人上了馬車，李泌開口便問：「查出來了嗎？」

「剛剛收到回覆了。」徐暉答道。「根據我們查到的信息，『雪中鴻』乃司天台秘製的毒丸，人一旦吃下肚，便會立即上癮。若停止服食，不出三五日，便會百爪撓心，生不如死。全天下只有崔潭光和他師父，司天台監李延年手裡有這東西。」

「難道就沒有解毒的辦法？」

「除非拿到解藥，否則就只能繼續服食，飲鴆止渴。更可怕的是，當毒性在體內累積到一定程度時，人就會完全喪失神智，形同癡呆。」

聽完徐暉的話，李泌的臉色又更沉了幾分。

他想起稍早和太子的一席談話。如今，楊國忠崛起，和司天台相互傾軋，朝中群臣不是同流合污，便是噤若寒蟬。李亨被夾困中間，再不奮起反擊，恐怕就只能淪為俎上魚肉。

正當他沉吟之際，外頭突然傳來一陣騷動。

車子緩緩駛停，徐暉探頭出去，斥問車夫：「怎麼搞的？」

但對方也是一臉無奈：「前面有人鬧事，把路口給堵了，一時半刻怕是走不了了。」

原來，這一帶是平康坊和東市的交界處，也是長安城著名的遊樂場所，時常有人聚眾逞兇。且由於帶頭的都是些世家子弟，巡邏的金吾衛頂多警告勸阻，也不能真拿他們怎樣。

從喧嘩的程度聽來，眼下這場鬧劇似乎還得演上好一陣子。李泌不想浪費時間，遂令車夫改道而行。

馬車調轉方向，再次轆轆前進。李泌和徐暉兩人又接著談論別的事情。外面的吵鬧聲逐漸遠去，誰也沒有特別留意車子的動向。

直到一炷香的時間過去，徐暉才煩躁地嘀咕：「怎麼還沒到？」

他打起簾子，想跟車夫理論，可誰知，卻撞見一幅教人血液逆流的畫面。

只見駕座上的男子身體一動也不動地歪著。他的喉管被割斷了，正在汩汩地向外淌血。一名蒙面黑衣人伏在馬背上，手裡的匕首刀尖藍光隱現，明顯淬了毒。

徐暉大吃一驚，立刻跳出車廂，撲向那蒙面刺客。他抓住敵人的腰胯，企圖將對方壓伏在地。刺客三番兩次想攻他後背，都被他躲掉了。最後一次，角度最為凶狠，被李泌從後方斜掌格開。

李泌筋脈受損後，武功大不如前了，但底氣可沒丟。他使出靈淵閣的拳法，幾招間便將敵人打得一個趔趄。

然而，就在此時，那蒙面人卻突然手掌一翻，狠狠朝下劈去。

只聽得「咔嚓」一響，轅軸斷裂，整個車廂翻落在地。車上幾人反應不及，也跟著失去平衡。而趁著此隙，刺客再次猱身揮刀，向李泌胸口刺去。

此招可謂狡詐至極。幸好，危急時刻，徐暉的腦筋也轉得也比平時快，迅速扯下車簾，往敵人臉前一兜。

刺客剛出刀，就被這塊天外飛來的布給遮蔽了視線，連忙改削為刺。混亂間，柔韌的絲綢被絞了個稀碎，徐暉小腹也挨了重重的一踹。然而，他卻毫不退縮，還撲上去緊緊抱住敵人的褲腿，喊道：「阿郎快走！」

原來，就在徐暉抱住刺客的瞬間，黑衣人的腰間驀地飛出一支精鋼短箭，朝李泌眉心直射而去！

李泌驚得瞳孔驟縮。然而，就在他暗叫此命休矣之際，卻有一道更快的白影從斜刺裡衝出，擊落了暗器——正是鈴趕到了。

原來，今日李泌遲遲沒有返回親仁坊，她心下不安，決定出來探個究竟，這才正巧出現在這。

下一刻，她落在李泌身前，一個側身揚足，將敵人踢得半邊臉都塌了進去。

匕首鏗鏘落地，刺客想撲過去撿，卻被徐暉用轡繩從後方勒住了脖子。

「等等！」

鈴本想叫對方留下活口，但還是晚了一步。只見刺客的咽喉被勒出一道深深的紫痕。他像隻離水之魚，嘴角泛出白沫，喉嚨咯咯幾聲，身子一軟便倒了下去。一時間，四下瀰漫著沉重的血腥氣，誰也沒有說話。

然而，恐怖的沉默很快被鐵蹄踏碎了。隨之而來的還有一道粗沉的聲音：「青天白日的，誰在街上鬥毆！都給我圍起來！」

「是金吾衛！」徐暉跳了起來。

按理說，金吾衛負責維護京城治安，如今趕到，應該令人感到安心才是。但鈴卻有股不祥的預感。

她攥緊刀柄，正好聽見金吾衛的頭兒揚聲道：「哪兒來的狂妄賊子？還不速速就擒！」

「貧道李泌，曾任翰林待詔。適才巷中有暴徒作亂，已被我給正法了！」

李泌扶正衣冠，正要爬出傾斜的車廂，卻被鈴攔在了身後。

「別出去！」她低聲警告。

「原來是李長源，李真人啊。」帶頭的將領笑得別有深意。「真是失敬。只是……此處乃天子腳下，哪來的暴徒作亂呢？道長如此口稱，恐怕會讓人以為您對朝廷心懷不滿！」

「胡扯！」徐暉怒道。「你們這群尸位素餐的狗官！自己怠忽職守，還想攀誣嗎？」

「休得無禮！」李泌瞥了眼那將軍左腰懸掛的魚袋。從上頭的銀紋看來，此人在金吾衛中的官階肯定不低，起碼是中郎將以上級別。

他指著車夫的屍體：「京城街頭發生兇案，茲事體大，依律還得通報京兆府。說來將軍也算得上是人證，何不隨貧道走一趟衙門？到時在公堂上，真相自見分曉。」

就在兩個男人說話的當下，鈴隔著車洞望出去，赫然發現，整道街坊早已被金吾衛封得嚴嚴實實，四周屋頂更是布滿了強弓。見到這金戈鐵弩的陣仗，她不禁心頭一怵。

對方明顯是有備而來。應該說——方才那名持刀刺客不過是個幌子，這些人才是真正的刺客！

果然，此念方生，便聽那將領一聲冷笑：「李泌，你早已罷官，如今不過一介草民，還敢跟我談真相？在這裡，本官說的就是真相！」他大手一揮。「來人！此獠當街行兇，妖言惑眾，立即剿殺！」

「——你敢？」李泌怒喝一聲，可旋即被徐暉摁倒在地。

一支長箭颼地從二人臉邊擦過，牢牢釘入後方的木板。從那角度看來，若方才再晚半步，已是穿心之禍。可見得，對方不僅敢，而且還很敢！

「哼，我倒要瞧瞧，東宮那頭沒了你，還能苟延殘喘到幾時？」

此話出，四周紛紛傳來弓箭拉緊的嘎吱聲。

鈴全身的寒毛都豎了起來。

她真後悔剛剛出門前聽了雲娘的話。那丫頭最近越發蹬鼻子上臉，竟將她當成玩偶打扮，每天不是穿花裙就是圍披帛的，簡直跟穿枷帶鎖沒兩樣。

眼看箭雨如蝗，無處可避，她連忙將兩片礙眼的寬袖給裁下來，又割斷了膝下的裙擺，這才覺得手腳恢復了自由。

雪魄彷彿長在了她的掌心似的，舞成一團白花，和四面八方的流矢碰撞出瑰麗的音色，恰如大珠小珠落玉盤。

然而，這和諧的畫面並沒能維持多久。很快，三人躲藏的車廂便被射得千瘡百孔，板壁更是直接塌落下來。鈴感覺尖銳的木屑刺進手腳，急忙抽身而退。

同時，背後傳來吃痛的呻吟，原來是徐暉小臂中箭。

他動作一停頓，情勢立時危殆。李泌心急之下，從懷裡祭出靈符，喃喃誦咒。

眨眼間，一團毛茸茸的東西從他懷裡飛出，撲在了最近的金吾衛臉上，嚇得對方哇哇大叫。仔細一看，竟是隻毛色雪白的貂兒！

那白貂速度飛快，在士兵的手上一咬而過，轉眼間便將敵方的隊伍攪得雞飛狗跳。士兵們不是大叫「哎呦」，便是大吼「誰快抓住牠！」

趁著這波混亂，鈴將刺客的屍體從地上一把揪起，當作肉盾護在三人面前，同時踹開擋路的木板，說道：「快！走這！」

然而，那名帶頭的金吾衛將領顯然是吃了秤砣鐵了心。只聽他提聲斷喝：「他們逃不掉的！繼續射！」

「鈴姑娘，妳帶上阿郎先走！我來拖住他們！」徐暉一邊按住傷口，一邊對鈴說。

「不成！」李泌立刻拒絕。「還是你們先走……」

徐暉表情一僵，又要開口抗議，卻被鈴截了話頭。

她覺得自己僅存的這點壽命都快被眼前這兩人給氣短一半了——死到臨頭還跟孔融讓梨似的，是想給自己掙個貞烈牌坊嗎？

趁著下一撥箭還沒到，她將刺客的匕首和那名倒霉車夫的屍體一起塞給徐暉，說道：「咱們分頭走！誰也別落下！」

徐暉立刻會意，揹起那名死者，箭也似地衝了出去。

李泌袖裡揣著白貂，緊跟其後，鈴最後一個闖出，眸光輕閃，足不沾地踹倒了兩名擋路的金吾衛。

她讓雲琅去保護徐暉，自己則帶著李泌朝相反的方向突圍。

混亂間，李泌的白貂如閃電般撲出，對著門徒又咬又抓，他自己也發掌擊斃了兩人。

然而，這一系列動作卻牽動了他肺腑的舊傷，劇痛咳喘間，一口殷血自喉頭噴出。

鈴見狀，立刻搶至對方身前，刀光兜頭削下，如雪浪翻湧。她感覺自己的血液被點燃了，這一刀拼盡一身的力量，幾乎將迎面而來的對手連人帶劍砍成兩半。

然而，危機尚未過去。周圍的金吾衛各個全副武裝，披金戴甲。鈴很清楚，以自己的身手，獨自逃生容易，但要帶上李泌，可就困難重重。

但即便如此，她仍牙關一咬，將對方攙起。

「道長，你撐著點，我一定帶你出去！」

「放心！我能撐！」李泌說著，突然冷笑起來，精光內蘊的眸子閃過一抹赤色。「他們這是狗急跳牆啊！……因為只要我們活著，就是對司天台最大的威脅！大丈夫一身死不足惜，但豈能遂了這幫小人的願！就憑這點，我李泌絕不就死！」

這番話字字擲地有聲。李泌在鈴心中的形象一下子便高大了起來。

「說得不錯！就算要死，我們也絕不能死在這種地方！」她牢牢抓緊了這道念頭，再次舉起雪魄。

可此時，金吾衛的頭兒也已翻下馬背，親自加入戰局，並從懷裡祭出一雙飛鈸，朝二人隔空砸來。

鈴連忙帶著李泌向旁斜縱。卻不料，飛鈸中尚有機關。飛到一半，圓盤的邊緣射出一排金鏢。鈴揮刀護住了李泌，自己卻被射中肩胛，血流不止。

周圍的金吾衛見她受傷，全都爭先恐後撲了上來。

暈眩間，鈴反臂遞刀，「喀擦」一聲捅入敵人的肋骨。接著是第二人、第三人……她已經數不過來了，生平第一次體會到何謂殺人殺到手軟。

當身體累到快要麻痺時，她踩過成堆的屍首，將李泌拽入窄巷中。

「這裡你熟……」她氣喘吁吁道。「快告訴我，該往哪走？」

李泌似乎是被她驚呆了，愣了半拍才道：「往左！北面就是外國使節的宅邸，他們至多圍住這個街坊，只要出了這道坊牆，他們絕不敢再追。」

「知道了。」鈴的眼睫飛快地眨了一下。「那你可得抓緊！」

說罷，伸手在李泌背上托了一把，兩人身形同時拔起，落在了屋脊之上。

李泌感覺自己呼吸紊亂，身體卻好像踩在雲端一般。他知道是對方用真氣在支撐自己，不禁心中一動。

「鈴姑娘，先前貧道對妳有所懷疑，妳卻幾次三番豁出性命，救我於危難之中，說起來，真是令我慚愧。」

「道長就別客氣了。」鈴苦笑。「我在貴府白吃白住這麼久，這點心意，您就當作報酬收下吧。」

談話間，又有羽箭從身畔颼過。鈴展開輕功，一口氣橫越了半座里坊，才終於看見長街綿亙於前。

街上人來車往，她帶著李泌躲入一間酒肆的後方。這裡放置了一排一人高的木桶，鑽進去闔上蓋子後還能透過縫隙查看外頭的情形。

只見坊門大開，震耳欲聾的馬蹄呼嘯而過，正是那名飛鉞將軍帶著剩下的金吾衛趕到了。此處人多眼雜，他們不敢像剛剛那樣直接鬧起來，但仍暗中沿途搜索。

其中一名金吾衛小跑著朝酒肆後院而來，可神色卻有些古怪，不像是來找人的。

只見他走到角落的木桶邊，解開腰帶想要撒尿。卻不料，褲子解到一半，面前的木桶隔縫中卻突然刺出一道凜光，正好抵住他的喉結。定睛一看，居然是一把又薄又利的短刀！

「敢出聲試試！」

那名金吾衛嚇得魂飛魄散，一個踉蹌向後跌跪在地，雙手卻仍緊抓著褲頭不放。

下瞬，木桶蓋子一掀，其中緩緩站起一名渾身是血的少女，眼色含霜，喝令道：「把衣服脫了，饒你一條狗命！」

柒

就在李泌街頭遇刺的隔天，崔潭光的府上來了不速之客。

這人輕功了得，行動更是悄無聲息。但從屋頂落下後，才邁出幾步，左右廊下卻突然閃出兩排身披甲冑，手持橫刀的門徒，將他團團圍住。

「你是何人？居然敢擅闖御使府第！」

闖入者「嘖」了一聲，雙掌舉起，示意自己並無夾帶兵刃，只有一把烏黑的劍鞘掛在背後。

「我是你們主子的客人。」

率領門徒的正是崔潭光身邊的那名白面書僮。他聽見葉超的話，冷笑一聲：「這兒不歡迎爾等這種鬼鬼祟祟的客人。來人！給我拿下！」

「慢著。」葉超長眉輕輕一挑。「我今日前來，是有十分要緊的事要秉告將軍，若延誤了，你可吃罪不起。」

「什麼要緊事？」少年一臉狐疑。

「昨日午間，你們派出金吾衛，試圖在大街上截殺李泌。此人手無寸鐵，還身負內傷，但你們勞師動眾的結果，卻還是讓對方給跑了……這還不算大事？」

少年見葉超漫不在乎的模樣，不由得臉色丕變。

「你到底是誰？」

「我說過，我是來見崔將軍的。」葉超不鹹不淡道。「對你可沒什麼話好說。」

少年手扣劍柄，白皙的臉龐烏雲籠罩。然而，經過葉超煞有介事的一番唬弄，他也不禁懷疑，對方是否真的是崔潭光安插在某個府第的眼線。畢竟，崔潭光生性多疑，所有暗樁的名單，都只掌握在他一人手裡，就算是他身邊的心腹也不得而知。

少年打量葉超一番，猶豫片刻才悻悻道：「隨我來。」

這座宅院共計四進院落，景致巧妙，後院甚至還有一座石林。葉超在門徒的簇擁下穿過迴廊，行走途中，目光不斷亂瞟。那書僮見狀，怒道：「再東張西望，小心你的狗眼！」

但葉超卻彷彿沒聽見這話。他朝著石林的方向努了努下巴，問：「那後面是煉丹房吧？」

「閉嘴！」

葉超被撞了一下，踉蹌了半步，隨即又被揪住。最終，被帶到一間狹窄的角屋。那白面書僮將他推進去，轉身便命人將房門給鎖上。外頭四角都有門徒把守，估計就算是耗子成了精也鑽不出去。

但葉超也沒想要逃。他進屋後便大搖大擺地躺下，簡直就像把這當成了自己家一樣。

整整等了一個時辰，外頭才響起叩門聲。

「將軍請您前往南廂一敘。」

聽說崔潭光果真要接見葉超，門徒的態度立刻變得恭謹起來。

葉超隨對方來到書房，一進屋，首先迎來的是清新淡雅的茶香。崔潭光正伏案寫字，方才帶路的那名白面書僮侍立在側，直到崔潭光吩咐他：「亦心，把這些卷宗拿下去。」這才停止研墨，拾起東西轉身。

少年離去後，房中就剩下葉超和崔潭光兩人。但因為對方仍然不理他，葉超只好開始打量屋內的陳設。

這裡除了一架簡潔的八角屏風外，就只有兩張坐榻，一張案几和一座書櫃，樸素的程度和寺廟有得比。他東看西看，最後目光停在架上的那座玄武銅漏上。

琢磨了半晌，他突然走過去，伸指在底座上輕輕一掐。而那看似厚重的銅漏居然被他轉動了。

下一刻，斜後方的牆壁向左右兩邊拓開，露出一間方寸大小的密室，裡頭堆滿了卷軸。

葉超這才尷尬地轉過身：「不好意思啊，我……手癢。」

聽到這麼個欠揍的理由，一般的屋主應該會氣得一佛出世，二佛升天吧。就算是崔潭光這種老奸巨猾的角色，心頭也不禁冒出一絲火來。

「難得你年紀輕輕，居然精通奇門遁甲之術。」

「過獎了，不過略翻過兩本書而已。」葉超輕描淡寫道。

「但你卻敢一人來這。」

「我有很重要的事要和將軍說。」

「比你的命還重要？」

「那得看是從誰的角度了。」

崔潭光雙目微藐，用銳利的眼光重新打量這個看上去二十歲左右的年輕人。「坐吧。」他說。

葉超落座後，先是喝了口茶潤潤喉，接著抬頭直視崔潭光那張鬼氣森森的臉龐。

「恕晚輩直言。將軍身為朝廷命官，卻籠絡藩鎮，走私軍馬，還指使嗚蛇幫為你殺人越貨，如此拙劣的手段，未免有失格調。」

崔潭光聞言，唇邊浮起一絲詭笑。

「原來你今日是來跟我談格調的。」

「晚輩只是想勸將軍收手。」葉超道。「你不像是那種營營苟苟，鼠目寸光的小人，應該曉得，多行不義必自斃。」

崔潭光低低一哼：「你是李泌的人吧。他連自己的項上頭顱都保不住了，還心繫崔某，如此關懷備至，真是教人感動啊。」

「將軍果然耳聰目明。」葉超輕哂。「但既然如此，就來說一些你不知道的事吧。昨日你派去刺殺李道長的那隊金吾衛，有一人被我們扣了下來。左金吾衛大將軍田德耘得知消息後，怕事情鬧大，已經把與你勾結的過程全都招了。」

「你手中若真有這份口供，應該去京兆衙門才是，如何會來跟我說？」崔潭光打斷對方。

「因為我想用它跟將軍換一樣東西。」

「什麼？」

「雪中鴻的解藥。」

從崔潭光的反應看來，他確實沒料到會從對方口裡聽到「雪中鴻」三個字。

「李泌雖然天真，卻也絕不會提這樣的要求。」他冷冷道。「看來，你今日來找崔某，並非受他指使。」

葉超與崔潭光對視半晌，澹澹一笑。

「是，李道長確實沒有託我傳話。但將軍這兒有蜀州進貢的上好蒙頂茶，不喝完再走，豈不可惜？」

崔潭光眸色一凜：「葉超，你不要太過火了！」

葉超聽到自己的名字，表情微微凝住，但隨即又恢復自然。

「原來將軍連我這個無名小卒的事情都打聽得一清二楚，真是佩服。」

「你師父是天道門的邱道甄，你有個師叔名叫翁芷儀，眼下就住在崇賢坊。還有……和你一起進京的那名姑娘，她是赤梟的親傳弟子，殺害青穹三劍的兇手，六大門的公敵。」崔潭光不動聲色道。「你一沒有威望，二沒有兵卒，區區一介草民，崔某為何要和你談條件？」

「因為你怕啊。」葉超向前微傾，眼角含了一絲挑釁。「想必將軍已經知道銀菩薩一案的真相了，否則，依你的性格，斷不會鋌而走險，做出當眾刺殺東宮幕僚這麼愚蠢的事來。」他將空的茶盞放回几上。「別小看草民。歷代皇朝，都是靠著民心的支持才得以維繫。即使賤若微塵，也有帶動廣廈傾頹的那一天。」

「可惜，那一天還遠著呢。」崔潭光皮笑肉不笑。「東宮那頭早已積弱難返，即使你是個人才，也得意不了多久，只能陪葬在這。」

葉超也笑了：「換句話說，將軍今日不打算殺我咯？既然如此……晚輩就告辭了，改日再來坐坐。」

崔潭光見他還真的拍拍屁股站起來，額角青筋差點破皮而出，喝道：「站住！」

葉超震了一震，緩緩回過身來：「將軍還有何吩咐？」

崔潭光簡直連肺都要氣炸。但即使如此，他表面上依然保持著一貫的冷漠，唯有眉心的兩道皺紋深深擰起，宛如刀刻。

「天道門素來與司天台交好，但你卻反過來與我作對，這麼做於情於理都說不通。東宮的人到底給了你什麼好處，讓你甘願為其驅使？」

「這個將軍就有所不知了。」葉超挑了挑眉尖。「我這個人啊，自由慣了，向來只遵從自己的本心，想做什麼便做什麼，別人訂下的規矩，一概不認。」

「好一個自由自在，遵從本心。」崔潭光聲音低緩，卻直逼人心坎。「今日，我且放你一條生路……我倒要看看，你還能翻出什麼花樣來？」

「那在下就改日再奉陪了。」

葉超對赤裸裸的威脅恍若未聞，行完禮便頭也不回地走了。

有了崔潭光的一句承諾，府中無人敢攔他。他一直等到步出興化坊才停下腳步，找了個無人的角落，靠在牆邊歇息，兩手掌心全是冷汗，一顆心臟兀自狂跳不已。

卻說另一頭的青龍寺裡，眾人皆守在藏經閣後方的禪房等待葉超歸來。

等他終於現身，已是未時三刻，案上的線香都已經燒完了。

徐暉生性急躁，第一個開口發問：「可有打探出解藥的下落？」

「沒有。」葉超誠實搖頭。「一點線索也沒有。」

「那豈不是一無所獲？」

徐暉還有話問，卻被鈴給打斷了。

「你一個人去找崔潭光，是想逞什麼英雄？」她質問葉超。她看上去心情異常糟糕，臉色蒼白中泛著瓷青，望向葉超的眼神明顯煨著火。且由於肩上的傷口未癒，當眾人圍在案旁時，她只能靠在角落裡的軟塌上。

「放心。」葉超故作輕鬆地笑道。「我早就知道，此時殺了我，他肯定不會甘心。」

鈴臉上閃過怒氣，撿起枕頭朝他扔去：「你知道……你又知道了！你怎麼不去當算命仙啊？」

葉超避開攻擊，臉不紅氣不喘地續道：「崔潭光行事謹慎，他得知田德耘背叛的消息，必然果斷將他捨棄。」

「但是田德耘並沒有……」李泌說到這，眉心一跳，頓時恍然。「原來如此。少俠走的這步棋果然高明。」

徐暉卻仍茫然不解：「你們到底在說啥啊？」

「崔潭光並不知道鄭瑜卿臨死前已將他倆勾結的內幕全盤托出。」葉超解釋。「在他看來，我會知道他勾連藩鎮，走私軍馬，必定是有人走漏了風聲。所以，就算崔潭光對金吾衛再有把握，被我這一鬧，心中也必會有所顧忌。在他弄清楚內奸的身分前，對道長和殿下也不敢再輕易出手了。這才是最重要的。」

「嗯，辛苦你了，如此費心為我們籌謀。」李泌說著，搖頭嘆息。「貧道只恨自己無能，不但沒法自保，還牽連了無辜之人。」

鈴神色稍霽，道：「道長別放在心上，司天台本就是我赤燕崖的敵人。為了扳倒崔潭光，這點付出不算什麼。」

「可下一步又該如何呢？」徐暉搔搔頭。「咱們還是不知道解藥藏於何處啊。」

葉超將繪有整個長安城的地圖攤開在案頭，又取過一壺圍棋用的棋子，放在地圖上當作標誌，一邊講解自己的計畫，一邊用劍鞘移動棋子，就像一名久經沙場的將領在調兵遣將一樣。

他看見李泌和徐暉投來疑惑的眼神，笑笑解釋：「我從前在山裡閒來無事，時常和師父討論兵法韜略一類的書籍。」

「妙啊，妙啊！」徐暉忍不住撫掌讚嘆。「葉兄弟年紀輕輕，卻是上知天文，下知地理，徐某實在佩服！」

「徐兄過譽了，這些都只是紙上談兵，也不知管不管用。」

「你說的這些，我都可以同意。」鈴抬起眼，目光刺在葉超臉上。「但我們先說好了，崔潭光必須交由我來對付。」

「上次的計畫是以妳沒受傷為前提。」葉超皺起眉。「妳現在的狀態，如何是他對手？」

「我不行，你行嗎？」鈴反問。

此話出，屋內陷入一陣僵寂，也就只有徐暉這個腦子一條筋的人還搞不清狀況，不斷左顧右盼。

最後，還是李泌打破了沉默。他咳嗽兩聲道：「近來諸事頻發，住持那邊少不了還得打聲招呼，便由貧道去吧。」說完，領著手下的人出去了。

門被掛上後，葉超在鈴對面坐下，兩人默默地對峙了半晌。

葉超嘆氣：「妳這脾氣有時候真的很難溝通，妳知道嗎？」

鈴沒有回答，盯著葉超畫的地圖望了半天才道：「總之，崔潭光這個人太危險了，只能我來對付。」接著抬頭，目光灼灼地注視對方。「別以為他今日放你一馬就算了，你可不會每次都這麼僥倖！」

葉超輕嘆口氣：「妳的意思是……」

「把他帶到我面前。我殺了他。」

葉超猶豫了。他瞥了眼對方手臂上剛包紮好不久的纏繃，過了片刻才終於點頭：「好吧。我答應妳。」

日光照在小窗上，映出一片絢爛的琉璃色。葉超收好地圖，俯身將鈴揹起。離開青龍寺後，兩人趁著天色未晚，在街頭隨意晃蕩。

眼下正是槐花綻放的時節，落花將長安的街道鋪成純潔的顏色，既安靜又華麗，和這座城市的名字一樣，長樂未央，民安物阜，完全嗅不出一絲血腥之氣。

「你明明曉得，我能自己走的。」過了一陣，鈴忍不住伏在葉超的耳邊嘀咕。「這模樣被別人瞧見，多丟臉啊……」

「那不然，妳把眼睛閉上？」葉超笑道。

「無聊……」鈴說著，在對方的脖子上輕掐一把。「喂，看好路，別摔溝裡去啦！」

出了東市，鈴瞥見一名蹲在街角給人磨鏡的漢子，腦中陡地閃過一線靈光。

她戳了戳葉超，道：「等等。」

葉超停下腳步，順著她目光望去：「那人有哪不對嗎？」

鈴沒有立即回答。她從葉超背上滑下，緩緩走到磨鏡漢子面前。

對方停下手邊的活，抬頭望向她，甕聲甕氣地問：「客人有鏡子要磨嗎？」

「鏡子我這沒有，但你想必認得這個吧。」鈴說著，卻從懷裡翻出一枚玉印。這是她從鄭瑜卿的屍身上搜來的，上面刻有鳴蛇幫的標誌。

磨鏡漢子見到幫主方印，立刻打直背脊，換上一副畢恭畢敬的表情。

「小的白虎堂趙九郎，這廂有禮了。請問姑娘有何吩咐？」

鈴看見對方手臂上的白虎刺青，說道：「我是你們副堂主田歸文的朋友。麻煩你帶著這個去給田大哥報信，請他和柴堂主即刻入京。此事關係到幫中眾弟兄的身家性命，可千萬耽擱不得。」

「是、是。小的這就去辦。」

葉超望著趙九郎弓縮的背影鑽入人群，忍不住翹起唇角，低笑：「還真有妳的……」

捌

隨著日子漸暖，長安的春天正式拉開序幕。

這日，李泌入宮，帶回了聖駕遷往驪山的消息。

「太子呢？」葉超立刻問。

「按照計畫，太子身體抱恙，得了聖上允可，暫留京中。」

「很好。」葉超說著，吁出一口長氣。「該動手了。」

李泌順著他的視線望去，只見戶外不遠處，鈴和雲娘正坐在水榭裡餵魚。池中蓮花尚未盛開，卻有不少彩色的小魚悠遊，還有鴛鴦在寬葉間穿梭嬉戲。每當雲娘抬起手，腕上的玉鐲叮叮作響，魚兒便會聞聲而來。但輪到鈴時，無論她如何叫喚，魚群總是躲得遠遠地，就好像她會吃了牠們似的。雲娘瞥見鈴的表情，掩嘴咯咯地笑。

「娘子的功夫太厲害，連魚都嚇跑了呢。」

「那妳怎麼不跑？」鈴笑，話音未落，猝不及防地朝對方身上撒了把魚食。

雲娘立刻跳起來：「好啊！妳把我當魚耍！」說完，兩個女孩開始互相呵癢，鬧成一團。

這場遊戲一直持續到李泌等人走出屋子才落幕。雲娘看見主人突然出現，又看了眼自已濕搭搭的裙子，滿面紅暈，囁嚅了一句：「我去沏茶」，接著便急忙溜了。

水榭不僅寬敞，且四面臨風，在這個季節裡，倒比屋內舒爽許多，但隨著少女的腳步離去，鈴卻覺得身邊的空氣忽然冷了下來。

幾人疊蓆坐下，李泌開始說話。

「這次從東宮調來的四十人皆是武功好手。人數雖少，但各個忠心耿耿。他們都是自願參與行動，絕不會走漏風聲。」

鈴皺起眉：「但倘若到時失敗了……」

「姑娘儘管放寬心。」徐暉插口。「我和弟兄們早已做好了覺悟，即使是豁出性命，也會完成任務，絕不會辜負各位的期待。」

鈴望著對方堅定的神情，心裡「喀噔」一下，卻不再說什麼，只是點點頭：「那我今夜就出發。」

「別忘了，到時，妳只需把人帶到指定的地點就行了。」葉超提醒她，語氣罕見的嚴肅。「不要戀戰，也不要逗留。其他的事自會有別人去做。」

「好，那你也別忘了自己答應我的事。」鈴說道。

她起身走到水邊，將口袋裡剩下的魚食撒入池中。隨著漣漪擴開來，水中的倒影也跟著煙消雲散。

因太子稱病，皇帝和一幫作威作福的皇親國戚又悉數不在，這兩日，京中格外靜謐。但這種寧靜就像冰凌，越是溫暖愜意之時，就越可能崩碎瓦解。

來到午時，東市擊鼓開張，一名錦衣少年在商鋪間穿梭，先是到櫃坊取了錢票，接著又拐個彎，走進位於街角的孫家藥鋪。他顯然是這裡的常客，掌櫃的一見到他，立刻放下手邊的工作，親自上前迎接。

「官人，這個月的丹砂和藥材都備齊了，還是和往常一樣，請您移步內室清點。」

這名少年正是崔潭光身邊的僮僕亦心。只見他掃過掌櫃遞來的清單，點頭「嗯」了一聲，接著便隨對方步入後院。

可一進到儲放藥材的房間，門簾才剛落下，亦心便感覺背脊竄上一股寒意。此時回首，已是晚了一步。只見人影撲地，他被打得措手不及，撞上身旁的斗櫃。

危急間，亦心雙足捲出，將木櫃往敵人的方向踢倒。但藏在簾後的那人靈敏地避開了此招，隨即挺刀刺來。

她所踩的步伐令人匪夷所思，移形換影間，卻又無半點聲息。亦心使出擒拿術，五指上圈下鉤，想來套她手臂，不料竟招招落空。

短刀左削右帶，雖未有什麼大的動作，卻凌厲異常。屋內狹仄，很快便無處可避，亦心只覺得頭皮一陣刺痛，髮髻已被刀鋒挑中。

他長髮亂飛，惱怒萬分，喝道：「你是何人？」

「回頭你會感激我的。」鈴說完，出手封住了對方的穴道。亦心頓時手足酸麻，無法動彈。趁著這個當兒，角落裡閃出幾名黑衣男子，迅速取出麻繩，將他五花大綁。

藥舖的後院有座角門，門外停著一輛馬車。綁匪們將被捆成大粽子的亦心往車裡一塞，隨即揚長而去。不一會兒，車子便毫無阻礙地駛入了東宮的大門。

當一行人來到麗正殿時，太子和李泌正在西暖閣擺茶，欣賞著院中新開的芍藥。二人對面的席上坐著一名身型清癯，面色灰白的男子，正是御電使崔潭光。

崔潭光看見徒兒雙手被縛，跟囚犯一樣被押進來，眼神登時瞇起。

「太子殿下，您這是何意？」

「本宮還想問崔將軍呢。」

李亨把手一抬，靜忠立刻走上前。他手中捧著一只算袋，並從袋中取出一枚晶瑩呈亮的翠玉扳指，說道：「殿下請看，這便是從那小賊身上搜出來的。」

「原來如此。」李亨口中雖這麼說，但對眼前那枚玉石顯然興趣不大。他的注意力只在崔潭光一人身上。「陛下離京的那晚，有人趁機闖入鴻臚寺的寶閣行竊，失蹤的珍寶中，就有這枚和田玉扳指。如今人贓並獲，崔卿以為，該當如何處置？」

此刻，亦心身上的穴道已解，聽見這話，不由惱羞成怒。

「你們胡說八道！我什麼也沒偷！」

那算袋確實是他的隨身之物，卻在幾天前突然消失無蹤。他本以為是自己不小心弄掉了，沒想到竟成了敵人栽贓嫁禍的工具。

「……是那個臭小子！」忽然間，他眼底閃過一絲恍然。「絕對是他幹的好事！」

亦心口中所指的「臭小子」，自然就是葉超了。

他終於想通了。原來當天葉超來到御使府後，一路上故意四處張望，問東問西，就是為了引開眾人的注意，好趁機下手行竊！

得知真相的亦心氣得臉色煞白。他見崔潭光默不答話，當場跪地求饒。

「師父，弟子冤枉啊！千萬別相信他們所說的，這一切都是他們的陰謀！」

「既是當場緝獲，也沒有什麼好辯駁的。」李泌淡淡道。「只是，區區豎子，怎會有如此大的膽量？難道不是因為背後有人指使？」

聽到這裡，崔潭光終於有反應了。

「寶物丟失，自然有大理寺立案追查，什麼時候輪到東宮的人插手了？」他冷笑。

「崔卿所言甚是。」李亨點頭贊同。「但既然是由本宮的人出面告發，本宮也不能坐視不管。」

「信與不信，取決於聖上，崔某不必在此和你們分辯。太子殿下未免太過操心了。」

崔潭光語氣倨傲，李亨聽了，眉間拂過慍色。

「來人，先把人犯帶到後堂拘押！」他下令。

亦心被帶走後，廳上的氣氛陡然肅殺起來。

李泌目也不瞬地望著崔潭光，說道：「正如將軍方才所說，此事該由大理寺來管才是。所以貧道先前已經差人去過一趟了。大理寺卿樊噲認為茲事體大，決定直接率人前往御使府搜查。算時辰，他們這會兒應該已經到了。」

崔潭光眉棱一挑：「你是說，樊噲會因為你信口編出的幾句證詞就決定搜索我的御使府衙？」

「不是為了貧道，而是為了陛下。」李泌正色道。「自從上回永穆公主舉報門徒暗助王準出逃後，陛下已下旨命大理寺調查司天台在京中的一切行動。你身為御使，卻有勾結反賊，縱放朝廷欽犯之嫌，今日此事，誰知背後還有什麼圖謀？大理寺少卿身負皇命，豈能姑息？」

一時座中沉默。過了一陣，崔潭光才將目光從李泌臉上拔開，朝身後的門徒遞去一道眼色：「回去看看，他們所說是不是真的。」

御使府所在的興化坊距離宮城並不遠，不到一頓飯的功夫，門徒便快馬加鞭趕回來報，說府門外確實圍滿了大理寺的人馬。對方宣稱是奉旨查案，完全不讓人接近。

崔潭光聞言，表情多了絲陰晴不定。

「原來李道長今日邀崔某來此，不是為了敘舊，而是為了跟我賭一局。」

「論運氣，恐怕誰都不是將軍的對手。」李泌說著，眸中竄出一道火焰。「但貧道只是想問你幾個問題——許多年前，你曾奉命到蜀地剿妖。當時，你只花了半年的時間就掃平禍亂，又花了半年的時間協助地方官員重整州縣，百姓人人額手稱慶。此事，崔將軍可還記得？」

「記得。」

「你也算是治政良臣，可如今卻為了謀求一己私利而勾結藩鎮，造成我大唐內憂外患，就不覺得對不起天下人？」

崔潭光冷笑一聲。

「當年平定西川，崔某即使有功，也萬萬及不上塗山派的韓君夜。他的結拜兄弟，夏家莊主夏空磊，僅靠卜卦問詞，用了三天時間，就解決了益州四縣糧食短缺的問題，天下人都奉他倆為英雄豪傑。但到最後，這兩人的下場又是如何？一個死得難堪，一個稱病遁隱，只有崔某還好好地站在這裡，因為我從不將天下人的想法放在眼裡。」

李泌搖頭嘆息：「看來，你是不後悔自己做過的事了。」

崔潭光將視線凝結在對方臉上，語氣微有不屑：「你我好歹都一把年紀了，道長這樣問，不覺得太過幼稚嗎？」

李泌眉頭一怵，正待回答，卻被一陣慌亂的腳步聲給打斷了。

原來是靜忠從外頭回來了。但他此番現身，樣子卻頗有些古怪，不僅眼神飄忽，連講話也吞吞吐吐的，跟嘴裡含了顆黃連似的。

「有話快說！愣著幹嘛？」

李亨胸口正憋得難受，好不容易來了個能罵的人，不由得豎起眉毛。

靜忠一驚，連忙跪了下去：「啟稟殿下……大理寺那邊剛傳來消息，樊少卿現已帶著手下離開御使府了。」

李亨聞言，倏地站起：「說清楚！可有搜到可疑之物？」

「……什麼、什麼也沒找到。」

這句話像驚雷一樣砸在座中。但更可怕的還是隨之而來的沉默，彷彿沙場搏殺後留下的森森鬼氣，令人雞皮疙瘩直浮上來。

很長一段時間，暖閣中不聞人語，只有簷下風鈴叮叮晃動，不斷搖轉。

最後，還是崔潭光先開口。

「看來，崔某確實是被小覷了。」他不疾不徐道。「你們想得到『雪中鴻』的解藥，好借嗚蛇幫之手對付我，我豈會不知？可即便如此，崔某今日依然赴約前來，就是為了欣賞你們這齣自掘墳墓的好戲！」

他滄桑的嘴角蘊了一抹譏誚：「太子殿下，趁著陛下不在，您居然有辦法將大理寺收為己用，還折騰起這麼大的動靜，實在可敬可佩。可今日之事一旦被陛下所知曉，依他的性情，會如何處置，想必您心裡比我還清楚。」

此話雖然隱晦，可在場所有人都聽得出弦外之音。

當今皇帝李隆基是個性情多疑的君主，時常擔心皇子們的勢力會危及自己的皇權。十多年前，他就曾因後宮進饞，將當時的太子李瑛，連同鄂王李瑤、光王李琚一起貶為庶人並且殺害。有這樣的前車之鑑，身為儲君的李亨豈能不戒慎恐懼？

只見他神情恍惚，退了兩步，復又跌回榻上，就連一旁的李泌此刻也是臉色鐵青。

他瞪著崔潭光道：「既然如此，不如眼下我們雙方各退一步。只要你不跟陛下提起此事，貧道也就不為難你徒弟。」

然而，談到亦心，崔潭光的反應卻極漠然。

「被擒代表他無能，這樣的人，我留在身邊又有何意義？」他冷笑。「更何況，一個小徒而已，能用則用，不能用則棄，崔某從不會猶豫。」

李泌一愣，接著緩緩搖頭。

「我不信……你真能做到如此狠絕？這孩子是你一手調教的，你倆之間難道就沒有半點師徒情分？難道那些跟隨你的人，在你眼中，都只是你拿來達成目的用的棋子？」

「道長犯不著拿這種話激我。」崔潭光拂袖站起。「世俗綱常，不過徒有其表，崔某早已看透。你們就是過於依賴那些虛無飄渺的事物，才會落到今日這般結局！」

此話說完，他再懶得瞧李泌和李亨，轉身一逕的去了。

崔潭光離開後，屋裡陷入一陣恍惚的寂靜。茶未全涼，庭中芍藥依然傾吐芳蕊，不知情者，只怕會以為所有的驚心動魄都已化作雲煙消散。

然而，一切不過才正要開始。

在距離暖閣只有一牆之隔的耳廂裡，適才一直屏氣凝神的葉超出手解開了亦心身上的穴道。

老實說，聽完崔潭光的一席話，他心裡也是極不痛快。但現在的他可沒有時間同情對方了，必須馬上採取行動。

「現在你肯說實話了吧？」他望著面前頹然呆坐的少年，說道。

亦心沒有立即回答。他的雙眼因悲憤而赤紅，彷彿要沁出血來。

「只要你說出實情，我保證絕不會讓人傷你一根毫髮。從此以後，無論你想留在京城，還是遠走江湖，都不會有人阻攔。」葉超告訴少年，卻只換來木然的眼神。

葉超沒有放棄。

「沒用的……雪中鴻的解藥究竟藏在何處，只有我師父一個人曉得。」

「既然如此，那我來幫你吧。」他說。「自從上次到貴府一遊後，我敢肯定，崔潭光再也不敢將解藥放在那裡了。但他對鳴蛇幫防範甚嚴，所以也不會藏在他們的眼皮底下，更不會貼身攜帶。最有可能的，是他將東西轉移到了城外某處。某個在司天台掌握之中，卻又不會引人注目的所在，比方說……某座宮觀。」說到這，頓了頓，看向亦心。「你師父近來可有造訪過這樣的地方？」

亦心心死如灰，緩緩閉上了眼睛。

他從小跟在崔潭光身邊，深受對方的照顧和提攜，若非親耳聽見對方說出恩斷義絕的話，就算拿刀架在他的脖子上，他也絕不會背叛師尊。

然而，此刻他終於明白——所謂的師徒情誼不過是一場交易，而今他已形同喪家之犬，再無半點利用價值。就算太子不殺他，一旦被轉交給大理寺，崔潭光也絕不會讓他有機會說話的。

換言之，想活下去，只能趁現在開口了。

「春明門外，玉丞觀。我只知道這些……至於解藥在觀中何處，由何人把守，我確實毫不知情。」

葉超嘴角一抿，已噙了淺笑：「無妨，我自有辦法。」

玖

待崔潭光乘車回到御使府，已是掌燈時刻。天空的一角，暮色逐漸由蒼茫轉為深邃。雖然混亂的痕跡猶在，但府邸各處大致均已恢復了平靜。

前來迎接的門徒見主人獨自回來，表情有些意外，但崔潭光沒有解釋，也就無人敢多問。

今日在東宮的那場風波，雖未驚動一兵一卒，可實際上就是司天台和太子黨之間的對決。崔潭光心中已有幾成把握，一進門便往書房的方向走去。

他一邊寫信給身在嵩山總壇的師父李延年，一邊聽著門徒報告這段時間府中所發生的一切。

然而，才動筆不久，他便感覺事有蹊蹺。

據門徒所述，今日來到府上的那幫大理寺官兵雖然氣勢洶洶，卻並非如先前派回來打探的那名門徒所說，是奉旨前來查案，而是為了追擊大鬧大理寺的賊寇。

原來，今日下午，一名蒙面人突然闖入大理寺，丟下幾件鴻臚寺失竊的珍寶後，便一路在城內逃竄。當值的大理寺少卿率人沿途追捕，最後見對方消失在御使府的高牆內，這才一怒之下，前來上門逮人。

崔潭光聽到這，臉上彷彿罩了一層嚴霜。

「結果呢？」他深吸口氣。「可有捕到賊嗎？」

「這個……」

見到對方結巴的模樣，崔潭光胸中頓時氣血翻湧，就連手中筆桿也捏斷了。

他竭力克制自己的情緒，又接著問：「這是什麼時候的事？」

「未時剛過……但他們不到半個時辰就撤了。」

崔潭光心頭又是一震。

明明不過半個時辰的功夫，東宮那邊卻利用那名叫靜忠的內侍假傳消息，製造時間上的錯覺，故意將他拖住，究竟有何目的？

沉吟之際，外頭傳來「咚咚」的鼓聲，宛如陣陣波濤在長安的夜色中輾轉沉浮。

聽到那熟悉的聲音，崔潭光腦中倏地竄過一道危險的念頭。

——難不成，對方不僅知道了解藥的藏匿地點，還打算挑今夜下手？

愣怔間，百下鼓聲已過。每一下都像是搥在崔潭光的心窩上。他再不猶豫，立刻召集所有門徒，一群人匆匆上馬，奔赴春明門。

當他們趕到時，城門已經關閉。值守的城門郎上前欲將人驅離，卻被崔潭光一道眼神嚇退了兩步。

「原來是崔將軍……卑職失禮了。」

「司天台辦案，趕緊開門！」

「您可有御賜令牌？」

崔潭光從鼻子裡冷哼一聲：「你只管讓路，待聖駕回鑾，本座自有說法。」

對方聽得額頭都冒汗了。

「恕卑職直言，此刻城門已經下鑰，倘若您一定要出去，還得先奏報監門將軍，再將文書送到中書省核對，來來回回，起碼也得半個時辰才行……」

眼下情況危急，崔潭光可沒有時間和這些人廢話。

對方話還沒說完，他雙足虛點，已飛身離鞍，奪過了一旁侍衛的長矛。

只見他將長矛往石間一插，借矛桿之力猱身掠起，幾道呼吸間，已撲向天空，在眾人驚愕的目光下消失於女牆的另一頭。

此刻，城門剛閉不久，通往郊外的道上還能見到行人。崔潭光追上去，搶過一名騎士的馬，頭也不回地往玉丞觀馳去。

行到中途，前方忽有號角吹響，一聲聲地突破黑暗。這角聲正是崔潭光和玉丞觀眾道所約定之信號，代表著正有敵人來犯！

這下子，崔潭光終於肯定了自己先前的猜想，內心震動之餘，將胯下的馬兒催得更快了。但這馬的腳力畢竟遠不及御使府的神駒，一路蹶蹄狂奔，到達目的地時，已是精疲力竭，氣喘欲斃。

崔潭光丟下坐騎，徑直沖入玉丞觀。

為了避免啟人疑竇，觀中並無甲兵把守，只有二十來名司天台麾下的道眾。崔潭光剛跨過門檻，便聽見裡頭傳來交兵之聲。

下一刻，他枯白的五指一探，已抓住了一名闖入的敵人。那人身材壯實，卻連慘叫都來不及便氣絕倒地。

崔潭光踏過斷首的屍體，尋思道：「幸虧自己即時識破了敵人故佈的疑陣，東宮的人馬也才剛到不久，局勢還沒發展到不可挽回的地步。況且，太子向來勢弱，六軍中無一人聽他調遣，他的這些手下，連兵將都稱不上，不過是群江湖草莽。只要將他們一個不留地宰了，所有祕密便會隨之埋葬。」

想到這，不由得殺氣大盛。還沒踏進正殿，他已經連斃了七、八人了。

就在此時，前方有人叫道：「崔奴，吃我一槍！」

崔潭光身形摺側，手腕翻動處，已挾住了敵人刺來的鐵槍。

來人鷹眉星目，手中鐵槍刺光閃爍，若身在沙場上，必是一員猛將。

崔潭光眼波微閃，問：「你是徐暉？」

徐暉長槍橫掃，喝道：「崔潭光，你個禍國閹賊，我今天就要在你身上扎幾百個透明窟窿！」

崔潭光右手搭住槍桿，左手五指箕張，向外穿出，從對手肩頭抓下一塊肉來。徐暉斜退半步，槍頭砸地後反彈而起，直搗崔潭光小腹。但未及濺血，崔潭光捲袖如雲，又在對方肋間補了一掌。徐暉的身子翻了半轉，登時站立不定，向後摔出。兩人目光相接，徐暉兩處傷口血流如柱，卻突然哈哈大笑。

「崔奴，你來遲了！葉超早就看穿你的計畫了。你的每一步都在他的意料之中，還是別掙扎，快快認輸投降吧！」

崔潭光聽見「葉超」二字，胸中一突，臉色陰得彷彿要漏出水來。他等不及徐暉把話說完，逕自從對方身邊掠過，衝向大殿。

然而，整個殿內空蕩蕩的，燭火全滅，連個能發洩的對象都沒有。昏暗中，只見一條白影從彩柱後方竄出。此人身速極快，落地時卻纖塵不驚，顯然是個輕功好手。他和崔潭光兩人一前一後展開追逐，可就在他奔到長殿盡頭時，卻突然轉身停了下來。

崔潭光的視線如針尖犀利，即使是在稀薄的月光下，依然一眼就認出了對方。

「——是你！」

葉超踩在窗檻上，身後披著濃濃夜色，一襲白衫被刺風吹得獵獵作響。

他低眉摸了摸懷中物，朗聲笑道：「多謝將軍贈藥，此番多有得罪，還請見諒，我走啦！」

笑音未歇，人已撲入黑暗，不知所蹤。

這幕撞進崔潭光眼底，不由得心魂俱震。

他從沒想過有人能夠猜出他藏藥的地點，更別說是從他眼皮底下將解藥給盜走了，但葉超最後撂下的那句話，卻像是在乾柴堆上點了把火，瞬間引燃了他的血液。

一股前所未有的戰慄霸佔了崔潭光的身心——無論如何都不能放過此人！

拾

出了玉丞觀，葉超展開輕功向北急行，一口氣奔出三十餘里。

此刻，頭頂上繁星點點，底下的渭河宛如一條蜿蜒迤邐的玉帶，在黑夜中潺潺而動。

河岸草木亂石叢生，掩蔽處多，葉超尋思，只要順水而下，想找到一個適合藏身的地方應該不難。自己不妨先躲幾個時辰，等天亮後再向南折返，設法擺脫敵人的追蹤。

雖說他對自己逃命的本領頗有自信，但也深知內力與敵人天差地遠，再這樣耗下去，遲早會支撐不住。

他想起和鈴分別時，曾向對方許下的承諾，一顆心就像是被勒住一般，緊得發疼。

又過片刻，忽見前方的黑暗中有數座怪巖隆起。葉超心念一動，幾個起落已奔至近處。

他俯身掬了幾口水喝，頓時感到精神一振。可當爬上石坡後，這才看清，原來巖石的頂端是座平坦的高臺。毫無疑問，此處正是為了河神祭所打造的祭壇。

而就在此時，後方突然衝出一道陰冷的爪風，差點將他拆成兩半。

生死關頭，葉超的反應比平時敏捷了數倍。聽到響動，立即縮腹急閃，險而又險地避開了這一抓。可還想再退，肩頭一沉，忽然整個人摔了出去。

他在地上滾了兩圈，脣齒間全是血腥味。下一刻，還未來得及爬起，已經被人揪住頭髮扯了起來。

「小子，你真以為自己能逃得掉？」

葉超聽見這陰陽怪氣的聲音，霎時醒悟——平時裡那個波瀾不驚、從容鎮靜的崔潭光，這回終於被自己激怒了。他忍不住愉悅地笑了。

「看來，將軍反應不慢嘛。」

「到此為止了！」崔潭光的聲音充滿了混濁的憤怒。他雖是閹人，力氣卻出奇地大，抓著葉超的手臂更是青筋暴露，彷彿要將對方的骨頭生生硌碎。

葉超疼得聲音發顫。

「是啊……到此為止了。」他同意。「你居然在如此短的時間內便識破了我們的計謀，這點確實令我始料未及。」

崔潭光厲聲冷笑：「我雖不知你們是如何發現解藥的下落的，但你們費盡心機，營造出東宮和大理寺串謀的假象，最終的目的就是拖延時間，確保我無法引兵出城，難道不是嗎？」

「不錯。」葉超斜飛的眼角一挑，坦然道。「因為以目前太子在朝中的勢力，根本不足以和司天台抗衡。我們孤掌難鳴，又不曉得你何時會將解藥移往別處，唯一的辦法就是趁著今夜無人之時動手。」

「還記得你曾派遣門徒回府打探消息嗎？」他問對方。「太子雖沒有號令大理寺的能耐，但買通一兩個官差，讓他們將你派去的人給攆走這種小事，還是做得到的。且我料定，你一旦認為大理寺的計畫失敗了，必然放鬆警惕。如此一來，我們便能趁機實施真正的行動。」

「可惜啊……」崔潭光冷哼。「一招失則輸全盤，覆巢之下無完卵。崔某早已警告過你，東宮易主乃遲早之事，是你自己不識好歹，非要蹚這灘渾水！」

葉超微微揚了揚下巴。

「不瞞你說，我從前也是這麼想的。可正是這灘渾水讓我明白了，那些會讓我們犯蠢的人和事，才是最需要被珍惜的。若是為了他們，就算一敗塗地也不會後悔。可若心中毫無信念，就算你能掐會算，萬事無往不利，也不過是具行屍走肉罷了！」

「夠了！」崔潭光斷喝。「崔某不是來聽你說教的。交出解藥，我或許還能饒你不死！」

「那看來……我這回是死定了。」葉超一笑。但此刻，他的聲音已不再風輕雲淡，而是字字鋒利，直鑽人心。「我答謝將軍賜藥，可卻從沒說那藥就在我身上啊！」

崔潭光萬萬沒想到，自己折騰了半宿，最後得到的竟是這個答案。

他心臟猛地一跳，眼角頓時變得赤紅：「你說什麼？」

「不過，這也是沒辦法的事啊……」葉超繼續悠悠說道。「道觀中殿宇眾多，更別說還有密室跟暗格了。將軍來得這麼快，我哪來的時間好好找啊？」

此話對崔潭光的衝擊不亞於旱天霹靂。

他猛一轉身，卻見西南方的黑暗中有濃煙伴隨著火光直衝天際，投映出周圍一圈密密匝匝的屋影——那正是玉丞觀的方向！

原來，當初東宮的人馬兵分二路，一半殺入玉丞觀，李泌卻率另外一半埋伏在東郊的山坡上，等崔潭光一離開，他們這才趁虛衝進去。

強攻是最笨的法子，卻也是最聰明的法子。經過一夜的波折，玉丞觀僅存的道士們早已魂飛魄散。無論崔潭光將解藥藏在了多麼隱密，令人猜想不到的地方，只要掘地三尺，把整個地方翻個底朝天，照樣能得手。

而直到真相終於浮出水面的這一刻，崔潭光才恍然，自己此番到底犯了多麼致命的錯誤。

「別白費力氣了。」葉超見對方僵立原地，又刺了一句。「就算你現在回去，也只能奪回一堆斷壁殘垣，又有何用？」

崔潭光沒有答話。他牙根緊咬，熾熱的視線燙在葉超的臉上。看來，若不把對方煎皮拆骨，絕不會善罷甘休。

但除了憤怒外，他感到的還有震驚。他曾以為，當今世上，值得自己忌憚的人，唯有那位驚才絕豔的夏家莊主夏空磊一人而已。萬沒想到，區區一位無名少年，竟能將自己逼到如此地步，思之當真令人膽寒。

「——你到底是誰？」他揪起葉超的衣領，狠狠質問。「是夏家莊派來的嗎？」

葉超痛得眉心緊皺，豆大的冷汗貼著鬢邊滾下，聲音卻出奇的平靜。

「將軍這麼問可就怪了。你不是早已把我的底細給查清楚了嗎？怎麼如今還反過來問我？」

崔潭光頰上肌肉狠狠一顫。

但葉超話還沒完呢。事到如今，他似乎已將個人生死拋諸腦後，目光堅定，字字清晰道：「你雖富於謀略，卻心胸刻薄，無情寡義，導致連唯一的徒弟也棄你而去。就憑這樣的格局，即便大權在握，也不過是鏡花水月而已。就讓我來告訴你吧，你今日輸的，其實是在人心！」

說完，一招「小山重疊」雙足鞭起，踢向對手的環跳穴。

此招出奇不意，角度也十分刁鑽，本是極難躲避的，但崔潭光畢竟是當世高手。只見他以攻為守，上身微妙地轉了一下，舉手間，長袖翻雲動雨，直接將葉超壓到了後方的岩壁上。

葉超的咽喉被對方緊緊扼住，呼吸欲窒，眼前陣陣發黑。暈眩間，崔潭光陰慘的聲音在耳畔響起：「就算你說的都是真的……可你自己呢？你是否想過，事成之後，自己會是什麼樣的下場？」

葉超不是傻子。他當然想過。

自從踏入亂局的那一刻起，他就知道自己隨時會被埋葬在這急流險灘之中。所幸，在此之前，他已將自己該做到、能做到的事，全都完成了。如此一來，無論結局如何，總不枉他的一片心意。

念頭閃過，他頓時感覺身體深處生出一股驚人的力氣，竟趁著崔潭光走神的剎那掙脫了對方的箝制，身子一個側翻，縱下祭台。

拾壹

黑暗中，渭河宛如一條長蛇，在混沌中吞吐著幽光。鈴遠遠瞧見崔潭光佇立在祭台邊，便拼命地往那趕去；然而，直到奔近，仍沒見到葉超的身影，心臟不覺狠狠一揪。

那種感覺就好像從萬丈懸崖一腳踩空。一時間，天地倒轉，星河無光，她覺得自己渾身的血液都凍住了：「難道這一次，還是沒能趕上？」

為了尋找葉超，她已經連續好幾個時辰不曾停下了。從大理寺到御使府，到玉丞觀，再到兩人相約會合的灞橋，各處都跑遍了，唯獨漏了這裡；因為這正是十五年前「河神祭」的事發地，更是她一輩子都不願再靠近的地方。

可沒想到，葉超正是看準了她的這個弱點，才故意將崔潭光引來此處——那個不守信用，自作聰明的笨蛋！

崔潭光的長袍上還沾著鮮血，縞色的臉龐在黑暗中前所未有的猙獰。

他朝鈴瞅來，眸中頓時多了一抹勝利的譏誚。

「終於來了啊。若想見那小子，我這就送妳下去陪他。」

鈴沒有回答。恍惚間，她彷彿又跌回了十五年前的噩夢當中。新仇添上舊恨，在喉間結成腫脹的壘塊。

下一刻，雪魄帶著漫天寒星朝崔潭光襲到。崔潭光大老遠的就感受到了那濃烈的殺氣，眉峰一凝，抽出白毫拂塵應戰。

兩條身影在空中倏分倏合。鈴將全部真氣毫無保留地注入刀鋒，可對方手中的拂塵卻比寒鐵更堅韌，居然削之不斷。那萬條柔絲中裏藏多股內勁，吞吐不定，激得她呼吸一滯。

雪亮的刀光掠過水面，未等招式使老，她當機立斷躍起，左手二指竄向敵人眉心。

若說崔潭光的「陰陽絡筋手」是庖丁解牛的快刀，那麼「珍瓏指」就是隔山打牛的巧門。崔潭光從沒見識過這般武功，不禁目光一跳。

彈指間，他忽退忽近，倒轉拂塵，朝雪魄的刀尖捲去。

照理說，以鈴如今的功力，就算無法取勝，卻也不致落敗。然而，眼下的她心亂如麻，根本就無法好好應戰。鬥至百餘回合，背上的傷口再次綻開，她腳步在血泊中一滑，露出破綻的瞬間，已被敵人搧得飛了出去。雪魄如流螢閃閃，飛向天際，遠遠落在祭台的另一頭。

鈴屈膝爬起，只覺得內臟痛得絞成了一團。

她曾聽說過一拳擊死猛虎這種說法，但這老宦官的指上功夫能練到如此深厚，實在是聳人聽聞。手上沒了刀，她根本不敢硬接對方的攻擊，只能斜閃走避。

崔潭光左手帚尾揚起，袖底忽地甩出一截細長的兵刃，朝鈴胸口挑去。原來，他這暗器專門用於近身刺殺。前端的尖稜能鑽入敵人的身體，將心臟直接剜出來，故名「鉤心劍」。

隨著那道猙獰的寒光自胸前掃過，鈴瞳孔驟縮。幸好祭壇的四角都立著石柱。她足尖點動，身子倒竄，立刻閃至柱後。

崔潭光一生風裡來雨裡去，心智堅毅狠絕，早已超乎常人，即使先前被葉超狠狠將了一軍，此刻也已重振旗鼓。

他瞅見對手的狼狽相，不覺冷然一笑：「聽說妳在塗山絕頂上憑一己之力挑了六大門派。可如今看來，也不過是誇大其詞而已。」話說完，他緩緩走到柱前，鼓起拂塵一掃，直接將眼前的大石給劈成了碎片。

然而，就在石塊迸裂的瞬間，一道紅光驀地竄入眼簾——柱子的背面竟貼滿了冥火符！爆炸的威力隨著雲琅的旋風襲捲而來，令崔潭光措手不及。剎那間，他半邊身子都被濃煙包裹，慘厲的呼號迴盪在黑夜間。

待暴風散去，他的右側臉孔已是焦爛難辨，在月光下猶如屍鬼附身，說不出的詭異恐怖，就連鈴見了，也不禁狠狠打了個寒噤。但更令她驚恐的是，對方受到了這樣的重創，居然還能站起來！

眼見那張血肉糊成一團的臉朝自己步步逼近，嘴裡吐出含混的咒罵，鈴手腳肌肉僵硬，一時間竟動彈不得！

然而，就在敵人即將朝她發難的瞬間，一支羽箭「咻」的破空而來，狠狠釘入對方肩膀。

鈴心臟狂跳，轉頭去看，只見前方的河面飄來兩艘高大的木桅帆船，燈火通明的甲板上站滿了人。一名身型魁梧的男子立在舷邊，手裡握著長弓，弓掛滿月，直指崔潭光。

「兀那閹賊！」他喝道，肩頭的白虎刺青在火光下灼然生輝。「你毒害本幫那麼多弟兄，俺已為你預備好棺材了，這便送你上路！」

箭從那麼遠的距離射來，還能有這樣的準頭，臂力之猛可見一斑。

崔潭光並非逞勇之人，一發現苗頭不對，立即掉頭逃走。他雖身負重傷，腳力卻依然驚人，幾道起落間，已消失在濃稠的夜色中。

隨著敵人的背影被黑暗吞噬，鈴癱倒在祭台上。這一刻，就連星光都是刺痛的。恍恍惚惚也不知過了多久，有人輕輕搖晃她的肩膀。睜眼一看，原來是白虎堂副堂主田歸文。剛才從船上發箭救她的顯然也是對方。

「田大哥！」

「鈴姑娘，妳沒事吧？」

田歸文身後還跟著一群氣勢洶洶的白虎堂幫眾。一名提著鬼頭刀的男子提議：「俺這就去追那個閹人，割下他的腦袋！」但才跨出兩步就被喝住了。

「——別去！」

鈴的聲音宛如碎裂的冰渣，刺得人心底一寒。她眨去眼中的氤氳，緊緊抓住田歸文的臂膀，撐坐起來。

「夠了……」她麻木地想。她真的，已經不想再看見任何人犧牲了……

「先去灞橋驛。李泌已經在那等著了，他身上有雪中鴻的解藥，你趕緊拿去救你的兄弟們。」

田歸文聞言，濃冽的眉毛擰成一線：「妳不跟咱們一起走？」

鈴知道他這是在關心自己，但恰恰正是這個問題，壓垮了她內心的最後一道防線。

她感覺自己的心臟正一點點地落入深淵，堅定地咬緊牙根，搖頭。

「不，我這還有點事，得留下來，我……」

究竟還想說什麼，鈴已經想不起來了。因為就在她語無倫次的當下，一道踉蹌的身影排開眾人，出現在她的視野中央。

雖然從頭到腳都沾滿了泥水，身上連一處乾淨的地方都找不到，但那毫無疑問是葉超沒錯。因為看見鈴的剎那，他忽然三兩步奔上前，當著眾人的面，緊緊抱住了她。

「妳沒事，太好了……」

呆愣之際，鈴感覺對方濕透的衣服底下傳來一股炙熱的氣息，劇烈的心跳硌得肋骨生疼。

她伸手捏了捏對方的臉，碰到了熟悉的顴骨，接著又拉了拉耳朵，彷彿是在確認該有的東西一樣都沒少似的。也不知隔了多久，才終於找回自己失落的聲音。

「書呆子，你哭了？」

葉超用力搖頭，卻收攏雙臂，將對方抱得更緊了。這孩子氣的舉動令鈴啼笑皆非。

然而，拋開眼下的溫存，她還是很生氣的。畢竟，死是最容易的，活下去才是千難萬難。在最關鍵的時刻，對方選擇了容易的路，卻把最艱難的那條留給了她。

「你怎麼可以這麼做？」

「對不起。」葉超將頭埋在對方肩窩裡，沙啞出聲。「我知道不該騙妳的，但我真的怕……」

先前，他被崔潭光逼至絕境，不得已只得跳入河中。可偏偏此時，一股暗流將他捲至河心，害得他差點嗆暈過去，幸虧被鳴蛇幫的船隊即時發現，這才撿回一命。

然而，即使是在這種時候，葉超仍維持著一貫坦然的風格。鈴見到他，就像在混沌的黑夜裡看見了一脈曙光。不知從何時開始，她發覺自己開始貪戀起這份光，甚至還會趁著分開時，在心中一遍遍地回味對方的好。

溫暖、輕鬆、自在……這些都是她短短十幾年的人生中鮮少有過的感受。正因如此，和這人在一起的時光才顯得特別奢侈。

他說自己喜歡她。那麼，此時此刻，算不算是她給出的答覆？說實話，她也不確定。

曾經，她因為凌斐青的死而深感愧疚，不敢輕易對另一個人動心，更怕背叛自己擁有過的唯一一份真摯的感情。然而，經過這番出生入死，她深深體會到，人生最該害怕的是重蹈覆轍。此時的她品嚐著失而復得的滋味，只想任性地去感受，不去判斷，不去思考是非對錯……

這些年，每當她夢魘時，總是看見凌斐青那狂氣帶血的背影，直到此刻，那畫面才被淚水燙得逐漸模糊。

她靠在葉超懷裡，靜靜閉上眼睛，低聲道：「這筆帳，我留著日後慢慢跟你算。」

拾貳

誠如葉超所料，雪中鴻的解藥和藥方果然被藏在玉丞觀一處極其隱蔽的地方。兩個時辰後，一群人抵達灞橋驛，李泌依照約定將這兩樣物品交到鳴蛇幫手上。

「你拿著這個，又有幫主方印在手，絕不怕申龍和誅仙兩堂的人不服號令。」鈴對田歸文說。「如此一來，柴堂主應該很快就能繼任成為新的幫主。」

「鈴姑娘，」田歸文一臉誠懇。「若非妳託人千里傳訊，咱們也無法及早得知鄭瑜卿的死訊，做出應對。妳可是本幫的大恩人啊！」說完，便要領著眾人叩謝。

鈴這輩子從沒受過別人這麼大的禮，連忙伸手阻止。

「田大哥快快請起，你是小妹的救命恩人，何須如此？往後司天台的案子，還得仰仗各位大哥相助。」

「放心。」田歸文拍拍胸脯。「今後有任何需要本幫配合的地方，李道長儘管開口，田某絕對義不容辭！」

雖說李泌曾在鳴蛇幫的手上吃過大虧，但田歸文的這番話卻令他十分賞識。

「好，好！」他欣然一笑。「田兄不愧是義薄雲天的好漢。崔潭光如今身負重傷，又肩中一箭，極可能潛逃出城。但只要我們手中握有他的罪證，從今往後，京畿就再無他的立身之地！就算他真的逃走了，也不過是一介朝廷欽犯，不足為懼！」

眼看大患已除，夜色未老，田歸文本想在船上擺宴款待諸人，卻被李泌婉謝了。他惦記著那些喪生在玉丞觀的同伴，和鳴蛇幫借了幾撥人手，在附近的山坡上找了塊乾淨的地方將死者安葬。鈴和葉超也前去幫忙。

忙碌了幾個時辰，天色漸漸亮了。

鈴獨自佇立在木船的甲板上，望著黎明的曙光噴薄而出，心間有股塵埃落定的感覺。然而，身體一停下，身上各處的傷口便又刺痛起來，彷彿在催趕著她重新上路。

崔潭光這一倒，司天台在朝中的勢力頓時大減，包括朝中祭典在內的一應政務也重新歸到了原來隸屬的三省六部手中。河神祭是辦不成了，但無論是圍繞著《白陵辭》的陰謀，或者當年勾結趙拓，殺死朱松邈的兇手的真實身分，都仍然是謎團。

鈴和田歸文說，自己下一步打算去夏家莊。

身為新幫主的左膀右臂，田歸文手邊自然是有千頭萬緒的工作要處理，但他仍熱心地指派了幾名手下護送鈴和葉超，駕船走水路前往江南。眼看著，一行人馬上便要分道揚鑣了。

過去兩個月來，眾人出生入死，早就培養出了深厚的革命情誼。此刻，要和李泌等人分別，說實在，鈴心底還真有點捨不得。但同時，她又恨不得即刻啟程。

夏家莊主夏空磊人稱江湖神算，又是韓君夜的八拜之交，她實在有太多的問題想當面詢問對方了。她有種預感，此案兜兜轉轉了這麼久，終於要真相大白了。

第拾捌章、春秋神莊

壹

越州街頭，一座朱門深鎖的宅院，雖然石階不曾蒙塵，卻給人一種深秋百花殺盡的荒蕪之感，就連門匾也撤了下來。

如今，街頭巷尾還流傳著過去的傳說，偶爾還會有人抱著希望上門求問，卻再也沒有盼到過回音。

府前有株四人環抱的大榕樹。從前，人們會將心中的疑難和願望寫在尺牘上，再用紅色絲帶懸掛在樹杈間。可如今，這棵擎天古樹也只有雀鳥願意駐足了。

當地居民目睹這一幕都不禁搖頭。他們說，夏家莊已經徹底敗落了。

遙想十幾年前，此處可是比宰相府邸還要熱鬧的所在呢。從早到晚，求籤問卦者絡繹不絕，再加上那些送禮、遞帖子、攀親道故的，都要把門檻給踏破了。

說到這裡，那些人就要笑了：「什麼江湖神算，未卜先知嘛……若本事那麼大，又怎會落得這般下場？」

一路上，鈴和葉超已經聽了太多這種閒話了。

此刻，兩人正坐在街角一間賣羊肉湯餅的鋪子裡。

鈴發現觀察他人是葉超的一項興趣，且每當他看見什麼有趣或者非比尋常的現象，就會陷入發呆的狀態。

這廂，她見對方又在恍神，停下筷子，用腳尖輕踩了他一下，問：「發現什麼了？」

葉超目光指向街角的府邸，說：「這麼大一間莊子，裡面至少近百口人，外頭卻連個看門的都沒有，可見正街這道府門平時根本沒進出了。主人如此避俗，妳打算如何進去？」

「你覺得呢？」鈴反問他。

葉超想了想：「不會想半夜偷潛進去吧？聽說裡頭機關陷阱多得很，我可不敢。」

鈴眼中流露出促狹的笑意。

「不然這樣。」她說。「咱們來打賭，看誰有辦法先進到莊中，見到莊主的面。」

葉超光看對方的表情，就知道她已然成竹在胸。

他慢條斯理地把碗裡的湯喝完，道：「不用賭了，我認輸。」

「你這人真沒意思。」鈴白了對方一眼，可隨即言歸正傳。「看那裡。」

原來，這家湯餅舖子的對面正好是一間書肆。只見裡頭站著一名頭戴帷帽的紫衫少女，正和年邁的店主夫婦親切地交談著。

葉超聽到她的聲音，微微一愣。

「那不是……」

但他話還沒說完，少女便轉身出了店鋪。眼看她穿街而來，鈴站起身，喚了聲：

「雨雪！」

那名紫衫少女正是夏家千金夏雨雪。

她聽見有人喊自己，驚訝地抬起頭來，差點連手裡提的香袋都掉了。

「阿離！是阿離嗎？」

自從上次的天月劍會過後，夏雨雪深感自己本領低微，便辭別師門，回到夏家莊專心研習符咒和陰陽曆算之術。一轉眼，已是兩年前的事了。

夏雨雪乍見故友，眉毛彎成八字形，一副快哭出來的表情。

「真的是妳啊！我還以為這輩子再也見不著妳了呢！」

明明前一刻，舉手投足還堪稱名門閨秀的典範，下一瞬，卻已經整個人撲了上來。鈴連忙笑著接住對方。

「放心，我好得很……對了，當年在武夷山，我不得已用了假名，實在對不住。妳以後還是喊我鈴吧。」

「原來妳叫做鈴啊……真是個特別的名字。」夏雨雪愣了愣，露出若有所思的表情。

可下一刻，她發現旁邊原來還站著一個葉超，立刻臉色飛紅地放開鈴。

「你不是茅山的……」

「夏姑娘記性真好，在下葉超。」

「你們怎麼會在這裡？」

「這個說來話長了。」鈴說道。「妳父親在家嗎？」

夏雨雪的笑容微微一黯：「你們來找家父？」

「我有很要緊的話，必須當面告訴他。」

「阿爺長年閉關，就算是我帶來的朋友，恐怕也不會輕易見的。」夏雨雪聽到這，越發躊躇。

「不要緊。」鈴正色。「妳只需替我轉達一句話，以令尊的遠見卓識，定會明白我的來意。」

為了走到這步，她一路上可說是費盡了千辛萬苦。而今，目標終於近在眼前了，她內心不覺感到一陣振奮。

夏雨雪帶著鈴和葉超朝鏡湖的方向走去。途中，兩個女孩談起分別後所經歷的種種，在品嚐重逢之喜的同時，也深感光陰似箭。

夏雨雪雖是名門千金，但秉性單純，沒有一絲驕縱之氣，連出門都沒帶丫鬟，只有一名僕從在水邊等候。

「馬伯，這兩位是我的客人。」夏雨雪告訴對方。「一會兒到家，您先別聲張，我會自個兒向父親通報。」

那名姓馬的老叟一看上去就知不好惹。他撂起眉毛，用狐疑的眼光打量面前的兩位陌生人。

「娘子知道規矩，外客不得入莊。」

「不如這樣吧！」夏雨雪腦中靈光一閃。「阿爺的壽辰不是快到了嗎？就說……這是我給他備下的驚喜！」

馬老頭瞥見夏雨雪一臉哀求地看著自己，粗哼一聲：「既然如此，可別說是老朽放你們進來的。」

「有勞了！」夏雨雪匆匆謝過，領著鈴和葉超上了小船。

原來夏家莊乃是按照先天八卦圖所建，後門位於湖的中央，由上往下望去，正好是一八角形。

小舟行經花叢深處，夏雨雪從水中摘起一顆蓮蓬，小心翼翼地問：「話說回來，你倆怎麼會在一起？」

鈴被對方的目光瞅得發虛，不知該如何解釋。可還來不及回答，手就被葉超握住了。

「是我自己硬要跟來的。」

夏雨雪從小在玄月門長大，不習慣和年輕男子相處，因此在這之前，她一直有意無意地躲著葉超的視線。但當她聽見對方說出如此直白的答案時，一雙眼睛不由得瞪得老大。

鈴尷尬地笑了笑：「簡而言之，就是這樣。」

小船來到一座湖心小島。馬老頭從懷裡掏出一面圓形小鏡，鏡面反射出的光線打在島上的玄武石像上。石像口中的明珠徐徐下沉，水門「骨碌碌」應聲而啟。

夏家莊主夏空磊乃前塗山掌門韓君夜的八拜之交，精通陰陽數術、奇門遁甲，專做替人解惑的生意，深受一方百姓愛戴。但十八年前，司天台之變爆發後，韓君夜遇害，夢悟大師猝然離世，接二連三的事件引得武林中人人自危，夏空磊便是在此時告病退隱。

三年後，他更徹底封卦。一代經緯之才，四代顯赫的春秋神莊，就此在江湖的舞台上銷聲匿跡。

如此兢兢業業，瞻前顧後，實在不像是「天下第一莊」當家主的風範，鈴心想：「這些事，她一定得親自向對方問個明白。」

小船沒有將幾人載到門口，而是沿著曲折的水道繞了好一陣子，最後停靠在一座七尺高的太湖石邊。

「走這裡。」

太湖石疊成的假山跌宕嶙峋，夏雨雪帶著葉鈴二人穿過一道幽壑，才發現原來山腹的另一端別有洞天，居然是個杜鵑花盛開的花圃。

絢麗的花朵宛如大團的織錦綻放，冶豔得近乎刺眼，更有蜂蝶飛舞叢間，彷彿占據了一整季的春色。

一路上，葉超不忘仔細觀察周遭的造景，越發覺得莊中的一切布置俱都藏滿了玄機。就拿這些杜鵑為例，他指著其中一株長蕊花朵道：「這是『胭脂露』吧？沒想還能在江南見到來自黔州的名種。」

然而，他的手才剛伸出，夏雨雪忽然失聲低呼：「別碰！」

鈴和葉超均嚇了一跳。

「抱歉……」夏雨雪臉色飛紅，慌忙解釋道。「阿娘生前素愛杜鵑，自從她去了之後，阿爺便加倍地疼惜這些花兒，從不讓別人打理，就連花匠也不得隨意出入，只要看見花葉稍有碰損，他便會大發脾氣……」

葉超聞言，趕緊將手收回，再不敢亂動一根指頭。

「是我不好，姑娘見諒。」

「沒關係，是我大驚小怪了……我們快走吧。」

夏雨雪低下頭，領著兩人穿過迷宮似的花徑，又通過兩扇暗門，越過一座涼亭，終於抵達莊子的內院。

夏家莊雖稱不上富麗堂皇，但格局巧妙，別有意境。而夏雨雪雖然看上去乖巧，卻對莊中各種暗道十分清楚，動作也很嫻熟，顯然時常背著家裡人偷跑出去。

她在一座短橋邊停下腳步，指著對岸說：「阿爺的丹房就在那裡。」

鈴見對方面露遲疑，道：「不如，還是我直接和令尊說清楚吧。我就跟他說，是我自己溜進來的。」

但這項提議立刻被夏雨雪否決了。她將頭搖得跟波浪鼓一樣，道：「就算妳這麼說，他也絕不會信的。還是我去吧，你們先到後面的廂房等我。」

然而，就在幾人在原地猶豫不決時，葉超突然感覺背後射來冷颼颼的目光。

「有人來了！」

鈴也注意到了，但還來不及轉身，就聽見一陣叮叮脆響，嚇得三人集體跳了起來。

發出聲音的是一名十二歲左右的嬌小少女。她突然出現在石燈籠的後方，簡直就像地下冒出來的筍子。

除此之外，她的一身裝扮也頗奇特，白色寬衫罩著朱色的披帛，長髮用紅色緞帶束起，腰間繫了個吉祥結，背上掛著一對直徑半尺的白玉環，雙腳趿著筒狀木屐，漢服不似漢服，胡服不似胡服。

她眨巴著大眼睛，朝三人作揖：「客安康。娘子安康。」

明明是冰雪可愛的女童，不知為何，卻給人一股難以言喻的妖異之感。鈴被她瞅得都有些不自在了。

「琭玉，妳怎麼出來了？」夏雨雪問。「阿爺……莊主他有何吩咐？」

「莊主等候諸位久矣。」

「還好，還好……」夏雨雪聞言，如獲大赦。她本就覺得不可能瞞過父親，但既然對方早就料到她要帶朋友來，那她受到的處罰也不至於太重。

「請客人和娘子移步裡屋。」

琭玉說完，輕快轉身。三人跟在她身後走過短橋，來到一處鄰水小樓。

這裡有從湖心吹來的涼風，比別處更加清爽。但進了第一扇門後，琭玉卻突然停下腳步，對葉超道：「這位客人請留步。」

葉超一愣：「怎麼？我不行嗎？」

「這位客人請在院子稍候。」琭玉的態度客氣卻堅決。

葉超雖然從不在小事上斤斤計較，但被拒之門外，心裡難免有些不快。夏雨雪一臉抱歉地看著他，不過鈴倒是悄悄鬆了口氣。

老實說，等等要跟夏空磊談的內容，她並不想讓葉超知道太多。先前，對方問她此行的目的為何，她也只以「打探故人消息」為由敷衍過去。至於赤梟的真實身分、《白陵辭》的下落、司天台之變的陰謀這些沉重的真相，她還在猶豫該不該向對方全盤托出。

「你等著，我一會兒就出來。」

她說完，鬆開葉超的手，跟著夏雨雪和琭玉穿過跨院，登上通往樓頂的石梯。

貳

夏空磊的丹房其實更像一間藏寶閣，裡頭滿滿的全都是帛書卷帙，還有一些鈴連名字都叫不出來的神祕樂器。

一架看似渾天儀的器械放在條案上，旁邊擺著八卦盤、燭龍鎏金熏爐和三層高的水漏，後方牆壁高掛著顧愷之的「洛神賦圖」，龍飛鳳舞，色彩灼然。

不可思議的是，這麼多奇形怪狀的玩意湊在一處，卻不會給人一絲雜亂的感覺。

寬塌的右首是一整排的直欞隔扇長窗，竹簾隨風輕擺。夏空磊本人身穿一襲水色襴衫，正好整以暇地靠在塌上，用長草逗弄一旁籠裡的蛐蛐。

夏雨雪將鈴拉近身畔，兩人一同執禮。

「稟阿爺，這是我的一位江湖朋友，因有要事，特來求見。」

對面的夏空磊頭也沒抬，緩緩道：「是從京城來的吧？」

近看之下，鈴發現男子的鼻樑和下巴和夏雨雪生得極像，沉如冷玉的眼神卻散發出一股淡淡的疏離感，教人難以捉摸。她心裡咯噔一下，上前恭敬道：「晚輩自知不該打擾莊主清淨，但事關重大，還望莊主能聽我一言。」

夏空磊依然沒有抬頭，只是輕輕扯動嘴角。

「什麼才叫事關重大？」他問。「誰都認為，自己的事是天下第一要緊之事。」

「晚輩近來四處尋覓，查得有關十八年前司天台之變的線索，此案牽涉極廣，想必莊主會感興趣。」

聽到這，夏空磊終於拋開手中長草。

「妳交的都是些什麼朋友？」他先是橫了夏雨雪一眼，接著轉向鈴，質問：「妳想害死我閨女嗎？」

「阿爺！」夏雨雪忍不住叫了起來。「您別這樣！」

但夏空磊卻擰起眉頭，怒道：「這兒沒妳的事！趕緊給我出去！」

夏雨雪敬畏父親，只得乖乖閉上嘴，轉身退出屋外，留下鈴和夏空磊兩人繼續沉默對峙。

鈴隔著一堆如山的雜物，打量此間的主人。

自從她離開赤燕崖，開始調查十八年前的案子，一路上和不少手握權勢的男人打過交道——陳松九、長孫岳毅、趙拓、張迅騎、胡手、武正驊、李泌、崔潭光。這些人各個都是武林中有頭有臉的人物，但這位夏家莊主給她的感覺和他們又都不一樣。

只見他將竹籠掛回屋頂，輕輕嘆了口氣。

「知道我為何見妳嗎？」

「想必莊主早料到我會來了。」

夏空磊一邊用銀勺從熏爐中挑起幾粒小小的黑色丹丸，一邊說道：「世人總以為，所謂的高人，只要掐掐手指，就能洞察天機，逢凶化吉。但若真有人躲得過造化捉弄，又何須屈沉於這腌臢的俗世中？」

「晚輩不懂那些。」鈴正色道。「我只知躲得了一時，躲不了永遠，許多事，與其逃避，還不如主動迎擊。」

夏空磊意味深長地看著面前的少女，眼角含了一點挑釁。

「我知道妳想問什麼。」他說道。「司天台之變雖已過去許久，卻一直是江湖中人念念不忘的談資。這點，我很清楚。但令夏某不解的是，妳為何會找上我？」

此刻，葉超一個人被晾在院中，正百無聊賴地望著天邊的白雲。

他本來還想隔著牆去偷聽鈴和夏空磊到底在談些什麼，可一想到被鈴發現的後果，便很快將這個念頭拋到九霄雲外去了。

然而，天上的雲朵再有趣，也無法完全占據他的心神。眼看一盞茶的時間過去，屋內依舊毫無動靜，他開始將注意力轉移到周圍的景物上。

這裡是藏書樓外一座四四方方的小院，三面圍廊，臨湖一側有幾株形狀曲折的老松，門前則立著一座石屏，上頭刻著「臨源挹清*」四個大字。石屏的中央還鑲嵌著一面巴掌大小的銅鏡，和馬老頭開啟山莊後門機關時所用的圓鏡極為相似。

葉超好奇心起，腦中不禁開始琢磨起兩者間的關聯。

方才琭玉特別交代他不可擅自走動。但如今，對方也不知跑哪去了。葉超本就不大愛守規矩，眼看四下無人，便起身朝院外走去，決意去探一探這座春秋神莊的虛實。

同時，在隔壁的臨源挹清樓內，鈴懷疑自己的耳朵出毛病了。

只見面前的男人徐徐抬頭，捋了把唇髭道：「十八年前的塵封舊案，與夏某何干？」

鈴按下胸中伏火，直視夏空磊的雙眼，說道：「若真的與夏莊主無關，我這樣的無名小輩，恐怕也進不了天下第一莊的門吧。」

「赤梟之徒，豈會是泛泛之輩？姑娘過謙了。」夏空磊的表情雷打不動。「但敝莊封卦多年，夏某亦不再是江湖中人，妳我所求不同，有些話確實不必再提。」

鈴看不出對方到底是在敷衍，還是在故意兜圈子試探她，不禁暗自磨牙。

可就在此時，她忽然想起長孫岳毅和她提過的一件往事。

---

* 臨源挹清：出自郭璞〈遊仙詩〉十九首　其一：「臨源挹清波，陵岡掇丹荑。」

據說，夏空磊少年時曾一度迷上雙陸這種賭博遊戲。當時，他將縣城裡的地下賭坊逼到無以維生，那些混混狗急跳牆，居然派人跟蹤他，還企圖劫財害命。

雖然那群浮浪子無一是夏空磊的對手，最後還反過來被他狠狠教訓了一頓，但此事鬧得滿城風雨，夏老莊主得知後氣得差點中風，還大筆一揮，在家規裡添了一條「子孫不可沾賭」的規矩。

想到這，鈴心念一動，道：「夏莊主不會連坑騙兄弟的事情都忘了吧？」

夏空磊一怔：「妳說什麼？」

鈴一邊說，一邊迅速將腦中零散的記憶梳理一遍。

「昔年，你和韓君夜、長孫岳毅一起去靈禽峰找夢悟大師飲酒。你用九曲鴛鴦壺設局騙了長孫岳毅，讓他答應你三件事，我說得沒錯吧？」

她說的這場遊戲發生在三十年前，照理說，只有夏空磊兄弟仨和夢悟大師知道內情。夏空磊聽了，不由面色遽變。

但鈴話還沒完呢。

「後來，韓君夜和夢悟大師相繼遇害，你又利用這點，讓長孫岳毅賭咒發誓，不可追查司天台之變背後的真相，是不是？」

所謂關心則亂。自從長孫岳毅發下毒誓，退隱江湖後，他和夏空磊便再也沒見過面了。

因此，就算夏空磊再冷靜，乍一聽見對方的消息，也無法繼續裝作無動於衷。

「妳見到他了？」他沙啞出聲。

「嗯。」鈴點頭，腦中浮現長孫岳毅頭戴鐵面具，灰髮披散，狂放不羈的模樣。「……他是個念舊之人。」

此話出，夏空磊的眉心擰成一個川字。他從架上取過一根鐵管，一端用牙齒咬住，用力吸了兩口。淡青色的煙從管子的尾端裊裊飄出，那味道聞著像是薄荷葉混著西域來的三勒漿。吞吐了幾口雲霧後，犀利的目光重新落在鈴身上。

「看在舊交的面上，夏某今日就信妳一回。但記住，長話短說，別耽誤了我賞蛐蛐的時間！」

鈴眉頭一皺，索性直接切入正題。

「當年韓君夜並沒有死在司天台，而是化名赤梟，隱匿於赤燕崖。師父她老人家臨終前把一切真相都告訴我了，我這次下山，就是為了替她討回公道！」

葉超發現，這座宅邸確實藏著不少古怪之處。

他循著腳下的路向前走，經過一段曲徑，地板居然是用琉璃鋪就的！還有路旁的合歡樹，看似花繁葉茂，其實不過是用彩紙做出來的贗品。每片葉子都是精心裁就，遠遠望去，幾可亂真。

他來到闊院的盡頭，發現這是條死路，盡頭是座三面環湖的石坪，石坪的頂端像棋盤一樣被切割成無數格子，中央則站著一名手操長弩的男子。

以葉超的眼力，自然一眼就看出此人和剛才的樹一樣，都是出自能工巧匠之手，但他更感興趣的卻是雕像身後的石碑。只見上頭題著一段文字：「帝出東方，后令千軍。假之者，益損也。寂然不動，能知於知，見於不見。」

他將這幾句神叨叨的話復誦兩遍，心中突然靈光一閃，於是開始以那人俑為中心斜行踏步，嘴裡念念有辭，像是在計算著什麼。當踩到第七格時，只聽得「隆隆」幾聲沉響，身後的石像竟然動了起來！

石像黯淡無光的雙眼迸出精光，雙手張弓拉弦，對準面前的闖入者。

雖然人是假的，可射出來的箭可假不了啊！隨著勁風刮過瀏海，葉超吐出一聲低咒，縮身打地滾出。

結果才剛爬起，便見前方的水池裡一口氣冒出七、八個外型一模一樣的石俑，且每人手中都持著寬頭弩機，排開半圓，蓄勢待發。

葉超本是抱著玩玩的心態來闖陣，沒想到竟會碰上這種要命的機關，且對手還是一群油鹽不進的傀儡，就連開口求饒的機會都沒有，頓時心臟下墜，有種要完蛋的感覺。

外頭情勢急轉直下，丹房這廂也不輕鬆。

這是鈴第一次把師門的祕辛說予外人聽。此前，無論是面對長孫岳毅或是武正驊，她一直謹記師父的吩咐，沒有將赤燕崖的真相洩漏出去。但如今，她卻改變主意了。

「鬼見愁」的出現讓她恍然醒悟——十八年前的案子遠比她想像的要來的複雜，並不是將真相公諸於世就能解決。如今的武林還潛伏著一支以《白陵辭》為目標的神祕勢力，而當初的司天台之變也極有可能是他們的傑作。

她將這一切全都告訴了夏空磊。從韓君夜女扮男裝開始，到司天台之變，《白陵辭》被奪，夢悟大師離奇暴斃，再到十多年後的青穹三劍之死，塗山群雄大會，以及「鬼見愁」三人的出現。

夏空磊默默聽著，雖然表情未變，但鈴還是從他的眼神中讀出了震驚。

終於，他長長地吁了口氣：「大哥是女子的事，我很久以前就知情了。」

這點亦在鈴的意料之內。然而，她正想開口問別的，夏空磊的下句話卻把她給噎住了。

「我聽說，半個月前，崔潭光受太子黨彈劾，逃離京城，從此不知所蹤。張迅騎則是毒發暴斃，死在了押送回京的途中。這兩人，一個是下任的司天台監，一個是朝中呼風喚雨的大宦官，卻在短短兩年內被妳分別剷除……手段真夠狠啊。」

聽聞張迅騎的死訊，鈴一點也不訝異。畢竟，花月爻的教主姬雪天在得知他是殺夫仇人後，必欲將其殺之而後快。可她萬沒想到，夏空磊聽了那麼多，首先關心的居然是這個，不禁大皺眉頭。

「張迅騎早就和天道掌門趙拓勾結在一塊了。當年，正是他收受賄賂，放兇徒進司天台，也是他和趙拓聯手汙衊師父偷了《白陵辭》。他有這般結局，那也是他應得的報應。」她冷冷道。「至於崔潭光，他勾結朋黨，草菅人命，我不過是順水推舟，幫著揭露了他的罪行罷了。」

「不錯。」夏空磊觀察著她的反應，笑了笑。「就憑這只問是非的作風，妳確實像我大哥的弟子，論輩分，妳當喊我一聲世叔才是。」

然而，鈴總覺得對方的話裡還藏著話，沒有要與她坦誠互見的意思。

「世叔可否回答我幾個問題？」

「那得看問題的大小和性質了。」

「您是否聽說過一種名為『血鬼棺』的江湖秘術？」

夏空磊斜眼瞟來，目光如蘊霜雪：「妳問這個做什麼？」

「看守《白陵辭》的藏經洞主朱松邈，正是死於這種邪術。」鈴說道。「根據張迅騎的口供，十八年前他放入司天台的那個男人年約四十，雙耳穿環，說話帶有胡人口音。我推測，此人和後來殺死青穹三劍的『鬼見愁』極有可能是隸屬同個勢力……」

到這裡，她還想繼續解釋，卻被夏空磊打斷了。

「妳跟我談這些，沒用。我不會幫妳的。夏某一介白衣，並非草莽豪傑，不打算把腦袋拎在手上過日子。倘若妳執意說下去，就是陷長輩於不義。」

說完這句，他重新叼起煙桿，表情一片鎮定自若。對面的鈴則整個人木了。

當時在揚州，杜若也曾勸她別再追查司天台之變的真相，以免引火燒身。但杜若是與舊案毫無關聯的局外人，和眼前的夏空磊截然不同。

鈴剛到赤燕崖時，就常聽師父提起她的兩名結拜兄弟。雖說當時的她並不曉得對方便是夏空磊和長孫岳毅，但每每聽師父講起三人仗劍江湖，掃蕩魑魅的往事，總是心生嚮往，暗想：人這輩子若能遇見這樣的知己，便可死而無憾了。

然而，世間事往往是期待越大，打擊越沉。

此刻，鈴見夏空磊薄唇如劍，眸色似冰，感覺一腔熱血直竄腦門。正待開口，後方卻驀地傳來急促的敲門聲。

「——莊主，大事不好了！有人啟動了風后陣！」

趕來的莊丁甚至沒等主人回應，就直接半跌半撞地闖進屋中。

鈴不曉得「風后陣」是什麼，也不懂那人為何如此著急，但當她看見對面的夏空磊表情一凝，頓時明白此事非同小可。

對方剛才還一副泰山崩於前而面不改色的模樣，此刻卻霍地站了起來。

「快去看看！」

參

隨著又一波箭雨襲來，葉超展開輕功，輕蹬巧縱，閃至石俑身後。

他一邊抹去眉心冷汗，一邊琢磨著自己當前在局中的位置。

剛才他觸發的機關，應該是其中一道陣眼。從水中冒出的石俑，分別占據了「艮」、「震」、「巽」、「離」四個位置，而按照奇門裡八卦九宮的規則來看，下個機關應該就在他左手邊的第六道格子。

「咻——碰！」

兵俑的耳朵被擊飛了。而幾乎就在同個瞬間，葉超從藏身處掠了出去。

只見他巧妙一個撲跌，堪堪避過後方射來的流矢。與其說是看清了箭的來勢，不如說是算準了敵人出手的規律。

腳下這座石台就是一面活盤。下瞬，葉超向東移動四步，接著向南斜出五步，精準地落在了正北邊的坎位上。

這裡正好是箭陣的死角。

隨著十多支弩箭擦身而過，葉超心頭一鬆，同時也忍不住暗罵自己愚蠢。

這道石陣，表面看似平凡無奇，實際上卻暗藏著七七四十九重變化，絕非一般人能夠應付的。就算武功再怎麼高強，若不能即時識破其中的奧妙變化，一旦機關啟動，那就等於是羊入虎口。

此念方生，便見五名持刀石俑同時朝這攻來。他雙手猝分，整個人倒折下去，屏住呼吸。下瞬，兩道寒鐵自臉前交叉，晃得他眼都花了。

等他再次直起腰桿，陣中局勢又起變化。一聲低沉的咆哮傳來，石坪兩側居然升起兩堵牆，同時朝中間壓來。

葉超足尖倒點，向斜刺裡竄出兩步，想扳動腳下石板的機關，可萬沒想到，那暗扣居然像年久失修似的，不管他如何拉扯，愣是不動！

隨著勁風撲面而至，葉超的瞳孔倏地縮成了一點——他不懂，難道是自己搞錯了？千鈞一髮之際，腳下的石板終於鬆動，兩尊石俑之間露出空隙，葉超連忙縮身向後一滾，這才沒被迷宮軋成肉醬。而就在石陣停下來的時候，他揚起頭，聽見了一串咯咯的笑聲。

只見一旁的屋頂上坐著一名眼熟的白衣少女。她穿著木屐的小腳在空中不斷盪著，還拍手道：「好玩，真好玩！」

葉超的臉立刻就黑了。

「你覺得捉弄大人很有趣，是嗎？」

「居然沒死，你這個人真有意思。」那孩子笑嘻嘻地答非所問。

「你又是誰？」

「你記性真差，轉眼就把我名字給忘了。」

「是嗎？」葉超挑眉。「可我怎麼覺得，我們從未謀面啊？」

「我是瑑玉，莊主的貼身侍婢啊。」少女眨眨眼道。

「那妳剛才背上的那雙白玉環去了哪兒？」

少女正待回答，卻被一道突如其來的聲音給打斷了。

「若水，別裝了。你已經被看穿了。」

發話的正是夏空磊。他和鈴從後方匆匆趕來，身邊除了帶著兩名莊丁外，還有一名紅白裙子的少女。

兩個小丫頭站在一起，無論相貌或裝扮都難分彼此，看得鈴眼都花了。

「雙生子？」

「準確來說，是龍鳳胎。」葉超指著若水。「這小子是男的。」

鈴望著若水那副嬌滴滴，秀色可餐的模樣，頓時糊塗了。

然而，夏空磊完全沒留意兩人的對話。他犀利的目光落在葉超身上。

「敢問閣下是誰？」

「天道門，葉超。」

「據夏某所知，天道門無人精通奇門遁甲之術，你的這身本領是從哪裡學來的？」

「看書學的。」

夏空磊眼神一眯，顯然不信。但他不多問，卻將視線轉移到牆邊的花架。

「雨雪，妳也出來。」

只見角落裡的那盆海棠忽然顫了幾顫。隔了半晌，夏雨雪才紅著臉從花架後方探出頭來。

「阿爺，我……」

「妳看見石陣被啟動，怎麼不去攔阻？」

「我也是剛剛才發現的啊。」

「還不說實話！」

夏空磊目光驟沉，夏雨雪頓時像被雷劈中似地瑟縮了一下。

她眼神閃爍，隔了半晌才道：「女兒曉得，風后陣是莊中防禦兵陣，除非遭遇外來強敵，否則不可輕啟。但這位葉少俠身手了得，一上來便看出了三星連環的破解之法，我一時看得入神，才沒有馬上解除機關……」

夏空磊深吸口氣，斥道：「胡鬧！」

「丫頭，我還以為妳自請歸家，是真心想學習祖宗的智慧，沒想到如今竟是越發野了。

等過了端午，妳就回玄月門去。為父會寫信給柳師太，請她好好管束妳！」

夏雨雪臉色刷白，抱著懷中的海棠花，「噗通」跪倒在地。

「女兒犯錯，請阿爺責罰。但求您念在女兒一點孝心的份上，千萬別攆我走！」

「從現在起，我會派人時刻盯著妳。若再擅自外出，就別想回來了！」

夏空磊說這話時，額角青筋不住跳動，和方才雲淡風輕的模樣簡直判若兩人。鈴和葉超交換了道眼色，彼此都感到困惑不已。

經過這齣混亂的插曲，夏空磊的待客態度明顯軟化許多。他將鈴和葉超請進花廳喝茶，並親自解釋了方才所發生的一切。

原來，琭玉是夏空磊的侍婢，若水則是夏雨雪的書僮，兩人雖是雙胞胎，性格卻截然不同。琭玉從小跟隨莊主左右，老成持重，而若水則是個搗蛋精，若非夏雨雪三番兩次地求情，早就被夏空磊轟出家門了。

一名千金小姐身邊攜個男童，容易惹來非議，不過，若水自幼就喜歡扮成琭玉的樣子四處招搖撞騙，因此，如此安排倒也未啟人疑竇。

夏空磊對於葉超能從陣中安然無恙地脫身一事顯然十分警惕，但又不願露出端倪。如此一來，就只能從鈴身上著手了。

當他再次碰上少女的目光時，眼神已然發生了變化。

「並非夏某無情，而是事到如今，再談復仇，已然毫無意義。」他緩緩道。「仇恨就像囚籠，當你坐困其中時，就會看不清身外的世界。貿然行動只會招來更多的血腥，唯有維持各方勢力均衡，方能阻止悲劇一再上演。」

自從兩人踏入夏家莊後，這是對方給出的第一句實話。鈴聽了內心微微一震。

「您的意思我明白。」她說道。「但眼下，江湖的平衡局勢早已被趙拓打破了。難道他為了當上武林盟主而顛倒是非，行兇作惡，我們都要視而不見嗎？若是如此，那所謂的和平，不過是自欺欺人而已！」

夏空磊聽得眉頭深皺：「妳到底想查什麼？」

「凡事皆是有因才有果。所以我想，還是得從十八年前開始查起。」鈴說道。「司天台之變那一夜發生的事，如今尚有兩處疑點。」

「說說看。」

「第一，師父武藝高強，行事周全，為何會被張迅騎逼到絕境，選擇跳崖？第二，若『鬼見愁』說的是實話，那麼練妖術實際上就是來自《白陵辭》的武功。可為何這部秘笈最後竟會落到師父手裡，這中間的陰錯陽差到底是如何發生的？」

「這些事，妳師父從前難道都沒有對妳提起？」夏空磊看著她，表情有些狐疑。

鈴搖頭苦笑：「她連娶妻一事都瞞著我，想必自有她的理由吧。」

「這就對了。」夏空磊唇角浮起冷笑。「妳剛才說的，全都是憑空猜想，夏某可不會陪你們玩命。所謂江湖結義，聽著漂亮，可當大難臨頭時，還不是各分東西？」

他說得義正辭嚴，可鈴看得出，這番說詞實際上是言不由衷。

因為舌頭可以撒謊，表情可以偽裝，但當談到真正在乎的事情時，雙眼還是會不自覺地洩露出真實的情感——這就是人的弱點。

她決定先退一步，再另尋突破。

「不然，您給我講講這位藍敏夫人的來歷吧？女人家的事，可算不上玩命。」

「還想討價還價，是吧？」夏空磊朝鈴斜睨，但見對方態度堅定，猶豫片刻，最終還是鬆了口。

據他所述，當年的藍敏本是塗山派的一名普通侍女，既不會武功，也無顯赫的家世背景，後來卻不知為何，被塗山掌門崔玄微相中，將她許配給韓君夜當妻子。婚後，她也很配合地扮演掌門夫人的角色。多年來，外人眼中的她雖未表現得與丈夫特別恩愛，卻稱得上是位賢內助。

長孫岳毅當初也是這麼說的。鈴聽完了這段話，不禁深深同情起這位名叫藍敏的女子。

她一生下來便為奴為婢，後來又淪為別人的棋子，連情愛的權利都被剝奪，就這樣悄無聲息地過完一輩子，心中難道就不曾有過怨懟？

「聽說她在司天台之變後就失蹤了，這是怎麼回事？」

「誰知道呢？」夏空磊臉上掃過一絲陰霾。「我也曾派人四處打聽，但始終沒有消息……看來，十有八九是死在了當年的混亂中。」

鈴沉默了。這正是她覺得不對勁的地方。

司天台之變後，李延年對武林展開肅清，塗山派更是背負著極大的壓力。在這風口浪尖上，一個沒有背景，不會武功的女子，竟然在眾人的眼皮下消失得無影無蹤——這可能嗎？

隔壁的葉超卻在此時發話了。

他從剛才就一直專心聽著鈴和夏空磊討論案情。雖然一開始完全是丈二金剛摸不著頭腦，但到現在，東拼西湊，也算是理出些頭緒來了。

吃東西總是能促進思考。他下意識伸手去拿盤子裡的點心，道：「這樣說來，當年的兇手也未免太不小心了。」

「什麼意思？」

鈴看了他一眼。事到如今，她已經顧不得瞞對方了。

「按照妳的推測，他殺了朱松邈，卻沒有得到《白陵辭》，豈非白忙一場？」葉超道。

「你一個後生懂什麼？」夏空磊冷笑。「藏經洞主朱松逖雖然雙目失明，但武功之高，世所罕見。能殺死他的人，絕非易與之輩。」

「所以才說是不小心啊。」葉超將雙手一攤。「畢竟，再厲害的高手也有馬失前蹄的時候。」

鈴眉心緊攏：「可當晚，師父被張迅騎追殺，根本無從脫身，又是誰從兇手那裡把《白陵辭》奪走的呢？」

「一個武功更了得，手段更狡猾的高手。」葉超搓了搓下巴。「噯，等等……碰上這種人的可能性也太低了吧？除非從一開始，兇手就沒有得逞。」

夏空磊瞪住他，瞳孔微縮。

這個動作可沒逃過葉超的眼睛。下一刻，他眨了眨眼，狡黠一笑：「看來，夏莊主和我想到一處去了。」

鈴看了看葉超，又看了看夏空磊。後者面色如鐵，索性閉上眼睛。

「你是說……兇手殺死朱前輩後，根本就沒有拿到《白陵辭》？」她感覺自己的腦子都要打結了。「可若是這樣，他又怎會甘心就此離去呢？」

話到這，鈴突然呆住了。就在剛剛，一個靈感突然躍入她的腦海。

「兩半……」她喃喃。「《白陵辭》被拆成了兩半！事發當夜，兇手拿走的《白陵辭》

實際上只有一半！」

她興奮地捉住了葉超的手。

葉超很少見她如此激動，不禁微怔，但也點頭表示贊同。

「如此想來，確實說得通。」

然而，鈴的思維卻沒有停在這，而是繼續瘋快地轉動著。她覺得自己這會兒的心跳跳得好快，都快跳出嗓子眼了！

她終於明白「鬼見愁」之一的火頭僧死前想告訴她什麼了。她記得當時對方說了：「仙人洞」、「兩半」以及「四劍看到了」。

其中「仙人洞」，顯然指的就是朱松邈看守的藏經洞，「兩半」代表《白陵辭》實際上有兩部，那麼最後那句「四劍看到了」又是什麼意思？

「喂，妳還好吧？」葉超舉手在鈴面前晃了晃。

但鈴沒有回答。她已經完全沉浸在自己的思緒中，無法自拔了。

「四劍看到了……」她喃喃道。「不是四劍看到了什麼，而是四劍被誰看到了……這麼多年過去了，兇手一定是發現了自己手中的《白陵辭》內容不全，所以才又回到了中原，而此時，正好碰上了青穹四劍！」

葉超難得有思緒跟不上對方的時候。他目露困惑，問：「什麼意思？妳說清楚點。」

然而，鈴還來不及多做解釋，夏空磊便起身下達了逐客令。

「二位雖是小女的朋友，但夏家莊可不是胡言放肆之地。今日無論發生什麼，日落前，你們都必須離開，離得越遠越好，永遠不許再回來！」

他的語氣極為認真，而鈴也沒有反駁。

原因很簡單，因為她發現了整件事的關鍵——如果她方才那番推理沒錯的話，那麼覬覦《白陵辭》的神祕人肯定是從她和青穹四劍的那一戰開始便盯上她了！

他們定是從她和雲琅、大鵬之間的互動中看出了她會練妖術的事。殺死青穹三劍，不過是為了給趙拓一個名正言順的藉口，動用整個江湖的力量搜捕她。

可那些人沒料到的是，她靠著武正驊的暗中援手，在塗山絕頂上逃過了一劫，又發現了天狐冰窟，藉此避開了「鬼見愁」的追殺。直到後來，鐵無常和屍粉婆遇害，敵人的追蹤便徹底斷了。

然而，鈴有預感，事情到這裡還遠遠沒有結束。

前些日子，她幫助李泌和太子扳倒崔潭光，包括鳴蛇幫在內的許多江湖人士都是知情的。因此，只要有心，便不難打聽到她乘船前往夏家莊的事。而倘若她的行蹤真的洩漏了，眼下，追殺她的人極有可能就在來路上！

想到這，背心登時沁出了冷汗。她與對面的男人目光相接，終於明白了對方在害怕什麼。

所謂逢霜作樸樕，得氣為春柳。過去數十年間，夏家莊之所以能在風波險惡的江湖上屹立不倒，靠得正是洞悉世事，透察人心的本領。

眼下，夏空磊肯定也是想到了這層，才不敢讓兩人在此逗留。

「莊主放心。」她抬頭正色道。「我們一會兒就走，絕不滋事。」

肆

為了避免兩人像剛才一樣亂跑，夏空磊將鈴和葉超扣在了花廳，又派了幾名莊勇看住門，隨後便逕自離開了。

而鈴則趁此空檔將赤梟的真實身分、司天台之變的始末等來龍去脈全都告訴了葉超。等她終於說完，對方已將面前的那盤點心給一掃而空了。

「所以說……」他掐了掐眉心。「那個不知名的敵人現在很可能已經得知了我們的下落，為了不被逮到，我們還得盡快跑路？」

鈴點頭：「關於那幫人的背景來歷，我們所知甚少，還是先迴避，再想想下一步該怎麼做。」

當然，若能得到夏家莊的幫助，情況就不同了。但眼下，兩人孤掌難鳴，她實在想不到別的反擊之策了。

「或許，我該回赤燕崖，把一切都告訴薔姨他們……」

可這項提議才剛提出就被葉超否決了。

「那些人巴不得妳去呢。」他告訴鈴。「妳師父這些年不惜改頭換面，就是為了守住《白陵辭》的祕密。若妳現在走了這一步，無疑是引狼入室，正中敵人下懷！」

鈴知道對方所言非虛，臉色瞬間垮了下來，過了半晌才重新抬頭，朝葉超看去：「你倒可以回天道門。」

葉超聞言，卻立刻將頭撇開。

「這話妳都說幾遍了？我不想聽！」說著，還真的伸手摀住了耳朵。

鈴見狀忍不住白了他一眼，罵道：「幼稚！」

「我得完成我的曠世巨著，還得找尋我師父的下落，男兒志在四方，哪裡幼稚了？」

鈴聽對方又開始一本正經地胡說八道，知道再辯下去也是無用，只好轉開話題。

「既然如此，你覺得我們該逃去哪？」

「哪兒也不去。」葉超眼角一挑，似笑非笑。「既然他們想來，那就來吧。如此最好。」

「你是說，請君入甕？」鈴聽得眼神亮起，但隨即又滅了下去。「可夏家莊不收留我們，我們又能如何？」

「不是我在說啊……這位夏莊主真乃性情中人。」葉超打量著屋內的陳設，一臉欽佩。「雖擺出了一副拒人於千里之外的模樣，但其實嘛……人也收留了，能幫的忙也順手幫了。」他指了指面前的空盤。「就連茶點都是精心準備的，你覺得這樣的人真的會關上門，任由咱們自生自滅嗎？」

「可即便如此，我們也不能拖累人家啊。」鈴蹙眉責備。

「雖說大路朝天，各走一邊，但既已進了門，便不可能再撇清關係了。」葉超正色道。「與其分道揚鑣，還不如互相幫襯，趁機把那些心懷叵測之徒給揪出來。雖說敵暗我明，但只要他們一動手，事情的真相總會大白的。」

葉超平時雖然漫不經心，但談到正事時卻總能直言切中要害。這點，鈴已經逐漸習慣了。

她緩緩點頭：「那就看對方如何出招了。」

然而，接下來的發展卻完全超出了葉超的預料。

距離夏空磊給的時限還差半個時辰，花廳外突然傳來一陣騷動。只聽見守門的幾名莊勇說了幾句話，接著便紛紛倒地。

下一刻，一道緋紅色的身影出現在了門口。

葉超看出來人是若水，眉毛一挑：「怎麼是你？」

「娘子讓我來的。」若水眼中笑意沉沉。「她讓我帶你們到秘閣。那裡面有關於司天台和《白陵辭》的卷宗，或許對你們所謀之事有幫助。」

「雨雪？她怎會知道我們在籌劃什麼？」鈴好奇。

「咱們娘子雖比不上莊主神機妙算，但這種事對她來說也是小菜一碟。」若水得意道。

說著，還衝鈴眨了眨眼：「別忘了，她也給妳算過一卦哩！」

經對方這一提醒，鈴頓時想起，當年在武夷山時，夏雨雪確實曾在李宛在的慫恿下替自己占過卦。當時那首籤詩是怎麼說來著？此刻，她的印象已經有些模糊了，直到聽見若水唸道：「赤星墜，碧簫吹，胡帳夢醒天下危。金聲出，青花渡，飛煙雪凋高台暮。」這才徹底回憶起來。

「對，沒錯，就是這首！」

「娘子備下的好戲才正要開始呢。你們隨我來便知。」

見若水說得一副煞有介事的樣子，鈴和葉超互看一眼，都覺得有些好笑。

隨後，兩人像相約逃學的孩子，跟在若水身後，繞過屏風，從一扇雕花空格窗縱了出去。

此時的天剛剛擦黑，月色下的夏家莊顯得格外靜謐。在假山叢疊間繞了一陣後，葉超忍不住湊到鈴耳邊問：「這小子刁猾得緊，不會是故意在耍我們吧？」

但話音剛歇，三人便抵達了路的盡頭。只見若水從角落的石墩上拿起一盞六角燈籠，照亮了眼前幽幽的湖面。

「整座春秋神莊由外而內可分為三個區域。首先是由水榭花塢、亭臺望樓所組成的西苑，是下人們工作起居的地方。接著，穿過朱雀門便是內院。除了接待外客用的春夏秋冬四堂、正廳、左右花廳以及暖閣外，莊主的丹房、小姐的繡房也都在這，建築錯落有致，位於中心的鏡湖和『風后陣』不僅景色極佳，還有抵禦外敵的作用。而過了湖，再往深處走，便是只有莊主才有資格踏入的秘閣。」

聽若水這麼一說，鈴不禁扶額。

「我們這樣擅自闖入真的沒問題嗎？」

她萬沒想到，自己才剛答應夏空磊不惹事的，一回頭竟又闖禍了。

然而，對面的若水臉上卻毫無愧意，一雙星眸直勾勾朝她望來。

「難道妳就不想知道自己的未來嗎？『赤星』、『碧簫』、『金聲』、『青花』——這些答案，或許就隱藏在秘閣的記錄裡呢。」

話說完，足下一個巧縱，躍上水面。

原來，湖中立著許多特殊材料做成的樁子，白天在陽光下看不見，唯有月色朦朧時才會顯露出來。

「小心些，跟著我的腳步走。水下布滿了機關，若掉下去可就糟了。」

若水的話令葉超心頭一怵。然而，前面的鈴沒有停下腳步，他也只好硬著頭皮跟上去。

不久後，三人順利抵達了位於湖心島上的秘閣。若水取出鑰匙插入星形的鎖孔，「吱嘎」一聲，高大的金漆扇門應聲開啟。

秘閣的門一開，映入眼簾的是一排又一排的檀木書櫃，卷帙浩繁，目不暇給。葉超忍不住張大了嘴。

「這裡竟有這麼多的藏書！」他喃喃。「人生至此，夫復何求？」

「這些都是莊主從天南海北各地搜羅而來的古書珍籍。」若水望著葉超驚豔的表情，得意道。「其中有孤本，也有殘卷，都是外頭找不到的。普通人光是有機會看上一眼，回頭就該燒高香了。」

「不錯，是該燒……」葉超傻笑。

他已經完全沉醉了，反身就往書堆裡扎。

鈴則跟著若水來到了其中一座書架前。根據卷軸上的標注，這裡記載都是關於《白陵辭》的史料。

鈴隨手拿起一卷翻閱，發現裡頭有許多夏空磊的親筆批註。

看來葉超說得沒錯。過去這些年來，夏空磊表面上和韓君夜劃清關係，明哲保身，但暗地裡卻從未停止追查司天台之變和《白陵辭》的下落。真是個嘴硬心軟的男人……

「白陵歧術，天下相爭，邪魔具現，江河四溢。千仞之山，轉眼成塹，廟堂之巍，安能不懼？」鈴望著書中熟悉的文字，再度陷入苦思。

這些年所發生的一切，師父的命運，赤燕崖的命運，以及她自身的命運，全都圍繞著這幾句話展開，就好像一張無形的網，看似若即若離，卻又將他們緊緊裹挾。

她又低頭翻了幾頁，心想：「若當年司天台上果真有上下兩部《白陵辭》存在，那或許能在這裡頭找到相關的線索。」

然而，書海浩瀚，她又不習慣看這麼多艱難的文字，爬梳的速度未免稍嫌過慢。正當她覺得眼都快花了，打算把葉超喚過來幫忙時，若水又從架子後方冒了出來。

他用詭異的大眼盯著鈴，招手道：「快過來。」

鈴不知對方想給自己看什麼，便好奇地跟了上去。可當兩人走到書架盡頭時，她卻漸漸感到不大對勁。

「等等……」她盯著對方沉穩的背影，腳步一頓。「妳不是若水！」

前方的女孩聞言回過頭來，臉上仍掛著甜甜的笑容，但那笑卻令人心頭無端發毛。

鈴心頭一凜，下意識退了兩步。正想拔刀，偽裝成若水的琭玉已經朝她衝了過來。同時，位於屋樑上的八卦鏡射出一束強光，瞬間遮蔽了她的視野。

閃躲間，鈴身子撞上了一座沉重的書架。無數的書從頭頂墜落，宛如雪山崩垮。

琭玉躍過倒落的書堆，抽出身後的白玉環。這對奇形兵刃揮出時玎玎作響，速度飛快，幾乎可用神出鬼沒來形容。

鈴和她過了十來招，發現對方武功的精妙處全在下盤。她曾經看過這樣的步法——錯不了，正是天月劍會上夏雨雪對戰白澤時所祭出的絕招：「星斗跬步」！

若是一年前，鈴還未必能夠化解這樣變化百出的攻勢。可如今，她習得了天狐冰窟裡的心法，自能從容應對。

她並不想傷害對方，一個騰身，腳步挪轉間，已閃出了對手的攻擊範圍。然而，對面的女孩卻毫不領情，眸光一閃，動作越發兇悍。

眼看近身攻擊未能奏效，她從腰間甩出一串五色符咒，冷笑道：「擅闖秘閣者死！」

這變化來得突然，鈴瞳孔倏縮，連忙跟著探手入懷。琭玉手中的符咒才剛湧出光芒，雪魄的刀鞘已經射了出去，正好削斷了對方衣服上的吉祥結。

鈴看出琭玉駕馭符咒的手法相當純熟，恐怕比自己還要高明許多，於是心念急轉，決定先發制人。果然，和她猜想的一樣，琭玉整件裙子的裙擺都是由符籙所織成的，吉祥結一斷，五色符的光芒也跟著消失了。

琭玉嬌聲呵斥，將白玉環用力朝鈴面門擲出，卻被對方反臂接住。

她臉色巨變，正要丟出更多法寶，下一刻，卻又忽然改變了主意，垂手躍開，口中道：「莊主恕罪！」

原來是夏空磊到了。

聽見騷動的葉超也從秘閣的另一邊趕了過來。

他和鈴面對滿臉慍色的夏家莊主，就好像面對著噬人的虎豹般，一顆心七上八下，狂跳不已。

「看來，二位今日是敬酒不吃吃罰酒，鐵了心要和夏某作對！」

夏空磊口中的「罰酒」指的是什麼，鈴不知道，也不想知道。但她還不及開口分辯，秘閣的門便再次打開。

「慢著！」

一陣沁人心脾的晚風吹了進來，沖散了屋內山雨欲來的氣氛。剎那間，在場所有人的目光全都受到了吸引，不由自主地朝那方向望去。

只見夏雨雪屈膝長跪在廊上。她換了一身垂地絳色石榴裙，烏黑的髮絲如瀑布般披落，鬢邊金步搖，耳畔雙明珠，神色齊整，目光堅定，簡直跟變了個人似的。

涼風習來，吹動她的寬袖。她毫不遲疑地迎上父親的視線，吟誦道：「上邪，我欲與君相知，長命無絕衰。山無陵，江水為竭，冬雷陣陣，夏雨雪，天地合，乃敢與君絕！」

聽見這幾句詩，鈴的記憶瞬間被勾起。

她印象深刻，兩人第一次見面時，對方就曾強調：「我叫夏雨雪，下雨的雨，雪花的雪。

但中間那字念法跟平時不一樣，要念成『玉』。別唸錯啦。」然而，她讀書不多，所以直到今日才醒悟，原來這名字背後竟是有典故的。

而對面的夏空磊看見這一幕，更是如雷轟頂，愣在原地無法說話。

他萬沒想到，事隔多年，此情此景，竟會再度映入眼簾。

想當初，同樣是初夏的傍晚，同樣是飄著杜鵑花香的小院，妻子正是穿著這一身火紅色的石榴裙，婉伸郎膝上，對他說出白頭偕老，矢志不渝的誓言。

他整個人都震動了，胸口如山巒起伏，隔了許久才顫巍巍地指向女兒，沙啞出聲：「妳……到底是何意？」

「雨雪不是有意要惹阿爺傷心，只是希望您能想起當初答應過阿娘的話……」夏雨雪說著，垂下雙眸，雪白的臉頰浮現紅暈。「您曾說，無論發生什麼事，都會遵從自己的本心本願而活，不會因為世道遷移而有所改變。」

「妳想教訓為父嗎？」夏空磊冷笑。

「雨雪不敢。」夏雨雪咬牙，挺住父親刺來的目光。「我知道，您這些年來一直隱忍韜光。但女兒如今懂事了，請您別顧念我，去做自己相信，並且認為值得去做的事——如此，方能對得起阿娘，方能無悔啊，阿爺！」

「無悔？」夏空磊的眸光搖曳了一下。「天地不仁，以萬物為芻狗，聖人不仁，以百姓為芻狗。妳小小年紀，哪裡知道什麼悔與不悔？」

「我雖年輕，卻是您看著長大的。」夏雨雪說著，揚起頭顱。「桃李無言，下自成蹊，對錯植於人心，豈能不知？」

此話一出，夏空磊頓時語塞。

葉超趁機插口進來：「夏姑娘所言甚是在理。世間的功名利祿皆是浮雲，過了也就罷了，一個人若失去了初心，那才真的是一無所有。」

夏空磊盯著跪在身前的女兒，恍若未聞。

「剛才我們談話的內容，妳到底偷聽了多少？」他靜靜問。

夏雨雪聽了，耳根再度染紅。

「鈴是我的朋友。」她回答，語氣中透出一股負隅頑抗的決心。「她曾多次救過我性命。患難之交本就是你情我願，傾力相助乃是理所應當。」

「你情我願，理所應當？」夏空磊失笑。

想當年，像這樣的話，他也時常掛嘴邊。人啊……到底是在何時發生改變的呢？

過了良久，他將視線從女兒身上移開，投向夜空，長長嘆了口氣，眉心沾了一縷無奈。

「果真是女大不由爹……你們這幫小毛孩，各個生著一張利嘴，把我這個老朽說得是無所遁形啊。」

夏雨雪知道父親這麼說，多半是氣消了，立刻鼓起雙頰反駁：「阿爺才不老呢！您這叫正當盛年！」

夏空磊低眉瞋了她一眼：「地上那麼涼，不趕緊起來，還想著拍馬屁呢！」

夏雨雪這才吐了吐舌，提起裙子，乖乖黏到父親身邊。夏空磊撫摸著女兒的秀髮，望著她臉上純真的笑靨，胸中悲喜交集，百轉千迴。

對方先前的那番舉動確實點醒了他，更說出了他這些年想說卻不能說的話。但這樣的結果究竟是福是禍，連他也算不準。

「看在小女的面上，今夜的事，我暫不追究……但別高興得太早。」他看向鈴和葉超，再次板起臉。「你們既然進了這扇門，就得按夏某的規矩辦事。什麼爬牆上樹，鑽洞盜書的事，莫要再讓我抓到！否則，有你們好受！」

就這樣，鈴和葉超擅闖秘閣非但沒有受罰，此事還成了他們入住夏家莊的契機。然而，兩人不知的是，那天深夜，當他們在房裡呼呼大睡時，外頭風雨飄搖，夏空磊獨自關起門來，在亡妻的靈前斜倚熏籠坐到明。

他面前的地上攞著兩張紙籤，搖曳的燭火映照出幾行小字——

「赤星墜，碧簫吹，胡帳夢醒天下危。金聲出，青花渡，飛煙雪凋高樓暮。」

這是夏雨雪替鈴算出來的籤辭，可就連夏空磊也看不出其背後的深意。

「阿瑜……」他輕聲呼喚妻子的小字。「現在的我或許已經沒有力氣去改變什麼了，但至少，我得看住咱們女兒。」

話到這，終忍不住低下頭，淚濕雙袖。

其實當初，司天台之變剛發生時，他也和長孫岳毅一樣，滿腔悲憤無處發洩，只想攜劍上司天台，向李延年討個公道，就算要與朝廷，與整個武林為敵，他也毫不在乎。可就在這個節骨眼上，國清寺那頭卻傳來了夢悟大師死去的消息。

接到書信時，夏空磊整個人都呆住了。他立刻明白這一切背後肯定存在著巨大的陰謀。他記得當時自己率領一隊飛騎出了莊子，就要往天台山趕去。然而，即將臨盆的妻子卻冒雨追了出來，攔在馬前，極力勸阻，說越是這種時候越是得從長計議，別因為一時意氣而落入了敵人所設的圈套。

這番說辭奏效了。夏空磊果真勒馬回頭。

然而，兩天過後，妻子卻因為胎氣震動而陷入難產。那一夜，撕心裂肺的呻吟傳遍了整個夏家莊。夏空磊叱吒江湖多年，也從未見過如此多的血腥。他親眼看見光采從妻子那雙溫柔的眸中褪去，就好像流沙逝於掌心，又像是天上的萬千星辰同時熄滅。

從那時起，他的日子陷入了漫長而痛苦的恍惚。直到從乳娘手裡接過襁褓，他低下頭，看見女兒白嫩如筍的小臉，突然感到前所未有的恐懼。

那一刻，他眼裡只剩下孩子天真無邪的笑靨，所有的熱血和勇氣都棄他而去……

直到靈前的蠟燭都燒到盡頭了，夏空磊才終於將自己從回憶中拔出來，再次抬頭，面對妻子的牌位。

「原諒我，阿瑜……」

他感覺自己過去這十八年來就像是做了一場很沉很沉的夢，直到今日方才甦醒。

第拾玖章、四色歌

壹

太陽升起了，雨剛剛停。

鈴支肘坐在窗邊，一手叼著筆，正在寫信。夏雨雪在旁邊熱心地幫忙研墨。

但老實說，鈴覺得此時對方在旁邊，反而是種干擾。她好幾次都想請對方出去，不必陪自己在這兒瞎忙，但轉念又想：「此處乃是別人家，天底下哪裡有客人驅趕主人的道理？」於是她寫了兩行，又把筆放了下來。

「今兒是大日子，妳去幫妳阿爺吧。」

「去過啦。」夏雨雪嘟噥道，語氣有些不悅。「但他嫌我手腳粗笨，又把我趕走了。」

「他那叫口是心非。」鈴告訴她。

「可他卻把葉超留下了。」夏雨雪說著，小嘴一撇。「阿爺好像很喜歡他的樣子……妳沒見他倆最近成天膩一塊嗎？」

「那個書呆子就是愛出風頭，妳漸漸就會習慣了。」鈴連眼皮也不抬，漫不經心道。

「不是……妳為何老叫他書呆子？」夏雨雪疑道。「他又不傻。」

「書讀那麼多，就算不傻也變傻了。」鈴煞有其事道。

她捧起桌上的信紙，端詳著上頭的墨跡，左看右看，總覺得不順眼。

在她周圍的朋友當中，江離字跡剛勁有力，夏雨雪的字端正秀氣，葉超更是寫得一手行雲流水、飄逸脫俗的好字，就唯有自己的字一個個歪瓜劣棗似的，見不得人。想到這，她不禁大皺眉頭，乾脆將紙團揉了，重新來過。

這封信是寫給武正驊的。他人在塗山，不便使用滅蒙鳥傳遞口信，如此一來，就只能依靠夏家莊的飛鴿傳書了。

寫完信後，鈴在夏雨雪的帶領下前往鴿樓。

這裡雖不大，但窗明几淨，空氣中只有一點淡淡的鴿糞味。一架架的鴿籠沿著牆壁排列，裡頭不時傳來咕咕咯咯的聲音。

夏家莊的鴿子平時都是由專人管理，每隻都訓練有素。而自從五天前，夏空磊將莊子重新開張的消息傳遞出去後，此處就變得異常忙碌。有人伏在案上振筆疾書，有人拿著剛到手的信件，匆匆往後方的甬道走去。那裡的牆邊有道小門，可以直接通往夏空磊丹房所在的臨源挹清樓。

養鴿人親自爬上梯子，抱下一隻羽翮油亮的灰鴿送到夏雨雪面前。

「這隻疾風號是專門遞送六大門往來書信的，要比驛站的馬匹來得快。」

「那就牠吧。」鈴將寫好的信捲起放入竹管，摸了摸鴿子的頭。

「不過真沒想到，妳和塗山掌門私底下居然還有這種交情啊。」走出鴿樓後，夏雨雪忍不住道。

「也稱不上什麼私交……」鈴想起韓君夜和武正驊之間的孽緣，以及天轅台密道裡所發生的事，不禁苦笑。「只是他曾答應過要幫我一個忙罷了。」

夏雨雪突然停下腳步，朝對方一揖：「小妹拜服。」

鈴看出對方表面拿腔作勢，實際上卻在忍笑，不客氣地推了她一把。

「別鬧了，大家還在等咱們呢。」

次日清晨，夏家莊的大門尚未開啟，整條長街已被堵得水洩不通。

不光是越州，整個江南都轟動了。

自從夏家莊重新開門迎客的消息傳開來後，城裡的客棧紛紛掛起了「滿位」的牌子，附近的攤販店家也賺得盆滿缽滿。甚至還有遠道而來的民眾，早在三天前就聚在了府門前，再加上瞎湊熱鬧的群眾，放眼望去，烏泱泱的一大片。

除此之外，夏空磊近日還派人到各處散布消息，說是自己閉關多年，卜得一道籤辭，關乎《白陵辭》的下落以及日後的江湖大局。

這六句詩透過鄉民口耳相傳，被編成歌謠在大街小巷四處傳唱，正是夏雨雪當年寫下的那首「四色詩」。

光是昨日，鈴就親眼見到幾個身高只到她腰板的小孩子，聚在街角的大槐樹下，一邊踢蹴踘，一邊唱道：「赤星墜，碧簫吹，胡帳夢醒天下危。金聲出，青花渡，飛煙雪凋高台暮。」

這樣的畫面令她瞠目結舌，但也不得不佩服這位夏家莊主的機智。

如今，天下英雄皆知《白陵辭》的線索掌握在夏家莊手上，包括司天台和六大門在內，所有人的目光都聚在了這，那些隱身在暗處的野心之輩，反而不敢輕舉妄動了。

夏空磊門下弟子雖然不多，僅有三位，但他們都是打小便跟在莊主身邊，二十多年來都在莊中忠心服侍，從未離開。另外，還有老莊主夏智晉當年留下的一匹心腹智囊，這些人聽聞夏家莊重啟的消息，也紛紛從各地歸來投效。

正所謂登高一呼，眾山響應。這下，鈴和葉超終於有機會一睹春秋神莊真正的風華了。

當莊子的門一開，民眾開始湧入，莊丁們各司其職，將人群引往春雩、夏風、秋暝、冬山四處廳堂。葉超在臨源挹清樓幫忙夏空磊處理事務，也是片刻不得閒，但在鈴看來，他簡直就是忙到不亦樂乎。

待到傍晚，人潮好不容易散去，夏雨雪很貼心地讓廚房煮了夜宵送到各個院裡。

鈴和夏雨雪已經在假山亭中坐下吃了起來，葉超跟莊主從秘閣借了幾本書，正走在回去的路上。

然而，當他路過中庭時，卻忽然聽見後頭廂房傳來莊丁的呼喊：「誰在那鬼鬼祟祟？」

葉超心裡咯噔一下，懷裡的厚重書簡險些掉下地。

可他剛轉過身，還來不及去查看究竟，卻聽見「咣噹」數響，以及數人摔倒在地的聲音。

不知何時，那個鬼魅似的影子已經移動到了他面前。

下一刻，從莊丁手裡奪來的長刀「噌」地插入葉超雙腳之間。刀身半截釘在土裡，另外半截在他眼前晃呀晃的。

葉超目光顫動，蹙眉抬頭。只見來人一襲黑色披風，傲然跨坐在前方的屋脊中央，兜帽下的雙眸銳利如刀。

「你是誰？」

嗓音雖然裝得挺糙，但還是聽得出年紀不大。

葉超仔細觀察對方的身形，發現他左腿微跛，似乎受過舊傷。他腦中浮現一道念頭，拍了拍書上的灰，走上前去。

「你就是瀧兒吧？」

少年俯視葉超，勾唇冷笑：「你便是葉超？」

葉超上上下下地打量對方。「好身法。」他讚道。

「是不是好身法，總要試過才知道。」話音未歇，瀧兒已經幌身落地。眸光微藐的同時，拳頭也跟著掃了過來。

葉超舉書格擋，閃至一旁。「別激動，別激動啊。」他告訴對方。「你師父讓我來接你的。」

瀧兒拋去一個「你當我傻啊」的眼神：「連她都不知道我到了，你能？」

「不信的話，你問旁邊那位大哥，我們認識的。」

在葉超拖住瀧兒的這段期間，另一道身影已經悄無聲息地出現在二人背後。

「瀧兒別鬧，葉少俠是自己人。」

「我沒鬧。」瀧兒定定地回應大鵬。「就是想掂一掂這傢伙的斤兩。」

他雙臂抱胸，眼神輕蔑地打量葉超：「廢話那麼多，你到底敢不敢打？」

葉超苦笑：「我若說不敢，你打算如何？」

「男子漢大丈夫，若連拔劍的膽子都沒有，那就活該被打殘。」瀧兒面無表情道。

可面對這樣赤裸裸的挑釁，葉超也並沒有動怒。

下一刻，他主動湊上前，直到兩人幾乎是面貼著面，接著附到對方耳邊，故作神祕道：

「怎麼說呢？你和你師父形容的一樣……但又有些不一樣。」

「她都說我什麼了？」瀧兒眯了眯眼，忍不住問。

「想知道？」葉超伸手入懷的同時，朝對方遞去一道充滿深意的眼神：「想打架隨時都能打，但今朝有酒還得今朝醉。不如這樣，你陪我去喝一杯，我就把一切都告訴你。」

瀧兒聞到濃冽的酒香撲面而來，內心頓時有些動搖了。過去這一年，他一直和大鵬在北海修行，日子過得那叫一個清心寡欲，哪裡有機會碰這種好東西？

他下意識朝大鵬瞥去一眼，口中嘀咕：「這樣不好吧……」但葉超不給他考慮的時間，直接出手勾住他肩膀，轉身架走，只撂下一句：「周兄，人借我我一下，晚點還你。」

就連大鵬也沒想到，葉超居然有這個本事，三言兩語間就將瀧兒給拐跑。他連少主都還來不及稟告，實在哭笑不得。

但更傻眼的還是鈴。半個多時辰後，她在西苑某個偏僻的角落找到兩名少年時，葉超還很清醒，瀧兒卻已經東倒西歪了。

他跳下屋頂，左搖右晃地朝鈴走去，一邊高喊道：「喂！惡婆娘，告訴妳……這裡的守衛太鬆懈了！本大爺三兩下就搞定了，簡直不堪一擊啊！」

鈴聞著徒弟渾身酒氣，連忙伸手幫扶，同時越過對方肩膀，狠狠瞪向葉超：「你到底給他喝了什麼？」

「三十年郎官清，莊主私藏的寶貝。」葉超輕縱下地，落在她隔壁，嘻嘻一笑：「瀧兒和我講了很多你們以前的事情，可有趣了。」

鈴的表情不變，耳根子卻有點發燒了：「我警告你，咱們可是來幹正事的，你別誤人子弟！」

葉超一聲咳嗽，連忙轉移話題：「那梅梅呢？怎麼沒一起來？」

「上國清寺幽會去了。」鈴無奈道。

「跟個和尚？」葉超眼睛一亮。「行啊，赤燕崖果然人才濟濟！」

此時，瀧兒還在一旁小聲咕噥著什麼，可字音黏糊糊的，從頭到尾，鈴只聽清了一句：

「……這些日子，妳過得好嗎？」緊接著，少年頭顱朝下一勾，整個人直接往她身上倒。而鈴這才訝異地發現，許久不見，對方居然已經比她高出大半個頭了，就連五官也脫去了稚氣，完全不是從前那個小孩子了。

分開的這一年，雖然師徒倆也曾透過蛟香編織出的幻境進行對話，但那和現實畢竟還是不一樣。此刻，鈴感覺對方的重量沉甸甸地壓在肩頭，突然隱隱覺著有些不妥，連忙喊葉超的名字，讓他過來幫忙。

兩人合力將瀧兒扛回屋裡，直到看見對方倒在榻上舒服地酣睡不醒，鈴這才稍稍鬆了口氣，拉著葉超出來，關上房門。

回去的路上，葉超眼裡滿是藏不住的笑意。

「其實他的脾氣也沒有像妳說得那麼差啊。哄一哄，毛就順了。」

「不好意思啊。」鈴沒好氣道。「我沒你葉大才子那麼會說話。」

夜深了，然而兩人卻都沒有睡意，並肩走到涼亭裡坐下。

少頃，鈴抬頭望著天邊的月亮，問：「你說，他們會來嗎？」

「會的。」葉超給出肯定的答覆。「撒了餌，拋了鉤，但釣上來的是什麼魚，等來了才知道。」

「無論來者何人，屆時絕不能再讓他們輕易逃脫。」鈴說。

她這次之所以會把大鵬、瀧兒全都叫回來，大夥兒齊聚夏家莊，就是為了等待刺殺朱松邈的兇手主動現身。

如今莊子的進出極為複雜，那些人心存顧忌，肯定會派出暗探，想辦法刺探消息。而這幾日來，夏空磊更是加強戒備。凡是城中人群聚集的節點，包括酒肆、茶樓、客棧、十字街、車馬行，處處都埋伏著莊中的眼線。

因此，眼下的越州城，表面熱鬧滾滾，實際上卻如同一張外鬆內緊的天羅地網，正準備迎接一場風雨的到來。

貳

巳時三刻，十字街口。

開在街角的羊肉湯餅鋪子人潮鼎沸。小小一間店面，生意好得根本無處落腳，又正好碰上飯點，許多客人買了之後便端著碗到旁邊的城隍廟去吃，或者索性搬來凳子，原地坐下。熱呼呼的羊肉，混著花椒，澆上麻油，吃得大汗淋灕，香味四溢。

其中一名客人穿著灰色圓領長袍，腰繫蝶躞，高眉深目，五官俊挺，看上去年紀不過二十開外。

這樣一名年輕俊俏的郎君，路過的人都忍不住多看幾眼，就連老闆娘把食物端給他時也多提點了一句：「趁熱吃，吃不夠再給你添啊！」

男子不答，露齒笑了笑。

他的笑容很賞心悅目，眼角眉梢卻透出一股陰鷙寒意。

老闆娘的臉上閃過一絲狐疑，可下一刻又恢復了親切的笑容，轉身招呼別的客人去了。

這名灰衣男子正是曾在塗山頂峰和江離、霍清杭交過手的蘇必勒。

他從小在草原上遛馬熬鷹，養成了極佳的聽力。此處人多嘈雜，話音此起彼落，可在低頭嚼羊肉的過程裡，眾人談話的內容卻都逃不過他的耳朵。

只聽一名腰闊膀圓的漢子對著同桌的瘦漢道：「我就說嘛，夏家莊乃一方之霸，富可敵國，莊裡藏著無數奇珍異寶、金漆銀器，怎麼可能就這樣一蹶不振呢？」

「他婆娘早死，又沒有兒息，就算家業再大，又能頂個鳥用？」瘦漢反問。

「若想法和你一樣，那才叫頂個鳥用呢。」胖漢冷笑。「人家有閨女啊。年方十八，正值花樣。據說，這次莊主開門迎接八方來客，表面上是為了江湖之事，其實就是為了招攬天下英才，為女兒選婿哩！這樣的機會千載難逢，豈能放過？」

「千載難逢，那也輪不上你啊！」旁人指著他的鼻子笑罵。此話一出，四周頓時掀起一陣笑浪。

「一幫蠢材。」蘇必勒心想。

店裡到處瀰漫著熱騰騰的蒸氣。他那雙如狼的眼睛穿過薄霧望出去，正好瞥見老闆娘從後廚走出來。只見她解下腰間的圍裙，將鐵勺交給旁邊的夥計，左右張望了一下，旋即轉身，從角門出了舖子。

她的動作迅速俐落，又悄無聲息，在吵吵嚷嚷的店裡，根本無人注意。

蘇必勒將錢扔在食案上，站了起來。

出了店，蘇必勒遠遠便瞧見那名女子拐進南斜街的第二道巷弄內。

那是條狹窄的陋巷，位於盡頭的瓦房看上去已經廢棄了，四周堆了不少乾草和雜物。那女子在門口停下腳步，拿起門環叩了兩下。

須臾，門內傳來一句：「滄浪有時濁。」

女子答：「清濟涸無津。」又過半晌，斑駁的門扉開啟一條縫，她正欲閃身入內，卻被後方的蘇必勒伸手拉住，一把拽進懷裡。

女子抬頭看見蘇必勒，聞到他身上濃郁的男子氣息，心臟狂跳，表面卻還能強裝鎮定。

「這位郎君……找妾有事？」

蘇必勒盯著對方那張徐娘半老的面孔，揚唇冷笑：「是有點事。」

「那勞煩放開我，咱倆進屋好好談吧……」

女子話音初落，三名男子便從暗處走了出來。他們打扮成乞丐的模樣，手裡握著匕首。同時，女子手腕陡翻，鋒利的短鉤朝蘇必勒頸間勾去。

蘇必勒腦袋急偏，蹬腳將她踹開。

對付那幾個乞丐，更是不費吹灰之力。只見他將雙手揹在身後，輕鬆躲開對手的攻擊，接著從袖裡甩出短箭，每招皆是一箭封喉。

解決了四人後，他大步跨過屍體，推門而入。

果真如他所料，這座院子正是夏家那隻老狐狸所設下的暗樁。聽見異響，屋內已有一人自二樓破窗逃走，可惜動作不夠快，下一刻，被下方射出的弩箭直接貫穿了胸膛。

少頃，一名黑鬍大漢領著五、六名手下，拖著人出現在院子的後側。

「讓我看看。」蘇必勒說著，在那名企圖逃走的男子身邊蹲下，捏了捏他的脛骨。「輕功不錯，是準備去通風報信吧？」

那人還沒完全斷氣，嘴角不斷溢出血沫。

「你……是……誰？」

蘇必勒從對方身上搜出了短刀、火鐮、煙丸，以及一張畫滿了奇怪路線和符號的草紙。

「我是誰？」他獰笑。「你們主人死期近了，很快就會知道的。」

大鬍子從懷裡取一隻死鴿，拿給蘇必勒看：「稟公子，這個也已經被我們截下了。」

「沒有遺漏的吧？」

「兄弟們早就準備好了，按您吩咐，沒留活口。」

「好，」蘇必勒點頭。「幹得漂亮。」

他站起身，掃了眼破敗的院子。

「趙拓那老小子不是嫌咱們多事嗎？不如……咱們再送他一樣禮物。」

沉沉夜色籠罩夏家莊。四周靜謐，只有風吹過樹叉發出的沙沙低響。

一道身影驀地翻過高牆，落在藥圃中央。他顯然對此處的地形十分熟悉，三兩下便摸到了暗處的角門，輕叩兩下。

對面傳來低沉的嗓音：「滄浪有時濁。」

那人想都沒想，直接答：「清濟涸無津。」

門開了。門內的老叟狐疑地盯著眼前的年輕男子，問：「你是哪個椿的？怎麼沒見過？」

「南斜街二巷的，第一次傳信。」男子賠笑。「有消息，進去談吧。」

老叟雖然有些遲疑，但還是讓對方進了門。兩人一路無話，直到來到內院西側的合歡樹下。

老叟這才轉身：「可以說了，什麼消息？」

與他相對的那名英俊青年正是蘇必勒。他驟然出手，叉住對方的喉管。

「小聲點……我就是消息。」

他嗓音低柔，宛如枕邊絮語。老人瞳眸撐大，拼命掙扎。蘇必勒卻只是冷笑。

然而，正當他以為獵物要斷氣時，老叟身上忽然掉出一個布囊。布囊落地，飄出一陣詭異的青煙。蘇必勒聞見那味道，立刻撒手，抽身而退。

「想搞詭？」

這回換那老叟冷笑了，只見他枯瘦的身形一幌，如鬼魅般消失在裊裊青煙中。蘇必勒不覺怔住。

而就在此時，頭上的那株合歡樹樹梢間突然傳來細微的動靜，數十根銀針如暴雨梨花般從天而降，若非蘇必勒耳朵敏銳，即時察覺，恐怕已命喪當場。

他心頭大震，足尖打旋，連續數個騰翻急轉，從針叢中橫掠了出去。好不容易脫離險地，落在湖邊，他望著肩膀上插著的牛毛細針，忍不住低聲咒罵。

幸好他衣服下還穿了一件護身軟甲，這才沒有受傷。可即便如此，還是吸入了少量的毒煙。且他很清楚，方才那名老人逃走後，必然通知莊中侍衛。

今晚的行動眼看是泡湯了。為今之計，只有先逃出去，再做打算。

蘇必勒打量四下，發現此處是座平坦的石台，身後矗立著一塊石碑。

儘管他從小接受漢文教育，一口唐語說得十分流利，卻仍看不懂那石上所刻的碑銘，所以僅僅是掃了一眼，便轉身邁了出去，殊不知，此舉已將蟄伏的巨獸給喚醒。

須知，當日葉超誤闖風后陣，其實只觸動了其中一小部分的機關。而今夜，整座大陣卻是處於全啟的狀態。

昏暗中，蘇必勒只覺得後頸颳過一道陰風。緊接著，足下石板突然錯動，兩撥弩箭從左右分別射到。

他狠狠一驚，連忙擰身而退。

腳步走閃間，兩名持劍石俑突然出現，阻斷了他的退路。面前一尊雙人高的機械傀儡，身上插滿刀刃毒鉤，疾轉著朝他撞來。

蘇必勒這下真的慌了。倒不是因為他怕被那傀儡捅死，而是他發現，無論自己移動到哪，都有無數的殺手鐧埋伏在前方等他——這莊子，就是個巨大的吃人迷宮！

蘇必勒藝高人膽大，又有軟甲護身，這才得以在陣中血戰周旋，搏得一線生機，若換做別人，早就死上九遍了。

只見他一腳踢碎了巨大傀儡的頭顱，接著雙足在石像肩頭一點，縱身撲出圈子，朝水面投去。

可就在滿心以為逃過一劫時，湖底突然奔出兩條刀鋒似的細線，低吟著劃破夜色，準備絞下入侵者的首級。

撞見這一幕，蘇必勒連心臟都停止了搏動。

他從沒想過自己會死在這種地方。他還有太多重要的事情要完成，還有尚未實現的龐大野心。對他而言，死亡是弱者的下場，是愚者的懲罰。但那些人全都是無足輕重的螻蟻，自然該被踐踏，而他是翱翔長空的鷹，怎能把命交代在這裡？

他舉手護住頭頸，感覺肌肉被刺穿，鮮血飆灑出來。若不是堅硬的寶甲卡住了鋒刃，他的雙臂早就跟身體分家了。

待這波攻擊過去，蘇必勒被掛在刺網中，渾身傷痕累累，卻仍在喘氣。

他沒有哀叫求饒，而是撩起掛血的嘴角，衝著對岸那名穿著水色長衫的男子哼地冷笑。

「你便是夏空磊？」

夏空磊也饒富興味地打量這名不速之客。

「夏某未盡地主之誼，還望勿怪。」

「你這老匹夫，膽都嚇破了吧？」蘇必勒獰笑。「別以為我看不出來！」

「你年輕，驕狂自大，自認有流不完的血。」夏空磊將雙手背在身後，澹澹一笑。「既然我們都已大致瞭解彼此，不如來談點別的？」

蘇必勒瞇起眼：「放我下去。」

「我為何要放你？」夏空磊冷笑。「如今四更剛過，長夜未央，夏某大可回屋睡覺去。」

「我再說一遍……放我下去！」

蘇必勒雙目被瘋狂的恨意所點燃，亮得灼目。但夏空磊根本懶得理他，只問道：「誰派你來的？」

「小爺我不聽從任何人的指派！」

「我信你。」夏空磊捋了捋唇髭，語氣不鹹不淡。「換句話說，你就是主謀。只要把你扣在這，你的同黨群龍無首，自然會現身來救你。」

蘇必勒咬緊牙關又掙扎了幾下，雙臂和大腿都滲出不少血。

「放心吧。」夏空磊靜靜道。「我暫時還不會讓你死。」

說完，轉身便走。蘇必勒朝著他的背影大聲咒罵，那聲音迴盪在湖面上，音調詭異，不知是何方語言。

夏空磊驀地停下腳步回頭：「你剛剛說什麼？」

「我說，你將被地獄之火吞噬，挫骨揚灰！」

「你是突厥人？」

蘇必勒沒想到對方竟能僅憑一句話就推斷出他的來歷，不由得臉色微變。

「臭老頭，你……！」

「必兒，玩夠了吧？」

打斷蘇必勒的嗓音低沉磁性，是從上方的黑暗傳來的，就連夏空磊都暗吃了一驚。

隨著他手勢一出，湖畔的整排燈火紛紛亮起，整座莊子瞬間朗如白晝。

只見鏡湖周圍原來站滿了人，鈴和葉超、夏雨雪也在其中。夏空磊的回應，蘇必勒的威脅，全被他們盡收眼底。

而方才發話的男子卻站在臨源挹清樓的屋脊上俯瞰著眾人。他身邊還跟著十來名手下，各個胸寬背厚，一看就知是武夫，並且身上穿的都是夏家莊莊丁的常服，也難怪能在黑暗中悄無聲息地混入人群。

「來闖龍巢虎穴，夏某佩服。敢問壯士如何稱呼？」

那首領聞言笑了。他的笑聲聽上去豪邁爽朗，和蘇必勒截然不同。

「老夫蘇穆河，來帶兒子走！」

「令郎藝膽超群，能招待這樣的客人，是夏某的榮幸。」

「你不必和我打機鋒。」蘇穆河道。「我這人從來不囉唆。不放人，那就搶！」

雖是以寡擊眾，可蘇穆河率領的死士卻絲毫不露怯意。隨著他一聲令下，各個拔刀直上，朝著蘇必勒所在的湖心殺去。

有幾名莊勇反應不及，轉眼便被斬於刀下。

一場惡戰隨即展開。

鈴和葉超、夏雨雪在混亂中被沖散了，鈴一邊揮刀殺敵，一邊在人群中搜尋著兩人。然而，才剛瞥見夏雨雪的身影，還沒追上去，便被一名陌生的男子攔住了去路。

來者正是蘇穆河。他和蘇必勒一樣五官深邃，氣質拔群，灰色的眼睛散發出貪婪的精光，令人聯想到大漠裡的孤狼。

「咱們終於見面了！」

說話之際，他手上也沒閒著，提掌按向鈴的小腹。鈴出手接掌，卻發現對方的內力陰寒至極，宛如一座深不見底的泥沼，將她的真氣吞噬掉後，居然又鬼使神差地黏了回來！她從沒遇過這種情形，不覺大吃一驚。

下瞬，雪魄從袖底噌地刺出，劃破了蘇穆河的掌心。

然而，鮮血四濺，蘇穆河卻毫不退縮，反而大笑起來：「小女娃，妳的練妖術還沒修練到家，現在死未免可惜了，不如跟我走！」說完，不顧汩汩而出的鮮血，反手來抓她手腕。

鈴心頭火起，避開對方的手指，刀鋒疾斬而出。而同時，兩人身後傳來一聲暴喝：「——走你大爺！」一條黑影從人群中縱起，撲向蘇穆河，正是瀧兒。

蘇穆河敵不過師徒倆聯手的凌厲攻勢，數招一過，果斷退走。

鈴和瀧兒緊追在後，奔到中途，卻聽對方喝道：「必兒，看你的了！」緊接著，一枚看似暗器的東西從身旁擦過，朝蘇必勒面門飛去。暗器的尾端還綁著一粒黑黝黝的蠟丸。

暗器刺中蘇必勒肩頭的軟甲，他眼也不眨，直接轉頭咬住蠟丸，將其咬碎和著血吞下。

這下轉折已經足夠離奇了，然而，令人震驚還在後頭。

很快，蘇必勒的頭頂冒出絲絲白色的蒸氣。他運起內息，渾身關節格格作響，突然沖天一吼，一口氣震斷了刺穿身體的鋼絲！

一陣旋轉的罡風裡，渾身是血的男子從囹圄中掙脫出來，撲向離自己最近的莊勇，探手如梭，直接插入對方後腦。

只聽得「噗」的一聲，柔軟的眼球爆開，伴隨著紅白的漿液飛濺三尺，將暗夜染得淒慘斑駁。

此刻的蘇必勒活像一尊地獄歸來的煞神，眾人還兀自驚魂未定，卻見他再次出手一勾，猛地攫住夏雨雪，將她拖入陣內。

對面的夏空磊登時色變！

「夏老頭。」蘇必勒胸口起伏，唇角揚起一抹邪笑。「聽說你們這兒正在招親，你看小爺我如何？是否配得上令千金？」

夏雨雪的衣領被粗魯地撕開，淚水撲簌簌落下，滴在她白皙光滑的頸窩裡。

夏空磊城府再深，目睹愛女遭擒，也按捺不住一絲慌亂。反倒是一旁的葉超開口對蘇必勒道：「搶親也不是這樣搶的。難道你們突厥人行事，都這般不講道義？」

「道義？」蘇必勒高聲冷笑。「你可曾聽過狼和羊講道義的？待到咱們大業告成的那日，你們都得拿命來償！」

葉超不動聲色，又道：「如此說來，你父親當年殺死朱松邈，盜走《白陵辭》，不光是為了精進武功，也是為了你們所謂的『大業』吧？」

即使是在身負重傷，群敵環伺的情況下，蘇必勒依然一臉倨傲。

「哼，《白陵辭》說到底也不過是個人修為。就算沒有學會練妖術，也能領兵作戰，平定江山！」

然而，就在他說到激動處時，蘇穆河突然喝斥一聲：「閉嘴！」打斷了兒子的話。

蘇必勒一愣，驟然驚醒——自己剛剛差點就被別人套了話！

他向來自詡聰明，文武雙全，今夜卻被一幫比猴還精的敵人耍得團團轉，不禁連肺都氣炸。

一回神，立刻低頭掃向人群，想揪出剛才那個出聲盤問自己的少年，卻發現對方早就躲回了人群裡。且方才他只顧著說大話，竟連對方長什麼模樣都沒看清！

「……臭小子！」蘇必勒滿腔怒火無處發洩，目光最終還是落到了懷中少女的身上。

「罷了！今夜撈個千金小姐回來，這筆買賣倒也不虧！」

說話的同時，他運勁於臂，將夏雨雪箍得更緊實了。後者被勒得呼吸困難，臉上逐漸浮出痛苦之色。

鈴曉得再這麼下去，夏空磊肯定要繃不住了，連忙站出來對蘇穆河喊話。

「關於《白陵辭》的事，這裡只有我知道。只要你們放了雨雪，我願意把一切都告訴你們。」

「想談條件行。」蘇穆河抬眸冷笑。「可妳也得拿出點誠意來吧？」

「你要怎樣才肯信我？」

「那妳說說，這首四色籤詩該如何解釋？」

「這……」

「想不出來嗎？不要緊，慢慢想。我給妳時間。」

蘇穆河的語氣半點也不像是說笑。鈴的眉心不由得沁出了冷汗——說到猜謎，那是葉超的專長，她可學不來。

就連隔壁的瀧兒也快要沉不住氣了，拼命地朝她打眼色。但鈴依然沒有動。

她心中很清楚，夏家莊上下武功都不弱，再加上自己和雲琅、瀧兒、大鵬從旁輔助，蘇氏父子身手再高，今夜也休想全身而退——可一旦雙方打起來，夏雨雪也必死無疑。

「你想知道什麼？」她故作鎮定地問蘇穆河。

「詩中所提『赤星』，指的是什麼？」

鈴望向夏雨雪，一顆心狠狠勒緊。

「……赤燕崖的主人，赤梟。」

這幾個字從她牙縫間吐出，整座夏家莊頓時落入一片死寂。她忙又補上一句：「這只是我的猜測……」

「猜得好。」蘇穆河笑。「繼續。」

「我只想到這個，其他的還不知……」

「是嗎？那可惜了。」

蘇穆河話音未落，蘇必勒的手指已掐緊了夏雨雪細嫩的脖頸。雖然後者忍著沒有叫出聲，但神色卻極為痛苦。

鈴心臟一跳，連忙叫道：「——等等！」

「說！還有什麼線索？」

她深吸口氣，心念急轉：「所謂『四色』，指的是『赤星』、『碧簫』、『金聲』、『青花』。若四象齊聚，則天下勢必迎來巨變。」話說到這，微微一頓。「……我的名字是鈴。所以『金聲』指的就是我。」

參

這一刻，在場所有人的目光都落在鈴身上，就連她自個兒也愣住了——籤詩中暗藏的身分，自己到底是何時察覺的？

不過，眼下已經顧不得這些了。話既出口，不論真假，總之先破罐破摔再說。趁著敵人分心，她運起珍瓏指朝蘇必勒擲去兩枚黑羽鏢。暗器射到的瞬間，蘇必勒下頷一揚，黑羽鏢遂擦著他的鼻尖飛過。但他卻沒注意到，雲琅此時已借著風勢悄然掠到了石坪的後方。

下個剎那，平靜的湖面翻起層層巨浪。隨著水勢湧來，蘇必勒的視線頓時變得一片模糊。他鼻翼張合，卻無法呼吸。而此時的夏雨雪已經成為累贅，拖著他不斷向下沉淪。他遂將她踢開，掙扎著朝岸邊撲去。

夏雨雪好不容易脫離魔掌，立刻回身游向湖心的小舟。但才剛從水裡爬起，便見到蘇穆河站在船尾，舉手朝自己抓來，不由大驚失色。

小船上無處可避，她只得以攻為守，纖纖素手疾翻，點向對方脈門。

玄月門的「小蘭息手」名聞遐邇，蘇穆河被對方的巧勁一帶，登時疑心大起，尋思：其中不會又有什麼詭詐吧？

比起兒子的血氣方剛，他的作風更加謹慎，心念拐處，已自行卸去了大半掌力。而他才剛撤掌，夏雨雪立刻點動足尖，展開輕功朝對岸飛奔。

但憑蘇穆河的武功，怎能如此輕易就讓她逃脫？兩人一落回地面，他身法如電，轉眼間已點中對方背心的麻穴。夏雨雪「哎呀」一聲，向前跌倒。

千鈞一髮之際，腳下的石板突然翻啟，一道夾牆橫空出現在兩人中間。蘇穆河不得不收手，向後躍開。

「娘子當心！」

扳動機關的正是若水。他和琭玉同時落在夏雨雪左右，身上的環佩叮噹作響，宛如一對仙子下凡。

夏空磊這回是真的火大了。右手起處，數十名莊勇從東西廡房兩側現身，弓弩一字排開，箭尖閃爍著危險的冷光。

失去了人質，等於失去了唯一的籌碼。莊中局面頓時反轉。

若換做別人，面對這樣的聲勢陣仗，早已魂飛天外。但蘇穆河卻處變不驚，冷笑道：「不愧是春秋神莊。下回登門，蘇某定會備上厚禮相贈！」

「你以為還會有下次？」夏空磊打斷他。

話音未歇，便傳來一陣陣弓被拉滿的吱嘎聲，百支弩箭齊飛，如黑雨呼嘯著劃破夜空。

夏雨雪望著這動魄驚心的一幕，心臟高高懸起。她想轉過身去，手腳卻動彈不得，只能眼睜睜看著箭鋒入肉，人群慘叫倒斃，鮮血將鏡湖的水染成一片殷紅。

這畫面深深刺痛了她的雙眼，緊接著，一波暈眩襲來，她便向後一倒，失去了意識。

再次蘇醒，已是翌日。夏雨雪滿身冷汗地驚坐起來，卻發現自己躺在床上，脖子的傷口已被敷上了藥布止血。

「若水！若水！」

門外的若水聽見叫喚，立刻跑了進來。

「娘子，妳可算醒啦？」

「到底發生了何事……阿爺他們呢？」

夏雨雪一時激動，抓住對方的肩膀猛晃。若水被她搖得七葷八素，連話也說不順了。經過好一番折騰，才將昨夜惡鬥的情形一五一十地交代清楚。

夏空磊下令格殺，雙方短兵相接，上百支箭如雨般抛落射來。蘇氏的人馬雖然所剩無幾，卻各個悍勇無匹，奮不顧身。在他們的掩護下，蘇穆河攙著重傷的蘇必勒殺出一條血路，最終遁入假山叢林裡，消失了蹤影。

「逃了？」夏雨雪不可思議。

「莊主猜測，他們應該是預先拿到了莊中的地形圖，利用後廚的暗道逃出了城。」

「那該如何是好？」夏雨雪怔怔地望向窗外，一顆心怦怦亂跳，五味雜陳。

「妳是千金小姐，命最要緊。其他的何必操煩。」若水的語氣有些憤憤。他趁著夏雨雪出神之際，端起几上那碗黑糊糊的藥往她嘴裡灌。

「要知道，莊主為妳擔心了一整夜，剛剛才從觀裡回來呢。」

夏雨雪聽到這個消息，心臟一揪，當場撫胸嗆咳起來。她知道，父親雖然深諳陰陽數術，卻向來對鬼神敬而遠之，只有當遇上極大的煩惱時，才會前去進香參拜。

若水見她眼眶泛紅，以為她傷口又痛了，嘟囔：「都叫妳別動了嘛！」

但夏雨雪又不是木頭刻的，怎麼可能乖乖躺著，什麼也不做？

好不容易喝完苦藥，她倚在榻上擺弄著占卦用的銅錢，隨後，忽然間靈光一閃，道：「取筆墨來。」

雖說昨夜的驚魂已經過去了，但她心中總纏繞著一股不祥的感覺。她只覺得腦中思緒亂糟糟的，隨手提筆蘸墨，等再次回神，蠶絲紙上已多出一個大大的「悟」字。

若水侍立在旁，兩隻眼睛瞪得烏黑溜圓。

悟——覺也，正是萬物甦醒，水落石出之意。

夏雨雪看了眼自己的傑作，突然如夢初醒。她扔下筆，匆匆拉起若水就往外跑。兩人頭髮也沒梳，鞋也來不及穿好，剛出了跨院，便迎面撞上了葉超。

對方「咦」了一聲：「妳怎麼出來了？」

但夏雨雪彷彿沒聽到他的問題，劈頭便道：「葉大哥，請帶我一起走！」

這下，葉超疑惑更深了。他心想：「我什麼也沒說，妳怎就知我們要離開？」

夏雨雪見對方面有難色，連忙挺起胸脯，補充道：「我知道你們打算去追昨晚的那些惡人。那首籤詩是我寫的，我能給你們指路啊！」

此話只有前半部分是真的，但她已經管不了那麼多了，四色籤詩的出世使原本平靜的夏家莊再次捲入武林亂局中，她身為「始作俑者」，自然不能撒手不管。

葉超瞧她這副強買強賣的架勢，登時哭笑不得。

「妳真打算離家出走啊？」

「不，我會親自去和父親說明白的！」

「那妳覺得他會答應嗎？」

「這……」夏雨雪一咬牙，表情瞬間垮了下來。

葉超見狀，輕嘆了口氣：「這妳早就知道了吧？就算退一萬步說，莊主真的答應了，心裡肯定也是百般不舒服。當妳想幫一個人的忙時，就更該顧慮他的感受，不是嗎？」

「那我到底該怎麼做呢？」夏雨雪雙唇緊抿，淚水在眶中打轉，一副楚楚可憐的模樣。

葉超表情不變，答道：「我想，每個人都有自己應赴的戰場。妳又何必強求自己走上和別人相同的路？」

夏雨雪抹去眼淚，半信半疑地注視對方。

說實話，自從葉超來到夏家莊後，她就一直對對方暗懷嫉妒。她甚至擔心，父親找到了這麼一位聰明又無可挑惕的後生，從此以後就更不需要自己了。但此刻，她看著對方腰間那把空空如也的劍鞘，心中卻突然意識到，原來兩人也是有相似之處的。

她的眼神雖然濕潤，卻凝聚著一股清澈的靈氣，宛如山巔雲，林中雪。

下一刻，她從懷裡掏出一大疊符籙，塞到葉超懷裡。

「既然如此，你把這些通通帶上。記住我的話，無論發生何事，都不要回天道門去！」

而正當葉超和夏雨雪談話之際，鈴卻在莊子另一頭和一具死屍大眼瞪小眼。

死者是蘇穆河手下的一名刺客。屍體的前胸後背都扎滿了血孔，顯然是在昨夜的亂局中被弓箭射成了篩子。

她徹夜未眠，聞到死人身上飄來的氣味，胸口格外窒悶。

「當時真該留幾個活口的……」

但夏空磊並不同意這種說法。他指著死者幞頭底下的髮辮，以及耳上穿戴的鐵環，說：

「這些是死士，活著也沒有益處。倒不如屍體，藏不住祕密。」

鈴望著這一幕，不知不覺又想起她和葉超初次見面時的情景。

那天夜裡，她親眼看見一名行蹤可疑的少年從趙拓的書齋裡溜出來。且從房中燃燒紙張遺留的痕跡判斷，那人極有可能是名信使。

對方有著一雙翡翠色的眼睛，充滿西域特徵的相貌在她腦中留下了深刻的印象。

她將此事告訴夏空磊，對方也沒有線索，但他說：「我在六大門還埋有幾處暗樁，會盡快派人跟他們接頭，查清楚到底是怎麼回事。」

鈴聽見這話，心裡頓時踏實了許多。

先前，她因為一時情急，將四色籤詩的真相告訴了蘇氏父子，甚至還大言不慚地把自己給套了進去，可殊不知，葉超和夏空磊都對這個解釋深以為然。

「所謂『四色』，指的是『赤星』、『碧簫』、『金聲』、『青花』。若四象齊聚，則天下勢必迎來巨變……」

直到現在，她仍能聽見自己的聲音在耳畔盤旋，恨不得挖個坑洞鑽進去！

下一刻，連忙搖頭，將那些神神叨叨的事從腦中趕出去，將思緒重新拉回案情上。

經過昨夜那場腥風血雨，司天台之變的真相終於趨於明朗——張迅騎所指的那名兇手無疑就是蘇穆河。他利用血鬼棺殺了藏經洞主朱松漋，盜走《白陵辭》，卻在鑽研多年後發現自己拿到的祕笈並不完整，這才回到中原，繼續尋找經書的下落。

然而，鈴的心中卻還有一個未解的疑惑。

「世叔，您是否聽過『鵺』？」

「鵺？」夏空磊抬頭看她，眉頭一皺。「是突厥人的玩意嗎？我從未聽說過。」

兩人四目相接，鈴不由得微微失望。她曉得夏空磊沒有理由騙自己，且這些天，她和葉超翻閱了無數秘閣藏書，也沒有其中找到任何與「鵺」相關的記載，就彷彿此物根本不存在一樣。

「沒什麼，」她搖頭一笑，「與此事無關，是我自己想多了。」

眼下，與其花力氣在這種虛無飄渺的東西上，還不如想想該如何追擊敵人。畢竟，蘇氏父子雖逃逸，可以蘇必勒的傷勢，兩人肯定跑不了多遠。

「沉住氣，就快有答案了。」鈴再三告訴自己。

待這一切過去，所有的謊言和祕密都將被揭開。雖說那不會是結局，但至少，對身邊的人而言，都將是個全新的開始。就像江離和霍清杭一樣。現在，他倆肯定在某個地方結廬隱居，男耕女織，過著神仙眷侶般的日子吧。每每想到這裡，鈴心中便感到一陣慰藉。

當天下午，一行人便動身離開了夏家莊。

臨別之際，夏空磊給了他們不少盤纏，又挽住鈴的馬轡，提點了一句：「路上若遇到麻煩，別忘了捎信回來。」

「莊主就不擔心他？」鈴笑著指向葉超。

在夏家莊作客的這段期間，眾人皆看得出，這一老一少雖然年齡有差距，但相交甚是投契。鈴還老愛拿此事開玩笑，說葉超乾脆別隨她浪跡天涯了，留在這裡舒舒服服當養子多好。

但夏空磊只是嘴角微收，淡定自若道：「怕死的人都沒那麼早死。這點，妳也該學起來。」

聞言，鈴和葉超不禁相視苦笑。鈴答了聲「遵命」，夏空磊這才鬆手，目送他們馳馬消失在鋪滿陽光和碎葉的長路盡頭。

肆

「來……啊，張大嘴。」

「嘻嘻，這回可猜不著了吧？」

妙因慢口細嚼，雙眼雖看不見，卻感覺舌尖湧出一股濃郁的滋味。

「是馬蹄糕？」

梅梅聽到這答案，撫掌大樂。

「錯了，猜錯了！」

「那是什麼？」

「你輸了，該唱首歌來聽。」梅梅咯咯笑道。「唱得好我就告訴你。」

妙因感覺對方在自己耳畔呵氣如蘭，心跳頓時加速。

「我知道了，是醍醐餅！」他扯下蒙眼的布條，得意地宣布：「輪到妳了！」

梅梅眨巴著眼睛沒回答。少頃，她從食盒裡挑起一塊糖放進嘴裡，將臉朝對方湊了過去。

兩人唇齒相觸，妙因被甜味給包圍了。

這一刻，整座靈禽峰的蟬皆孜孜不倦地叫著，彷彿要把天給捅破。梅梅的長髮搔著他的頸根，像月光下迤邐的白雪。

兩人所在的這片草坪再往前走幾步便是夢悟大師生前所居的草廬。自從妙因從鈴那得知了夢悟所遭遇的冤屈後，他每個月都依照約定來這裡焚香祭掃。久而久之，此處更便成了他與梅梅見面幽會的地點。

起初，妙因總害怕被人看見，但後來卻漸漸發現，自己的膽子比想像中大多了。

另外，梅梅嫌這茅屋太破，便施了點小法術，將其重新修葺了一番。如今，不僅滿室的蛛網不見了，就連擺設也變得煥然一新。她還收集了不少漂亮的石頭，親手做成風鈴掛在柴門上。每當風吹來，就會玎玲玎玲的響。

吃完點心，兩人坐在露台上乘涼。梅梅將編好的花環放在妙因頭上，說：「從前在家時，我最喜歡替少主編頭髮了。」

妙因連自己的頭髮長什麼樣都想不起來了。

「小時候，我以為女人才留髮的。」他說。「像我阿娘那樣。」

「是她把你送來國清寺的？」

「是啊。她還和我說了許多六大門的傳奇故事，告訴我除妖師是全天下最厲害，最了不起的工作……但後來仔細一想，她這麼做，無非是怕我不適應寺裡的生活，希望我將來的日子裡，能多一份盼頭罷了。」

「看來，你小子長大不少啊。」梅梅說著，一個轉身將妙因壓倒在地，唇角撩起邪惡的笑意。「不如今晚別回去了，留下來陪我看日出吧。」

妙因的耳根子噌地紅了。

「這不成……會被發現的……」他囁嚅。

「那不如咱們現在就走。難不成，你還捨不得這破玩意？」梅梅表情輕蔑地撥了撥對方胸前的佛珠。

國清寺將眾弟子分為「紫、玄、金、赤、青」五個品階。去年春天，妙因正式通過第一階段的考核，配掛的佛珠也從溫潤的青色換成了醒目的赤色。

「才不是呢。」妙因皺眉。

梅梅聽見滿意的答覆，這才又笑了，換了個姿勢，趴在妙因耳邊，用手指輕刮對方臉頰。

「小光頭……答應過我的事，你可千萬別忘哦。」

甜甜的嗓音滑過耳畔，帶著若有似無的威脅。

妙因隨口回了句：「那麼多，誰記得住啊。」下一刻，卻嗷嗷痛叫起來。

原來梅梅竟趁他不備，在他脖子上狠狠咬了一口。

「記不住也得記！」她怒道。「本姑娘可是很小氣的！伺候不好，我就把你臉玩花了，看今後哪間廟還敢收你！」

「哎喲，那可不行！」妙因心想，頓時扮了個鬼臉，絕口不再提此事。

兩人折騰得累了，躺在草地上，很有默契地將頭靠在一起。

妙因盡說些風月無邊的江湖趣聞，將梅梅逗得開懷大笑，方才的爭吵就彷彿從沒發生一樣。

直到下午，回到寺裡，其他人看見妙因，紛紛投來古怪的眼神。

妙峰賊笑著說了句：「師兄，今兒心情不錯，採花去啊？」

妙因這才意識到，自己頭上還戴著梅梅送的花環呢。他臉色大窘，急忙扯下花圈，遮住領口的牙印，匆匆走了出去。

傍晚時分，外頭下起了雷雨。妙因將兩碗薄粥和幾塊蒸餅端去西廂。

叩了叩客房的門，來應的是一名高目深鼻，眼神矍鑠的灰髮男子。

妙因並不認識對方。幾天前，他隨師父和師兄們到山下的村子舉行法事，在回程的途中巧遇一對受傷的父子。據二人所述，他們是在拜訪親友的路上遭遇暴匪襲擊，方丈心地慈悲，便將他們接到寺中醫治。

那名較為年輕的男子此時正靠在角落裡休息，見妙因要離開，忽然沙啞出聲：「等等。」

此人蒼白如鬼，眼神中透出一股饑渴。妙因被盯得直犯怵。

「施主有何吩咐？」

「過來。怕什麼？小爺又不會吃了你。」

寺廟收留的對象形形色色，有病家，行腳商，也有老弱傷殘，但妙因還是頭一次碰到如此可疑的傢伙，不禁暗自提高了警覺，心想：「難怪妙安今早來送過一次飯後便不見蹤影了，肯定是被嚇著了。」

但基於待客禮儀，他還是走上前去，打了個躬。

只見男子臉上漂浮著一層死氣，兩條胳膊布滿了利刃砍過的傷口。

他表情古怪地瞅著妙因，接著碰了一下自己的鼻子，道：「我呀，這裡很靈的。一聞就知道，你身上沾著女妖的氣味。」

此話一出，妙因驀然驚住。

男子看著他的反應，露出惡魔般的笑容：「放心……我不會說出去的。」

兩人對視片刻，妙因心中的恐懼逐漸攀升，忍不住倒退兩步，顫聲道：「你到底是何人？」

「是妖是鬼都不重要。反正，就算祕密沒有暴露，你也難逃報應！」

男子說到這，「嘿嘿」地低笑出聲。

妙因不能呼吸了，嗓子眼被翻湧的情緒給堵住。他打了個冷顫，轉身逃出屋外。

鈴和葉超、瀧兒、大鵬一行離開夏家莊後，便一路策馬南下。

他們順著蘇氏父子二人留下的線索，馬不停蹄地趕了幾天的路。

途中，葉超一直在想，夏雨雪對自己說的那句：「千萬別回天道門去！」到底是何含意？再三思量都理不出頭緒來，只攪得自己莫名心煩。而他見鈴這一路上難得表現出一副心情愉快的模樣，又實在不忍心拿自己的問題去困擾對方。

某次，他趁著鈴指導瀧兒武功的空檔，將此疑惑跟大鵬說了。結果，對方好心地教了他一段「靜心咒」，還當場帶他誦了一百遍。

這下子，葉超頓時明白鈴為何當初會將瀧兒這匹「紅鬃烈馬」託付給大鵬照管。他從此也學乖了，再不敢隨便在對方面前提起「煩惱」二字，全當什麼也沒發生過。

這日，幾人來到一座名為姬橋的鎮子。此處鄰近天台山，是往來香客的必經之地。雖然不大，卻是行人比肩，笙歌處處。

葉超看著姑娘們三五成群，畫眉戴釵，又聽見路邊賣蕎麥煎餅的大叔高聲吆喝，恍然道：「今天是七夕節啊，難怪這麼熱鬧。」

「七夕是什麼？」瀧兒好奇。

「就是牛郎織女鵲橋相會的日子。每年的這天，家家戶戶都會登樓曬衣，閨閣女兒則會穿針乞巧，祈求織女庇佑。」

談到牛郎織女，瀧兒更是徹底茫然。葉超只好充當起說書先生，耐心地把故事講給對方聽。

不知不覺間，幾人已順著人潮來到十字街口。

鈴見前面有個賣乞巧匣的鋪子，聚集了不少姑娘，說道：「我去向她們打聽點消息，咱們一個時辰後在橋上會合吧。」

她總覺得，幾人光站在這裡就十分惹眼，還是分頭行動為妙，於是話說完便反身扎入人群。大鵬則朝著酒樓的方向邁開大步，留下葉超和瀧兒面面相覷。

難得的七夕傍晚，華燈初上，兩個大男人並肩在大街上閒晃，總覺得有些掃興。兩人蹓躂了一圈，都不知該逛什麼，最後還是決定去吃東西。

可惜，那些攤販中，都沒半個人見過蘇氏父子。逛完了整條主街，瀧兒吃得津津有味，葉超則深感阮囊羞澀。

就在此時，有人從後面拉了拉瀧兒的衣角：「我知道你說的那兩人在哪！」

兩人回頭一看，發現開口的是個八歲左右，戴著惡鬼面具的男孩。他頭頂光禿禿的，還長了好幾塊癩痢瘡，就連身上的衣裳也像是瞎拼湊起來的，什麼顏色都有，寒酸得理直氣壯。

「你說真的？」瀧兒一臉狐疑地看著對方。

小孩摘下面具，賊溜溜地笑了：「給我買兩串油糖錘，我什麼都告訴你。」

瀧兒用胳膊肘碰了碰葉超：「快去買啊，我在這兒看著。」

葉超有種特無奈的感覺。他踱到對面街口，排隊買了兩串油糖錘。付完錢時，荷包已經見底了。回到原處，把點心交給瀧兒，瀧兒又遞給了那小孩。

對方就跟餓了許多天似的，狼吞虎嚥起來，嘴邊很快多了一圈糖漬。

一陣秋風掃落葉後，他滿足地拍了拍肚子，衝著瀧兒咧嘴笑開。

「傻麃子！第一次碰到這麼好騙的！」說完，扮了個鬼臉，撒丫子顛了。

「果然……」看著對方逃竄的背影，葉超在心底幽幽嘆了口氣。

瀧兒自認修養已經比從前好多了，但被人如此正大光明地戲弄，還是忍不住惱羞成怒，吼道：「站住！別跑！」

只見那小乞丐跟孫猴子似的，在鬧市裡東竄西跳，所到之處，鋪子裡的貨物灑了滿地，商販們紛紛氣得跳腳。

瀧兒躲開飛來的水果，追了上去。可萬萬沒想到，那孩子手腳敏捷超乎常人，居然猱身一縱脫出了他的臂圈，甚至還攀住了一旁的戲棚，順著竹竿一溜煙爬了上去。

他勾住竿頭，以竹為支，幾下撥帶間，已盪出數尺之外。

瀧兒聽見那串得意的笑聲，面上肌肉一搐，決定待會兒定要好好整治這小鬼。

然而，還沒來得及繼續追，前方忽然傳來一陣激烈的騷動，除了慘叫外，還夾雜著寒鐵遇肉以及牆瓦碎裂的聲音。

瀧兒察覺不對勁，連忙撥開人群，搶上前查看。

只見廣場中央佇立著一名形銷骨立的男子。一頭亂髮縱橫如雪，手裡扛著一柄暗紅色的寬背長刀，耷拉著腦袋一動不動，活像棺材裡爬出來的乾屍。

隨著他提起枯枝般的手腕，四周湧現一股強烈的煞氣。恐慌瞬間席捲人潮。民眾為了避開這危險的瘋子，紛紛奪路而逃，甚至不惜相互踩踏。混亂間，只見那妖怪身子不動，橫刀掃出，直接將一名倒霉路人給梟了首。

眾目睽睽下，那具失去頭顱的身體又向前狂奔了數尺才倒下，如油鍋裡的肉末般，發出滋響，化為一灘血水。

這幅畫面太過慘烈，連瀧兒都不禁臉色一變。

他很快躍上路旁的燈架，目光掃過人群，找到了那個五顏六色的身影。

眼看孩子即將被亂流吞沒，他展開雲雷步掠了出去，像撈餃子般將對方抱起。

然而，就在他打地一滾的同時，妖怪的狂刀突然從後方呼嘯而至。

懷裡的孩子「噫」了一聲，瀧兒迅速躍起，叫道：「把眼睛閉上！」

他記得，當年青丘遭到血洗時，姥姥將他藏在石縫裡，也曾這樣叮囑過。只可惜，那時他年紀尚幼，無法體會對方的用心。

下一刻，他左掌捺地一撐，借力翻身，向後立定，目光冷冷射向那名白髮男子。

「聽好了，那邊的臭白毛！你若是活膩了，就趕緊滾回棺材裡縮著，別在這噁心別人！」

縱使眾生修行，各行其是，但在瀧兒眼裡，弱肉強食四字的背後，仍存在著一把尺。放著活人的元神不取，反而毫無節制地胡亂砍殺，這種行徑令他感到相當不齒。

不過直到剛剛，他都沒有嗅到對方身上的妖氣。這代表著眼前這隻乾屍並非隨處可見的山野精怪，而是擁有強大內丹，懂得練氣、藏氣的妖怪。

只見對方將刀往身後一別，投來的眼神兇光大綻。

「臭小子膽挺大啊。同行既然挑了樑子，便亮出海通天。」

這是妖怪之間的切口，「海通天」代表著「贏者全拿」——換句話說，就是要決一死戰的意思。

瀧兒聞言，熱血衝上顱頂。他將懷裡的小孩放下地，薄唇銜了一絲冷笑：「也罷，很久都沒揍人了，今日正好拿你這隻遭瘟的瘋狗練手！」

伍

然而，瀧兒拉開勢子，低頭卻發現那小孩竟還抱著他的腿不放。

他說道：「起開！」但對方卻沒有要動的意思，只是抬頭注視著他，眼神滿是懷疑。

「你打得過嗎？」

「這種事，總要試過了才知道！」瀧兒粗哼一聲。

「既然沒把握，那你還跟他打？」那小孩急得跺腳，但瀧兒早就沒閒心聽他廢話了。

正當兩人東拉西扯之際，敵人右手微晃，已經衝了上來。

寬大的刀面擦過鬢角，發出令人齒酸的聲音，瀧兒身子略側，右手穿出，朝對手肩窩還了一掌。

但那白髮男的刀比他想像得更加詭譎。才剛運起真氣，就見他雙臂一個倒剪，不但躲過了掌勢，刀刃還反挑上來，指向自己下巴。

瀧兒身一震，當即足尖倒點，和對手拉開距離。

「嘿，哪裡走！」

男子面目猙獰，厚重的刀光將地面砸出一個大坑。

瀧兒閃過此招，腳步微挫，身子如金鯉翻躍，掠過對方頭頂。

此時，路上的百姓要麼逃走，要麼躲進屋去了，就連冒著香煙的烝餅推車都沒人顧了，孤零零地橫在街心。正好廣場東邊就是戲班排演的棚子，瀧兒輕功游牆，順手掇起牆上掛的一把長劍，劍尖分花，輕飄飄地刺向對手。

這招「鳳鳴」姿態雋雅，對準的卻是喉頭要害，狠戾無比。

「鏘」的一聲，寒鐵相撞，拖出一條長長的火花。瀧兒瞅準了空子，抄手甩劍，連續三次抽向對方。可沒想到，那白髮男卻跟打了雞血一樣，對他的攻勢毫不理睬，一味揮刀搶進，彷彿身上的透明窟窿越多，內心就越興奮。

轉眼間，雙方已走過數十回合，周圍店鋪的桌子全被打翻，竹架、酒罈、雞籠等雜物亦都遭了池魚之殃。

鬥到酣處，瀧兒身趨向左，右手抖動劍尖，激起漫天寒星。白髮男暴喝一聲，挺刀迎上，頓時將薄薄的劍身削去一角！眼看掛著詭異血色的刀光就要突入肋骨，瀧兒快速一個擰腰，使出狐妖幻術中的「沙尾」身法，貼地滑開。

他發現對手的刀雖然殺氣騰騰，但招式變化卻毫無章法，簡直就像是隨手亂舞一樣。這點和他自己剛習武時的生猛倒是有幾分相似。

然而，隨著年紀漸長，加上得遇明師指點，瀧兒的功夫已經徹底擺脫了當初的生澀。趁著後仰之際，他左掌揮起，五爪箕張，飛出血光射向敵眼。

白髮男雙目吃痛，手臂青筋賁起，刀耍得更凶了。

兩者不斷糾纏，一路打到街坊的入口。此處矗立著一座三層高的望樓，四周垂掛著許多的綾羅彩緞。

瀧兒先是躍上樓頂，緊接著，掌中劍宛如破繭的蝶，勾轉直下，朝敵人狠狠劈落——這招以劍為刀，正是赤燕刀法中的「分海」！

隨著手中那把破劍分崩離析，敵人的刀面也被激得翻起。

瀧兒倏起倏落，將斷劍隨手一拋，斥了聲：「滾！」

他方才那劍已經將對手的一邊胳膊給絞了下來。那柄暗紅大刀也被打飛，落在了溝渠中。白髮男子立在路中，臉色蠟黃，雙唇歙動，一副想開口罵人卻又找不到詞的樣子。

瀧兒懶得再理對方，掉頭就走。

然而，才沒跨出幾步，一旁的旮旯忽地鑽出一個小小身影，居然是剛才那個癩痢頭小孩！

瀧兒此刻心頭還壓著火，直接揪住對方後領將他提了起來。

「江湖騙子，把錢還來！」

「放開我！你不知道剛才那個白毛是刀勞鬼嗎？」對方一邊說，一邊嗷嗷亂踢。

「刀勞鬼？」

「就是以自身血液為兇器的厲鬼！這種妖怪天性殘暴，不鬥至死絕不罷休，你是不是不要命了！」

此話如同平地驚雷，震得瀧兒心頭一陣激蕩。

而就在這個剎那，背後勁風鼓起，朝二人狠狠襲來。

瀧兒連忙抱起小乞丐，凌空翻了個筋斗，遠遠落至一隅。

待煙塵散去，他揚起頭，只見刀勞鬼披頭散髮地站在那，剩餘的左手裡提著一把比剛才更厚，更煞氣的鋸齒長刀，流亮的刀身散發著濃惡的腥臭——名副其實的修羅之刀！

瀧兒不耐煩地「嘁」了一聲，罵道：「混帳！你到底意欲何為？」

刀勞鬼咧嘴而笑，一雙深陷的眼睛沉在眉骨下方的陰影裡，越發顯得陰沉詭異：「聽說狐狸肉鮮嫩得很，今日特來嚐嚐！」

瀧兒不等對方話說完，徑直衝了上去。

刀勞鬼見他赤手空拳，狂刀揮開，直接在對方胸前豁開一條口子。鮮血飆灑出來，染紅了腳下的青磚。

然而，就在他想再次補刀時，少年的身影卻驀地化作一團冰藍色的火焰，消散無蹤。

刀勞鬼撞見此幕，瞳孔倏縮，腦海中躍入兩個字：「幻術！」

緊接著，他的脖子便被踢得扭了過去。瀧兒如魅影般出現在敵人身後，探爪如梭，打碎肋骨，一把掐住了對方的肺臟。

男子當場便氣絕了。身體化作血霧，接著又凝為水珠，紛紛揚揚地落在四周，宛如一場惡夢之雨。

瀧兒首次連續使用幻術，真氣一洩，頓時踉蹌了兩步。

旁邊的小孩見狀，上前將他的胳膊攙起，還不忘氣咻咻地數落道：「你這狐狸還真倔！若非看在你救了我的份上，這會兒就將你扔溝裡了！」

明明是個乳臭未乾的小童，訓起人來卻有種老氣橫秋的感覺。

瀧兒被他唸得頭疼，含起眼，沒好氣道：「少廢話，走快點。」

適才和刀勞鬼纏鬥時，他根本沒空去想其他的。可如今，心裡那股不安的感覺卻越發強烈。

妖怪橫行鬧市，整個姬橋鎮都亂成一鍋粥了。鈴等人若不是也遇上了難以應付的麻煩，此時早該露面了。

想到這，瀧兒就不禁胃疼。他一面邁開步子，一面使出練妖術，開啟神通看對方究竟身在何處。

姬橋之所以被稱作姬橋，正是因為夾岸橋多。

其中最長的一座虹橋橫跨河川兩岸，正好能俯瞰整條主街，以及橫在水中央的那輪明月。

橋頭正好是間舞樂坊，台下站滿了湊熱鬧的民眾，鈴穿過攢動的人潮，一路朝河邊走去，來到橋中央時，忽然瞥見一道熟悉的人影從對面走來，不是葉超是誰？

此刻的夜色不濃不淡，沁涼的晚風熨過毛孔，說不出的舒服受用，可葉超卻罕見地挽起了袖，滿頭大汗。

鈴見狀忍不住失笑：「你是怎麼搞的？」

葉超一臉哀怨，心想：「還不都是妳那寶貝徒弟害的！」

他剛剛為了追瀧兒，沿著主街兜了好大一圈，跑到雙腿都快抽筋，沒想到搞了半天，還是跟丟了。

「不行……妳得賠我。」

「賠什麼？」

「良辰美景啊。」

「少來！」

葉超好不容喘勻了氣，用髮帶重新束起亂糟糟的頭髮，轉頭正好看見鈴朝著橋欄走去。

她一邊笑著，一邊掂起腳尖，憑欄遠眺。少女的側顏和兩岸的煙火相互輝映，勾勒出一幅令人沉淪的美好畫面。他忍不住凝神貪看了兩眼。

唯一可惜的是，這一幕並沒有持續多久。就在下一刻，鈴突然背脊一僵，倏地回過身去。

笑容消失了，取而代之的是陰雲湧動的眼神。她掐住葉超的手臂，低聲道：「小心，有妖氣！」

話才說完，周圍就忽然飄起了濃霧，轉眼間，清風、明月、人潮全都被白色覆蓋。同時，霧中還飄來女子淒婉的歌聲。

溫馨一下子升格成了詭異。

二人抬首望去，只見一名身披青花戲袍，手執團扇的女子娉婷落在橋頭的木柱上。她雙頰塗著濃墨重彩，眉心點綴著額黃，一顰一笑皆風情萬種，卻又帶著一股難以言表的哀戚。

那雙秋波流轉的眸子在鈴和葉超之間徘徊：「讓奴家瞧瞧。一個是赤燕崖弟子，一個是天道門弟子，癡男怨女，果真是一齣好戲！」

鈴感受到對方身上傳來的妖氣，心裡不由「喀噔」一下。但雪魄寒光才剛出鞘，便被葉超按了回去。

「等等！先問清楚。」

「嘖，連對方的來意都不曉得就想動手，這樣烈火般的性子，就不怕傷人傷己？」對面的女子眼珠子一轉，掩口而笑。「不如，讓奴家來為妳指點一條明路吧。」

「妳什麼意思？」葉超問。

「傻子！」鈴急忙插口。「她是從歌曲戲文中化靈而成的妖怪，若順著她的意答話，就會掉到幻境出不來了！」

曲魅聽鈴道破她名諱，揚唇冷笑：「晚了！」說完，彩扇一揮，掀起一陣強風朝二人襲去。

若換作平常，這點程度的攻擊，鈴和葉超很輕鬆就能避開。但不知怎的，此時的兩人同時感覺腳下的地面一斜，緊接著，身子便不由自主向前跌去。

除此之外，還有無數的牛毛細針裹在風中飛來，鈴聽那聲音不對，連忙抽刀還擊。一陣叮叮亂響過後，滿地皆是碎落的銀針，但二人身上也添了不少新傷。曲魅看著兩人手忙腳亂的模樣，笑得愈發妖嬈。

「有人託奴家捎來口信，說是在天台山上設了一台好戲，邀二位前去赴宴。若晚到一步，怕是要錯過了！」話音未歇，又從扇柄裡射出一排銀針。

尖針劃破葉超的眉稜，將血濺進眼裡，染就一片驚心之色。

鈴眉稜猛地一跳，彈身縱出，刀光如練刺向曲魅，此招不可謂不快！然而，就在雪魄的刀鋒劃破曲魅衣裳的剎那，女子的身體卻突然化為一片煙霧，同時笑道：「可惜！」

葉超本以為敵人後頭還有更多花招，衝鈴喊了聲「小心！」卻不想，那曲魅竟然毫不戀戰，轉眼間便從朱欄上縱下，消失在茫茫霧海中，而下一刻，鈴也收起了刀，趕回他身邊。

「不追了？」葉超坐在地上問。

鈴沒回答，卻忽然蹲下去。

兩人目光相接，她二話不說，擼起袖子就往對方滿是鮮血的頰上蹭。

「別動！來看看破相沒。」

葉超：「我又不是女人，怕什麼破相！」

「男人的臉也不能歪啊，你想當門神嗎？」

「……」

葉超無緣無故被抨擊長相，不知該笑還是該哭。

而就在兩人拌嘴之際，周遭的霧氣已經散得差不多了。

橋上行人依舊熙來攘往，除了他們之外，似乎沒有人注意到剛才那段詭異的插曲。

須臾，瀧兒也出現了。但令葉超訝異的是，他身邊居然還多出了一名小跟班。仔細一瞧，此人正是先前敲了他們一頓竹槓的小癩痢！

「怎麼搞的？」鈴看見瀧兒狼狽的模樣，驚問道。

瀧兒卻沒回答。他臉色很臭，也不去看她。

不過好在此時，大鵬也趕到了。他身上完好無損，看不出有和人動過手的跡象，但攤開的手心裡卻躺著幾枚暗色的圓石。

瀧兒身旁的小光頭看見那些石頭，突然整個人蹦了起來，大叫：「是舍利子！你從哪來的？」

「不是我的，是剛才撿到的。」大鵬狐疑地看了對方一眼，但很快，注意力又被鈴給拉了回來。

「果然，你也碰上了妖襲？」她問。

「少主，那些可都不是普通的魑魅魍魎。」大鵬正色道。「他們之所以能達到這般修為，估計就是靠著吸收大量的舍利。舍利乃是高僧體內的元神火化淬煉後的結晶，對於那些心存貪念的妖怪來說，無疑是修煉靈根的上好材料。」

葉超和鈴交換了一道眼色。談到高僧和舍利塔，如何能不聯想到國清寺呢？剛才的曲魅說，有人「請」他們上天台山一趟，想必這就是理由了。

「國清寺的塔林向來戒備森嚴，還有封印守護，絕不會平白招來妖怪。」鈴腦中浮現蘇必勒那冷傲張狂的笑容，眉頭擰起，喃喃道。「寺裡肯定出了大事。」

倘若蘇氏父子真的破壞了寺廟寶塔的封印，法力高強的妖怪從四面八方湧至，恐怕將會引發比當年的天月論劍還更嚴重的災難——這道理葉超自然懂。可眼下三更已過，他望著對岸漸稀的燈火，還是忍不住感到一陣心酸。

他本以為，今晚宿在城裡，終於可以有床睡，有澡洗了，沒想到一轉眼，這份希望竟又破滅了……更可怕的是，其他人還都一副習以為常的樣子。

只見那撿來的小孩跟扭股糖似的，巴著瀧兒的脖子不放。

瀧兒繃起臉，斥道：「咱們接下來要去的地方很危險，你瞎湊什麼熱鬧？」

「誰在和你鬧！」小癩痢騎在瀧兒背上，不甘示弱地反駁。「剛才若非我提點，你的狐狸尾巴早被人剝成圍脖了！」說到這，又抬頭掃向隊伍裡的其他人。「你們裡頭，有誰真正熟悉國清寺的地形？我曉得有條路徑，可以直接通往寺廟後山，想去就快跟我走，再晚就來不及了！」

大唐赤夜歌：卷三・白陵殤

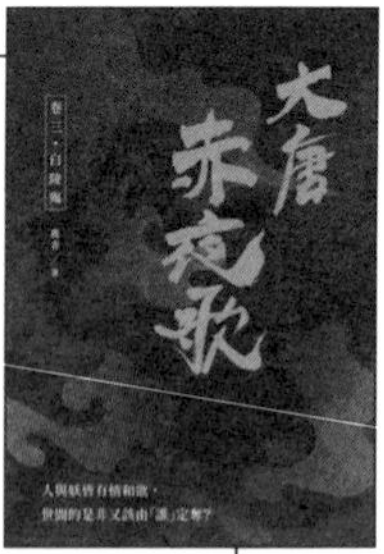

作　　者	鹿　青
發 行 人	林敬彬
主　　編	楊安瑜
編　　輯	李睿薇、林佳伶
行銷經理	林子揚
行銷企劃	戴詠蕙、趙佑瑀
內頁編排	高雅婷
封面設計	蔡致傑
編輯協力	陳于雯、高家宏
出　　版	大旗出版社
發　　行	大都會文化事業有限公司
	11051臺北市信義區基隆路一段432號4樓之9
	讀者服務專線：(02)27235216
	讀者服務傳真：(02)27235220
	電子郵件信箱：metro@ms21.hinet.net
	網　　址：www.metrobook.com.tw
郵政劃撥	14050529 大都會文化事業有限公司
出版日期	2023年03月初版一刷
定　　價	380元
ISBN	978-626-7284-01-8
書　　號	Story-39

First published in Taiwan in 2023 by Banner Publishing,
a division of Metropolitan Culture Enterprise Co., Ltd.

4F-9, Double Hero Bldg., 432, Keelung Rd., Sec. 1, Taipei 11051, Taiwan
Tel:+886-2-2723-5216 Fax:+886-2-2723-5220
Web-site: www.metrobook.com.tw
E-mail: metro@ms21.hinet.net

國家圖書館出版品預行編目（CIP）資料

大唐赤夜歌：卷三・白陵殤/鹿青 著. -- 初版. --
臺北市 ：大旗出版 ：大都會文化發行, 2023.03
432面 ;14.8×21公分. -- (Story-39)
ISBN 978-626-7284-01-8(平裝)

863.57　　112000532